远去的野渡

蒋兴强 / 著

四川文艺出版社

图书在版编目（CIP）数据

远去的野渡 / 蒋兴强著 . -- 成都 : 四川文艺出版
社 , 2019.12（2022.1重印）
    ISBN 978-7-5411-5534-5

    Ⅰ . ①远… Ⅱ . ①蒋… Ⅲ . ①散文集－中国－当代
Ⅳ . ① I267

中国版本图书馆 CIP 数据核字 (2019) 第 222948 号

YUANQU DE YEDU

远去的野渡

蒋兴强 / 著

责任编辑　罗月婷
内文设计　冯仁桃
封面设计　冯仁桃
责任校对　蓝　海

出版发行：四川文艺出版社（成都市槐树街 2 号）
网　　址：http://www.scwys.com
电　　话：028-86259285（发行部）028-86259303（编辑部）
传　　真：028-86259306
邮购地址：成都市槐树街 2 号四川文艺出版社邮购部 610031

印　　刷：永清县晔盛亚胶印有限公司
开　　本：170mm×240mm　　　　　　1/16
印　　张：14　　　　　　　　字　　数：266 千字
版　　次：2019年12月第一版　　印　　次：2022年1月第三次印刷
书　　号：ISBN 978-7-5411-5534-5
定　　价：49.80 元

达州文艺精品资助 / 巴山文学院签约项目

总　序

中国四川达州，巴渠大地人文底蕴深厚，自古诗韵文风流长。巴文化熏陶下的文艺名人灿若星辰，巴山作家群闻名遐迩，巴山诗歌城、巴山诗派名副其实，巴山画家群、巴山摄影人、巴山书法家等文艺品牌影响日盛。

党的十八大以来，面对各种文艺思潮、文艺现象、文艺批评中存在的问题，习近平同志提出"坚定文化自信，用文艺振奋民族精神""坚持服务人民，用积极的文艺歌颂人民""坚守艺术理想，用高尚的文艺引领社会风尚"等中国特色社会主义文艺论断，有力丰富了马克思主义文艺理论，具有极强的现实指导意义。2016年，达州市总结提炼党的十八大以来在文艺方面的有益探索，创新实施繁荣发展社会主义文艺"1+3"新政，开展巴渠文艺奖评选、文艺精品项目扶持、文艺"双师双下"三大举措，规划5年投入5000万元，扶持鼓励文艺精品创作生产。特别是巴山大剧院、巴山文学院、巴山书画院、巴文化研究院、达州文艺之家、515艺术创窟等文艺阵地相继建成投入使用，为文艺家创作提供了保障，也是贯彻落实习近平新时代中国特色社会主义思想的具体实践，更是弘扬中华优秀传统文化、延续振兴达州文脉的务实之举。

当前，达州文艺创作进入了厚积薄发阶段，优秀作品层出不穷，精品力作不断涌现。此次达州市委市政府全额出资出版的系列书籍，包含诗词、小说、散文等文学体裁，以及美术、书法、摄影等艺术门类，集中展示了全市最新的文艺创作成果，希望全市文艺工作者能够增添信心和动力，坚持以人民为中心的创作导向，不断创作出具有中国气派、巴蜀风骨、达州特质的文艺精品力作，助力"全国巴文化高地"建设，为达州实现"两个定位"、争创全省经济副中心贡献文化力量！

编者

2019年12月9日

达州文艺精品资助／巴山文学院签约项目

序一　眷恋之上的追忆与呼唤

——评"冰心散文奖"获奖作品《远去的野渡》

铜陵市影视协会副主席　吴华

跻身于浮躁的城市，坚持业余文学创作，四川达州作家蒋兴强数十年厚积而薄发：继 2015 年以《老家那盘青石碾》获得"第二届中国散文佳作"特等奖后，今年再以《远去的野渡》（以下简称《野渡》）荣获"第八届冰心散文奖"单篇奖。

最近，笔者有幸读到《野渡》，心一下宁静如水，情一下感同身受——那些人、那些事、那些物，仿若就在眼前。

题材独特：选点精准切口小

时下的散文，大多是写乡村的消失、城市的旧事或当下的纷繁，而蒋先生却借从小生活在河边、爷爷是船工的优势，以一个职业媒体人特有的敏锐眼光，凭着深厚的文字功底，独辟蹊径，选择不少作家陌生的水上题材，聚焦社会转型期的码头变迁，讲述了渠江中下游一个叫观音溪的野渡和"我"及船工爷爷、两岸村民的故事，读后让人百感交集。

据悉，这个题材蒋先生原本是想写长篇小说的。"大材小用"写成散文，显然，已经深思熟虑：渡口的消失、码头的荒凉，是历史问题，也是社会问题；"消失""荒凉"，只是一种表象，过去行船人的坦荡勤劳，码头、渡口沿袭几千年的善良义气，水上人的淳朴、两岸村民的亲和，已随岁月的流逝而蚀变——而这，才是作品真正想表达的！

水上文化历史悠久，江河沧桑巨变，作家为何偏偏以"野渡"为切入点？

选纤夫、长航驾船的艰辛危险，历代已有不少作品涉及；选现代飞艇的时髦、游轮的豪华或水畔城市的气派，游记类散文已泛滥过剩；选河流，写一个个闸坝、一座座电站，又与水上文化没甚关联。而野渡的前世，既是粮食、土特产走出山外的窗口，又是大城市和海外物资进入山乡的"中转站"。它是货船、渡船的驿站，更是水上人讨生活与寄放心灵的港湾；于官要商贾，亦是走向山外见识辽阔世界的起点。

显然，野渡，唯有野渡，才是长江、黄河等千百条江河、溪流的灵魂和缩影；也唯有野渡，才是大江大河醒目的符号与蜕变的见证；也只有从野渡切入，才是关联广阔远方的最佳"点"。

主题深远：总关风俗总关人

《野渡》不是纯粹的一事一忆，更不是浅显的童年趣事，它是作家以丰富的人生阅历经验、深厚的艺术学养垫底，站在文化、文学和一个优秀作家的职责高度，对一些历史问题、纷繁的社会现象，经过反复思索，建立在眷恋之上的多元追忆与多主题呼唤。

作品中有江河小溪的兴衰，亦有码头的悲欢；有社会的痛点，也有个人的辛酸；有别人的恩怨，还有作者的爱恨。全文洋洋洒洒5500余字，到了结尾回首阑珊处，才发现《野渡》并非常见的"乡愁"作品，原来码头、渡口与两岸勤劳、善良、不畏艰险的民风，仁爱、义气、助人的民俗，等等，都已随着岁月的流逝而远去，那些传统的曾根植于人们心灵深处的亲近、和善也日渐丢失……

作家把江河、野渡、人事、乡村的命运巧妙地融为一体，写出了观音溪、渠江的前世今生，写出了过往行人、摆渡人、"我"、爷爷的命运。爷爷和"我"的人生，就是水上人的一部辛酸史，一部江河风情的沉沦曲。换言之，就是对当下世风日下的批判，对淡漠了乡情、人性的警醒，是呼唤厚道善良、乐于助人、舍身救人的传统民风的回归。

作家不急不缓，袖里藏锦，以丰厚的底蕴、喷薄的才情、力透纸背的功力、僻崎而深入的思考，彰显了一个作家守望现实的情怀，而这恰是不少作家习惯于自我写作所缺少的。作家对社会问题和底层民众现状的关切，目光锐利、思考深远、感知深刻，而这对当下浮躁、喧嚣的文艺界来说，是极为稀缺而珍贵的，恰恰也是很多作家应认真修炼和不断历练的。

写法创新：有"小说"的影子

散文中潜藏"故事味"和小说"影子"，一直是蒋先生倡导并已形成的一种创作风格。这，得益于他主攻中篇小说、散文两大文体。特别是在写广阔、博大、厚重的一类题材时，为了让散文多出点常见散文稀缺的艺术效果，让读者多读到一点人物命运和社会现实，多感受到一些心灵深处的东西，他大胆尝试，不断创新，往往一起笔就与众不同，令人眼前一亮，比如《野渡》：

> 清晨，还在蒙蒙眬眬的睡梦中，若依稀听到两声轻唤："过河，过河！"缓缓地，必定有一个软绵绵的声音："大河吗小河？"这多半是赶早场或去亲戚家帮忙的人。早饭后，听到有人大叫："过河——过河哟——"则大多有二三邻居同行，要去街上卖了鸡蛋鸭蛋称盐打油……夜深人静，忽闻悬崖上连声高喊："过河，过河！过河吧——"这时候，多半是家里有急事，应答也不同："来了！"接着就响起短促、有力的划桨声……

在散文中，像这样把"故事味"和"细节"，写到炉火纯青的地步，蒋先生早已驾轻就熟。没有写过小说或不太爱看小说的散文作者，可能会认为这样的文字太"土"，缺乏散文的"诗意"。而我以为，在恰当的时候有点小说的"影子"甚或诗歌的"吟唱"，恰恰是一个优秀作家综合实力和匠心的表现。作家把自己从小熟悉的水上风俗人情，与民俗民风随着岁月渐渐丢失的遗憾，复原为强烈的画面呈现给读者，产生心灵和视觉的冲击力。从这一点不难看出，蒋先生对故土的那份眷恋和追忆，为散文最后一章呼唤淳朴民风与优良民俗的回归埋下了伏笔，不失为一位优秀作家的睿智练达。

疏密曲直：个中窍门驾轻就熟

这里的"窍门"，与"取巧""要滑"无关，它是指段落间转接的曲直和句词间的跳跃、节奏、用语的疏密与长短句的变换等。其中的奥妙，全在"把握"。

比如段落间转接的曲直，《野渡》开头写道："野渡，顾名思义，野外、偏远，人迹稀少的渡口。"接着仅用百余字便交代清了野渡的环境、地貌和野渡名"观音溪"的来历。悄然间，就水到渠成地进入正文："观音溪，位于渠江流域中下游。岸边，常常停着一只芦苇篷小木船，一对桡子静静地横搁在云水间，映出悠悠的影子，像蜻蜓的翅膀……"又比如，对句词跳跃的把握和节奏、长短句的变换："掌舵的后驾长，摇艄的前驾长，岸上的首尾两名老纤夫，对（渠江、嘉陵江、长江）沿河两岸的水深水浅，哪里水下有暗礁，下几寸几尺，哪里是洄水、漩水，是倒流、泄流，岸上哪座房子是张家院子、李家院子，谁义气谁吝啬，都一清二楚。如在洪水天，顺流行船放筏，一日千里者，十之八九是有钱人请的高人掌舵，连船上一个小桡工，也艺高人胆大，水涨水降，河道详情，了如指掌。但见他们外舵内舵，不

3

敢有丝毫犹豫；满舵半舵，极讲分寸；急舵缓舵，全在掌握中。很多地方，都能听到船擦礁而过的'噗噗'轻响，那是至高的境界，又是危险的信号……"

再看当"简"时，以叙抵达，明密暗疏："（十多年后）码头上有人落水寻短，再没人主动援救。当年我们'偷'青菜、豌豆尖的坡地、河坎，和夏夜歇凉那岩边'咀咀'，早已蒿蓬丛生，无路可去了。静静的观音溪，还是宽宽坦坦，却没有了货船来往、渔歌声声……"最后作家以"野渡，故乡的野渡，在眼前一片模糊，遥远得恍若隔世"戛然而止。

这些有如诗歌般精炼，又如山水画、风俗画的文字，在《野渡》中不胜枚举，不难看出蒋先生创作态度的认真严谨。无论是他过去获奖的散文《老家那盘青石碾》《父亲学石匠》，还是成名作中篇小说《瓜客》《丢失》，以及代表他目前创作巅峰的50万字现实题材小说《楼蠹》，其每部作品，都是殚精竭虑、一丝不苟，都不难发现一个特点：当酣畅处出神入化，得惜墨时删一字不可。

总觉得，阅读他的作品，就是一次洗礼、一次对文字的朝拜。而蒋先生却说，这次获得"冰心散文奖"，只是他写作的一次测试，后边的路还很长。可见，"天不言自高，地不言自厚"，低着头的谷穗才饱满，也昭示着明天的喜悦。

（原载《华夏散文》之《文学评论》栏目头条和《达州日报》副刊头条，获达州市2018年度新闻奖）

序二　我把文字当娇气的女儿在养

——专访达州首次获得全国散文类最高专项奖作家蒋兴强

作家、记者　郝良

2018 年 6 月 24 日，备受关注的"第八届冰心散文奖"颁奖典礼在"三苏故里"眉山落下帷幕，达州籍知名作家蒋兴强的《远去的野渡》获单篇奖。这是达州首次摘得全国散文类最高专项奖，也是他继 2015 年以《老家那盘青石碾》获"第二届中国散文佳作"特等奖之后的又一大奖。6 月 28 日上午，记者与蒋兴强老师相约，探知他创作背后更多的故事。

好料还需精打磨，敬畏之心出上品

记者：蒋老师好，这些年来，您一直不懈地耕耘在小说、散文园地里，并且结出丰硕的成果，这里首先要祝贺您获得散文类全国最高奖。应该说，业内人士都知道，仅仅在写法上有点小突破或在文字表面上玩一下花哨，想要在两年一度的"冰心散文奖"的评选上获得单篇奖几乎是不可能的。本报想先分享一下您这次获奖的一些经验，可以吗？

蒋兴强：不敢说"经验"。这次获奖，只是写作中的一次小测试，后边的路还很长。唯有加倍勤奋，把作品写得更好，才对得起冰心先生。再说，文字这玩意儿，天外有天。我就说说写这篇散文的一些背景吧。

我爷爷在中华人民共和国成立前是渠江、嘉陵江、长江上的船工，他们的货船经常在上海黄浦江、武汉徐家棚、重庆朝天门、渠县鲜渡河码头停驻，我奶奶曾是一国民党军官的太太，可能是军官战死，或者是"宅斗"太厉害，才看上魁梧能干、重情重义的爷爷，携了四口朱红大皮箱和一些细软首饰逆流而上回到渠县老家，嫁给了爷爷。

至今都记得，我四五岁时，奶奶见我去翻她的皮箱（奶奶的嫁妆），她拿出了一本厚厚的书叮嘱我，千万别撕了卖了，一定要保存好。我到小学三四年级才明白，那本书是竖着排的，名叫《金陵春梦》，纸已泛黄，前几页还烂了。可以想象，我小时听了多少水上的生死离别、军政争凶斗狠的故事。特别是爱上文学、走上写作之路后，更清楚那些故事的价值，一直想写个长篇小说，可一是这种题材难度大，怕功力不够浪费了素材；二是因前几年写一个 50 万字的现实题材的长篇小说占据了我整整 8 年黄金时间，害怕再耗费一个黄金 8 年，我这一辈子就只剩下"破铜烂铁"了。三年前，偶见有人获得"冰心散文奖"，一时心动，经反复对比题材和作品风格，便"大材小用"，把一篇绝好的小说题材变换成了这篇 5000 多字的散文。简言之，如果要拼奖，题材要力求人无我有，人有我占绝对优势才行。

记者：一篇作品究竟好不好，终究是看它到底把读者的心打动了几分。除了刚才所说的因为您有了很好的题材以外，我在细读您的散文后，有一个比较明显的感受：您在深度和细节的打磨上应该说下了不少功夫，作品中有跨越时空的厚重感，而且您是在很用心地对待每一个文字和细节，而正是这些细节的精心打磨让您的散文具有了打动人心的力量。在这方面，您是不是特别用心？

蒋兴强：您说的正是我已经努力了很多年的一个方面。也许因父亲是石匠，从小目睹了太多的精雕细琢之故，即便是做了职业记者，也有"家"的影子，总爱在"挖"的韧劲、"拓"的狠劲上去多下些功夫。特别是这十多年，即或是一篇普通的副刊千字文，若少了特色，不打磨十七八遍，我是不会发给编辑的。不知不觉，竟养成一种习惯，哪怕是烂熟于心的题材，"材"无价值，我不会轻易动笔。如遇上必写的一类稿子，即或写了，无论旁人认为多好，从内心讲，多半我不满意，甚至心头还有点内疚，总觉得玷污、愧对了文字。著名评论家、原云南师范大学副校长、中文系主任张运贵在评价我的长篇小说时，就这样不谋而合地肯定了我的努力："蒋兴强的创作态度极其认真、严肃、严谨，他的每部作品，都是殚精竭虑、一丝不苟，反复修改。他对社会生活的观察之锐利、感知之深刻，这于当下浮躁、喧嚣的文艺界，是稀缺而珍贵的。也正是很多作家应该认真修炼和不断历练的……"但我觉得要到达张老师说的境界，还需不懈努力。

散文中有"小说"，小说中有"散文"

记者：我在今年 4 月调到了晚报副刊后，读了您发来的两篇散文《母亲的针线活》《当年母亲下厨房》，给我最直观的感受就是，您的散文中有一种很强的故事味，文字里随时闪现出一幕幕让我熟悉或陌生的生活场景，有小说的影子在里面。您能说说为什么吗？

蒋兴强：哈哈，从散文中，能发现"故事味"和小说的"影子"，那我可得先夸一下你眼光独到！其实，这应该算是一个人的写作风格吧。既然你提了这个问题，就不得不说，我先是写散文，后才写小说。这些年写小说，感悟到不少领域散文根本无法企及，同时也发现无论怎么努力，我写小说这种文体，在文采上都要比散文逊色。于是，写小说时，我有意借鉴了一点散文的笔法和文采；而写散文时，我则希望有所突破，便对小说这种广阔、博大、厚重的文体时有借鉴，也就是想让读者多读到点现实生活，多感受到心灵深处的一些东西。这不是风花雪月、不是单纯的"景"可抵达的。一句话，多出点"故事味"和小说的"影子"，是想有点不同，多点常见散文稀缺的艺术效果。

记者：散文中有"小说"、小说中有"散文"，经您这么一讲，倒还真是经验之谈。您不妨就以您获奖的那几篇散文，来为我们做更深入的解读和阐述如何？

蒋兴强：好的。比如，我曾经获得"第二届中国散文佳作"特等奖的《老家那盘青石碾》中的这段文字：

> 据母亲讲，她刚生下我才十天，爷爷就按捺不住激动，趁过年的喜庆日子，一早安好碾架套上牛，脱下他的长衫把我包上，以一只装了几片腊肉的土碗伴着我，让牛搭着我拉着碾碾走了足足六圈，说是给我开了个六六顺的"大荤"。中午团年，爷爷又用他的长衫裹着，把我抱起"抖在上席"，让我开始享受一家之主的至尊地位。意思是告慰祖先，家里添了"香火"……

再比如这次获得"第八届冰心散文奖"的《远去的野渡》：

> 水性好的伙伴，对一千多米宽的大河，可轻松游个来回。有时看到长途船路过或渡船送人已到大河中央，只一声吆喝，就以最快的速度猛扑狂追，几分钟到了船后边，吊在后舵上，手脚处于静止状态，任幽幽的凉在脚下轻拂，会突生出几分怂怂。这时，外地的长途船会笑着吼道："扯到咋子？梆重！"本地的过路船或摆渡船，则会笑骂道："小心舵（堕）落哟！"实际是提醒，小心抽筋，莫天冲地冲，伙伴们"嘎啦啦"一阵大笑，才纷纷放手，转身连扒带蹬，还故意把屁股翘得老高，显示着出色的水性，几把水就先船回到了岸边……

这种叙写，如果平时不爱看小说和没有小说写作经验的散文家，可能会认为这样的文字太"土"，没有散文的"诗意"，可我觉得"诗意"的落脚点应该在"意"，如果偶尔一点文字有别致的"意"和较强的画面感点缀，就会给散文平添几分艺术活力。

事实上被广大读者所熟知的冰心的散文《腊八粥》《樱花赞》、朱自清的散文《背影》里早就有类似的经典描写。（说着，蒋老师翻开一本读物）你看，大家熟悉的《背影》：

> 我看见他戴着黑布小帽，穿着黑布大马褂，深青布棉袍，蹒跚地走到铁道边，慢慢探身下去，尚不大难。可是他穿过铁道，要爬上那边月台，就不容易了。他用两手攀着上面，两脚再向上缩；他肥胖的身子向左微倾，显出努力的样子。

轻读时代考作家，碎片泛滥问良知

记者：有人说写作态度事关作品的灵魂和生命。在人人都是写手、微博微信网站多得无法计数、碎片文章泛滥成灾的今天，我却看到了文坛上太多的急功近利。一些新生代作家和写手喜欢轻易否定生活（脱离现实生活），进行妄断和臆想，用另类的思维搅动语言的秩序，反而还能博得不少人的眼球。对此，您怎么看？

蒋兴强：这两个问题，说起来就会触及某些人的神经。出于良知和从社会的风气、文字的神圣出发，我只谈点个人看法。

走进作家队伍，与林林总总的人深层次一接触，说实话，有为数不少的作家与我从小想象的才德、仰望的称谓和梦寐以求的职业是有很大差距的，让人失望的。

总觉得，一个作家应该有独立的思想和人格，应该是精神、灵魂的守卫者和倡导者。尤其在物化的当下，写乡土题材的也好，写畅销时髦的"浅现代"也罢，都需要保持一个清醒的头脑和一支干净的笔，才能写出有生命的文字。当然，花拳绣腿、投机取巧，可能会引起世人一时的好奇，但一放下读本就会被遗忘，即或以特殊手段炒得沸沸扬扬，也终将会被历史淘汰。可现状是，有些人在清醒地犯着创作大忌，乐意被纷繁的社会和五彩的现实迷惑，总爱跟风附庸，让难得的一份天赋和好好的一支笔被"绑架"，走上浮躁、虚荣的不归路。结果，貌似名声大、作品好发了、获奖容易了，可能有不少人站在他面前敬酒，却和读者一样早就不喜欢他了。

原因就是，本质变了，没把精力、时间放在构写上，没有把良知渗透到文字里，只是昧着良心在写，为了名利而写。这种东西最多可忽悠初学者和一般文化人，还过得了内行的眼和历史的检验？

身为职业媒体人，我吃的是新闻饭，也有迫不得已的时候，但只要一涉及艺术，我是极为严肃的、神圣的——这，包括我的每一部中篇、长篇小说和每一篇散文，可以负责任地说，我的每篇文字的底色是干净的，是有良知的。这就是这些年来，我从不接任何有偿性"散文"、功利性"小说"的真正原因。就拿《远去的野渡》《老家那盘青石碾》来说，如果把它看成是茶余饭后的回忆、游山玩水的消遣、风花雪月的浪漫，那就真正错得离谱。前者获"2017年度四川省副刊二等奖"和"第八届冰心散文奖"，被《四川文学》《散文选刊》（选刊版）等杂志刊（转）载，绝非偶然；后者被十多家纸媒转发，无一家不是在刊物头条或经典栏目，接着获"第二届中国散文佳作"特等奖，也绝不是某些人热衷的"门道"，我相信读者自会读出一些走心的东西。

当然，我说这些，不是说我的散文就写得很好，是说在创作时，我会始终秉持一个信念：文字要想弥久留香，得十二分地真诚、细心，就像养一个娇气的女儿，生怕她受了点委屈和稍被敷衍。

（原载《达州晚报》副刊，配发"冰心散文奖"获奖作品《远去的野渡》）

目　录

岁月反刍　001

最后一单老式木匠活 /002

我娘年轻时 /006

父亲学石匠 /014

远去的野渡 /018

老家那盘青石碾 /024

再晚，那个方向都亮堂 /028

怀念岳父 /034

食甘读味说腊肉 /037

忆"吃" /039

三岁牯牛 /041

牧童春早 /043

戴大红花的小牛 /045

老井与村庄 /047

巴山夜话　057

若把上班当种花 /058

门前那个"牌牌" /060

这担忧，比贫穷还可怕 /063

军地情歌 /065

孩子，外面在下雨 /068

自酿苦酒慢慢尝 /070

病中乱想 /072

"独居"的日子 /075

别岗退休犹过鸟 /078

与文人书 /082

悼良心主编吴建国先生 /085

傻样，或许大聪明 /087

说"四"为何"物" /089

风俗物语　　091

好山好水观音溪 /092

渠江河畔抬石工 /095

情侣石的传说 /100

蔡艺学篾匠 /102

追忆德艺双馨的永玲姐 /106

大巴山丧葬风俗写意 /111

石窟遗风道千古 /132

张良庙访古 /134

大地调色板 /136

我和老伴去"放飞" /143

少华拾梦　　161

那年殇七章 /162

异想 /164

我好想静 /165

一路向西 /166

若有二世 /166

牛说 /167

烤鱼 /168

骨头 /168

商人 /169

童年那条河 /169

为了这次约定 /170

谈读论写　　171

我和《舒洁》/172

我与《瓜客》/175

借水三江行九州 /177

作者需自知到了哪个"弯"/179

诗界的"体检"与出路 /182

读书需到"黄金屋"/184

爱你容易坚守太难 /186

风寒水冷梅早开 /189

文字路上的记忆 /192

朝霞绚丽看草原 /195

一场生命与灵魂的浴火涅槃 /198

岁月反刍

最后一单老式木匠活

退休闲下，一想到户籍还在渠江边的老家，就有了把那房子整修一下，趁手脚灵便，一边种点青菜、萝卜，一边看书、写作，在天然氧吧中好好享受的念头。

和老伴一商量，她竟比我还迫切。那房子盖起来都三十年了，还是请谢木匠吧，连楼板、桷子、檩子，一起换！

谢木匠爱看书，老伴相信谢木匠，缘于我笔记本中还记着当年谢师傅的一段雅论：

> 木材，就像一头天真的牛犊，木匠则是驯化它耕田耙地的农民，农民习惯好、耕养技术精、爱牛懂牛驯化得法，耕牛才会长得油光水滑，浑身是劲。同样，做一架床、一把椅子、一个梳妆台，哪怕是一担水桶，都要懂、爱、研究，做出来的活儿才有灵气。

去接谢师傅那天，我谈起这段话。他淡淡一笑，指着一幢幢水泥楼房说，现在修木板楼的几乎绝迹，我已是全镇最后一个老式木匠，找不到下手，才把改行在城里做装修的幺徒弟请回来的呢！

谢师傅进了屋，一见备的料是一色的柏木，两眼都漾起了笑意，问大门小门有没有讲究。一位热心邻居，见楼上楼下门多，建议大门统一做个尺寸、小门统一做个尺寸。谢师傅摇摇头，有儿有女的家庭，要图吉利呢，从房上到地下，都按鲁班尺——所有的卧室门做贵子门，三扇大门做迎福门，厨房、餐厅三扇门做财禄门，厕所、猪牛圈门做……

谢师傅说着，"噗"地一下拉开鲁班圈尺，就量那些长长短短的板材、方料。两师徒一会弯尺，一会墨斗，一会墨签，比来划去，紧紧张张一天下来，房檐下便分类码满了大门、卧室门、餐厨门六七堆不同长度弹上线的木料。

原来，在木匠心里，这么多东西，竟有一本明晰的"谱"啊！

我忍不住问，是否有计划失误的呢？谢师傅哈哈一笑，早，这才零头呢！这点都搞不清，还叫"木秀才"？

谢师傅把一块方木，用两把铁爪子往树上一抓，对徒弟说，电锯锯口大，这块抬三层，就要废掉一匹板子，来，我俩师徒人工锯。

说着，衣服一脱，两师徒面对面，弓步以待，师推徒拉、徒推师拉，"呼——呼——"，徒弟推得猛、师父拉得柔，一个肩助肘推，一个回环自如，那肘拐便一去一回，极具节奏；明晃晃的锯皮在来回啃噬木头，两边的锯口一点一点源源不断地吐着锯木面。刚锯到两尺余长，徒弟拿起木楔，打入锯口上端。那锯口便张开半寸，锯皮一下就跑得更欢，锯声也越发悦耳。

两锯锯到底，三张新木板就重在木马上。谢师傅端起墨斗，也不要人拉线，顺手将线锥"嗞"地往木板一端一扎，"噗"地一下把线拉到木板另一端，眼睛一瞄，"啪"一声就弹上了墨线；再拿起弯尺，左比右画几下，拿起凿子、斧头，只两凿直两凿斜，一寸半长、半寸宽的榫眼，就凿了半寸多深；再翻过木板，对准墨线，又是那么几凿，奇迹就出现了——那凿子如有神目——两边榫口相对，丝毫不偏，无刺无岔，一个漂亮的榫口轻松完成……

最长见识的是镇（铺）楼板。这天清早，谢师傅一到就说，紧紧张张搞了四五天，这几间屋的楼板、楼栿终于准备好了，并吩咐徒弟，把几天前就划成一公分宽的厚篾条抱上一楼，得先从一楼镇，防止掉东西落灰尘。一袋叶子烟抽完，狠狠喝了半盅茶水，谢师傅提上斧头、锯子，拿上备好的槌板（六寸宽、尺余长的青冈木板）来到二楼。

师徒俩一左一右，同步把楼板向南墙一推，各自一块槌板紧靠上去，赶紧一人一根錾子浅浅打入楼栿，向前撬着。师父喊："一、二、三！"两师徒同步举起斧子脑壳向槌板上"嘭"的一声狠击，连续喊三遍、向前敲打三下，那楼板因槌板隔着不卷不损，竟向前移动两颗米粒的距离。师徒俩只"嘭嘭"几下，两颗长铁钉就将楼板固定在楼栿上，楼板无丝毫回退迹象。不需师父示意，徒弟拿起一根与楼板齐长的厚篾条，木板为母、篾条为公地顺槽嵌入（稳固、挡灰），再将第二块木板的凹槽对准已嵌入前一块楼板的篾条。接着，又如前面的模式，錾子撬、斧头撞、铁钉固……楼板才嵌三块，两师徒的背上已湿一大片。

哪知，楼板镇到楼梯口，两师徒却突然停下，从北墙开始镇过来。心里正想，为啥突然又从北墙起头？待镇到中间，只剩下一张小楼板，见谢师傅把剩下的口子两端一量，再把最后一块楼板两端一比，才发现所谓尖板，原来是一头大一头小。谢师傅笑道："嘿嘿，没看出一头宽一头窄吧？"

正为他考虑的周密吃惊，他又顺缺口将那尖板向前一推，两边灌上篾条，槌板靠在尖板尾部。师父边在前稳住看阵，边叮嘱："撞重了跑不赢，省到来。"师父喊一声"打"，徒弟就"嘭"地一斧锤。随着撞击的声响渐大，尖板却越走越慢。

眼见还有七八寸，徒弟连续使劲两锤，尖板丝纹不动，谢师傅才喊"停"；都拿起槌板，横着对准两边已钉上铁钉的楼板，再一一向前紧槌一遍；回来又让徒弟使劲撞，约十二三锤，尖板到了位，三颗铁钉一钉，谢师傅才一揩额头的汗水，笑道："两边夹着，又多钉了颗钉子，想它退都不得退！"话一毕，谢师傅让徒弟端来半盆清水，向楼板中间一泼，对徒弟说，你下去看！

片刻，徒弟回话，滴水不漏！

谢师傅才像完成一件大事，把你楼下楼上这几间楼板一镇，难做的活才完成三分之一，真正难做的最考级别的是做那铺架子床呢！

三天后，把房上的活做完该做床了，谢师傅却微微一笑犹豫了，做床不如买，现在的架子床才一两千元，做一般的要四个活路，如果要做得体面，不浪费材料又实用，和你这木楼配称，就要借鉴明、清风格，三面带围栏，天上配承尘、挂檐、床楣，你这楼房干熵，可以不要前檐，但女人要放个头绳、耳环、戒指，男人要放盒烟、手表，孩子要放两本娃娃书，就要做块一头带个小抽屉的后台，床庭、束腰、四柱、八矬都要造点型，才上档次。这样下来，至少三四十个活路，别说材料、生活，光工钱就要八九千，当然样式、质量肯定好得多。

见老伴听得两眼放光，恨不得马上就在那床上睡一觉，我就点了点头，做！

谢师傅这才将几把锯子锉了一遍，把斧头、刨子、凿子都磨了一遍，一个个刃口磨得锋利。我忙着订琉璃瓦、买太阳能热水器、配洗漱间设备等，只对谢师傅交待了句，给精心设计，做到一流，便没顾得上管这事了。

过了八九天，谢师傅见我稍松了口气，把我喊过去指着一堆长短不一、粗细有别的小木方和弧形、圆形、椭圆半成品说，这是两头的床围，就是两个床头的材料，估计还有十来天，这些该打眼的、做榫的、凿槽的、留卯的，才会陆续成型。说着，把我带到放成品的房间，只见他徒弟将正围（床后边一面）已装了一半，手上只有一把木锤、旁边一把刨子，却怪怪的不见斧子、锯子、胶水、钉子，更无射钉枪。这床不仅要睡两个大人，孙娃们回来还得在上面蹦跳呢！

正为它的结实担忧，谢师傅指指正在安装的正围介绍，这架床，没有一颗铁钉，没用一滴胶水。这接头的造型，外表看不出什么，其实加的是楔钉，就是木锁；这个转角木料小，表面看衔口密实只一条细线，实际里面是暗单榫，俗称公母榫；这个转角木材粗，受力大，几乎看不到衔口，实际是暗双榫，就是双公母榫；还有这些圆形、椭圆形、心形、莲花形、云形、烟斗形，做工就更讲究，采取的是几形榫、插肩榫、烟锅榫等。这个直直的，你看我这么使劲，它为啥纹丝不动？行家从这里一瞧，就知道是抄手榫。打个比方说，它们现在就像人的关节，表面肤色一样，左弯右拐，无断无裂，实际它们内部已有筋骨、血络相连，就像一棵大树，下面的根须，已是盘根错节，一般几十几百年，都不会断、折、散的；换句话说，即便学会了这些手艺，不熟悉这些木料的树龄、个性，不知长在阴山还是阳山、是沙地或是沃土，不懂扬长避短、随性随形，做出来的活儿，也难有精气神。

真是行行有高人，让我眼界大开，一件木器，竟有这么多学问。

八天后，一架不上漆不上油的架子床，就伫立在卧室中央。老伴高兴得合不拢嘴。结工钱时，老伴大大方方做主，让我多付了三百元奖金给谢师傅。我送走谢师傅回来，老伴已把卧室收拾得干干净净，蚊帐挂上了，床也铺好了，床上竟是新被子新枕头。我明知故问，这个家怎样？老伴"咔嚓"一声关了灯，好啊！

（原载《人民日报》《大地》副刊，入选《文苑》《小品文》等杂志）

我娘年轻时

写给去世 21 年的娘。

——题记

身为长子，深知娘当年初为人母的那份神圣感和数十年如一日对我们几兄妹的担当，总觉得欠她的太重，文字太轻。娘去世整整 21 年，一直未敢轻易触碰，没敢给她写一个字。

不知不觉，又见粉嫩嫩的李子花开了，谢了；白白净净的梨花挂满枝头，又一个清明节拢了。心头就像往年，每到这几天，特别想念娘。过往的记忆，也犹如那枝头的花苞，鼓鼓胀胀，悄悄地长出花瓣花蕊，散发出了诱人的芳香……

针线活

娘，小名糜秀尔，书名糜文秀。听来这名字颇为雅气，实则她一字不识。然而，这不影响娘的聪明、勤奋，不损她的漂亮、内秀。

发现娘与别人不同，大概是在我四岁多。当时我刚走得稳路，祖母也体弱，娘要干活挣工分，每天送我去吃奶，就成了曾祖母的事。于是，上午、下午到一定时辰，曾祖母会用一个座座背篼背着我，拄着根木棍，颤巍巍、一走三停地把我背到岩弯边或树林下，等生产队一歇气，才让我与娘"见面"，交给娘喂奶。

随着队干部一声喊"歇气"，不管是凉风幽幽的河坝，还是宽宽大大的晒场，都能看到一些年轻媳妇或半大姑娘，和娘一起，先到水田、河边将手洗净擦干，选一片草坪或有青石头的地方，紧挨娘坐下来；再把裹了一层又一层的塑料袋打开，才见里面是雪白的鞋垫或没纳完的鞋底或是盖梳妆台、被子的盖巾；然后，一个个文文静静、小心翼翼地做起针线活来。

每当此时，做绣活的秀秀气气、斯斯文文；而纳鞋底的则屏气凝神、目不斜视，一针下去，不偏不倚；顺势顶针一顶，才一边回答对方的问话，一边像村头学校的老师做扩胸运动，动作很大；一根小麻绳被拉得"呼呼"响，两三下一拉到底，狠狠一紧，第二针又下去……偶尔，总会有人亲亲热热地喊着"糜大嫂"或"糜大婶"，过来问娘是绣双面还是单面，针脚咋入咋出，才细密好看。娘就会轻轻一吹额前的几缕刘海，抿嘴一笑，接过对方的活计，先在上面一阵比画，再边说边示范。做这个绣活啊，怕沾杂色脏物，怕想家长里短走神；否则，做出来的东西就呆板难看。比如这入针就要慢才准，这出针要斜，面上的针脚才精美有灵气……

当我再大一些，粗略明白点事理，就注意到每逢下雨天和下雪天，集体没有农活安排时，队上总会有一两个年轻妇女，溜到娘的房间，根据她们所需的长短大小从娘那里取几个纸样鞋底鞋帮，照葫芦画样般用旧报纸给剪下；不适合自己所需的，便让娘把握长短肥瘦，给亲手修剪，这类妇女多半都是熟手，只是细节问题没过关。

也有悄悄掏出一截稻草或半根红线，比比画画，问第一次给"他"绣鞋垫有些啥讲究，是双色绣还是三色四色绣？取哪种花哪种色合适？扎哪种针形好看？这种情况，一般是姑娘已有对象快嫁人了。娘会说，鞋底用不得斜纹布，那叫走邪路；用半截布，夫妻间容易扯拐；用麻布叫披麻戴孝。最好选白纯棉，用七八十岁有儿有女的老人的旧衣旧裤，将来两个人才长命健康，白头偕老。

如果对方窃喜喜地说，有"三个月""五个月""在动"什么的。这多半是来人已有身孕快生娃了。娘会问，是个妹妹还是弟弟？如果对方说不知道，娘就会说，让他长起像猪儿一样胖，像狗儿一样黏爹妈，牛儿一样壮吧。然后，拿出些二三寸长像小猪头的小娃鞋，和巴掌大绣了狗儿、牛儿图样的小裹肚、小衣裤，说小孩的衣服上千万莫绣猫描蛇仿鼠，猫属虎性，蛇属阴性，鼠贼眉贼眼尖嘴货，小孩逗"狸拉"①。

如遇上哪个问到做小圆口、大圆口布鞋，做男女棉鞋，不是娘家父母、哥嫂，便是她婆家有人不久要办大寿，她要为寿星夫妇各做一双布鞋送礼了。娘会问，几十大寿？是做一般的，还是做体面点的？对方若说七十岁了，做不上不下的。娘会提醒，还是得青帮白底才受看呢，不过这年岁的人，不费鞋底了，中间可以做跳三针，前后还得做平针才耐磨；至于布料吗，上下打白底子，中间夹些杂色布吧，每只鞋底中间别忘了夹一层红布哦，红可避邪，那叫步步红运呢！

最精彩的还是每逢生产队开会，男人们大多爱在会场前面和中间，大模大样地抽烟吹牛，嘻嘻哈哈说着荤话；女人则常常端一条小凳，没有小凳的就和带了长凳的媳妇打伙坐。她们要么在风吹不着雨淋不着的屋檐下坐成一溜，要么在太阳晒不着的大树下，或在没有叶子烟味的地坝边，熙熙攘攘坐在一块，叽叽咕咕边说边笑，手上的针线活却做得有条不紊，说话做事从来两不误。常常是平时爱整洁、家里讲卫生、干活麻利、手上针线做得好的几个媳妇总爱围在娘前后左右。很多时候，她们拿过娘手上的袜垫鞋底一瞄，立马就把自己扎好的花线挑掉，或"噗噗"几下退出小麻绳，然后，再边扎边看娘手上的活计，有时还凑过去要娘在绣物上示范几针。娘会说怎么打底子、做平金、盘金，如何出边、戳纱、洒线、挑花。

这时，总会有父亲的远房妹夫、姐夫，喊娘的小名："糜秀尔，你说的七月七送我啥子？快到了哦！"娘会把调子拖得长长地："是吧——你要的鞋子，一会儿我就去扯几把枯草，给你编几只②哈！"

一下惹得全堂哄然大笑，连对方也笑得格外开心。但会议一开始，立即就鸦雀无声，只有上鞋帮扎鞋底拉绳的"噗噗"声和手捏大针小针一拉一舞的手影。

印象最深的，是队上有个名叫艾张氏的孤寡老人满七十大寿，一乡干部在会上要求队里给她做双布鞋。队长一听，愣住了：那可是一双旧社会缠裹下的尖尖脚，队上会做尖尖鞋的老太婆眼手都不灵便了。只见德高望重的老队长捋捋白胡须："这队上啊，可能只有糜秀尔才奈得何哒！"大家一下把目光转了过来，娘二话不说，便把这事应承下来。

当时劳动一天8分钱，队上只补助两个工日，还不够零头，娘贴时间还得搭上家里的布料，却没半点怨言。那一个多月，我每晚醒来"解手"③，都看到娘还披着棉袄在灯下，兀自一针一线地扎鞋底。从茅房跑回，面里睡下，娘的身影映在蚊帐上，看着看着就入睡了，至于她是啥时才睡的也不知道……

从这一年开始，队上每三年送一双，直到老人去世——也就是娘做到第三双，老人拉着娘的手，说了这样一段话："糜秀尔，你做了鞋，我一个孤寡老人，没法报答你呀！你每针每线都细心，是在为后人积德哒，不信看，你三个儿一个女，个个都会有出息……"

渐渐地，后来才听说，娘做鞋绣花早就美名在外。娘传教的针线活，一传十，十传百，常常是，有人夸某某家儿媳针线活做得灵秀，一旁的人准会说，人家是蒋家岩上那个糜婆婆传过来的呢！

下厨房

20世纪六七十年代，农村经济、粮食困难。做饭，菜品极少，简单。不过，对于娘煮饭的快、好、卫生，小时就有耳闻。

说是娘嫁过来不久，大队组建大食堂，家家户户的粮食被"集中"，食堂炊事员一职，谁都想去争。大队干部见在大食堂吃饭的人大多是一个姓，都沾亲带故，没法照顾谁，就一家一户地检查家庭卫生，然后让特爱干净的几家，一家派出一人参加厨技比赛。娘以厨房卫生、切菜、炒菜、蒸饭四项全领先，第一个被选入大食堂炊事班。而在我的印象里，发现娘做的菜品多又利索，还是田地下户不久，我结婚那天……

20世纪80年代的喜酒，最高规格是"十大碗"。长子结婚，娘十二分高兴，说是要给客人多加道"龙凤呈祥"的大菜。

问娘，"龙凤呈祥"是啥，娘莞尔一笑："到时就明白。"

娘做饭，不喜欢帮手太多。二三十个人的饭，一般有个人挑几担水就行，淘菜、切菜、架火，她一人绰绰有余。遇上没眼色，该催火舍不得添炭、该文火不知退柴、切的菜"像柴块"的，她立马会叫对方"出去休息"，干脆啥都自个儿做。

头天下午，屠夫把娘千桶料万瓢食为我结婚喂养了一年的一头猪一杀，半边卖了开支，半边再一分为二作为我们家自用和送给岳父家的"过礼"④。当我把28斤肉和10斤面条、5斤粉条、3斤海带挑过去回来——来回不到两个小时，除了担水磨豆腐、劈柴烧火、杀鸡剖鱼是父亲和兄弟妹妹外，其余几乎是娘一人，忙了案上忙灶上，切好墩钵、肘子，弄三鲜、酥肉、炸鱼、糯米饭等，忙而不乱，利利索索。当我看到摆好的"十大碗"，为娘的厨艺惊讶时，娘才把我引到里屋，掀开柜子，指着十几条黄灿灿的油酥鳊鱼配的一只只清蒸整鸡说，这水里长的鱼是"龙"，山坡上放的鸡是"凤"，它就是我要多加的一道大菜——"龙凤呈祥"。

在那个缺吃的年月，仅这道菜就顶普通人家一整桌菜的价钱。而在娘眼里却没有丝毫怜惜，满脸都是平时待客的大方、自豪和喜悦。我这下才发现，娘竟是那么漂亮、年轻，甚至觉得她嫁到农村有点可惜。可是娘丝毫没发现我的情绪，却说，我有三个儿子啊！你岳父家只象征性要了点礼品，我不让儿媳家那些"送亲"⑤的体体面面坐在上席像话吗？啬的人，越啬越没得呢！

第二天，我和媒人、帮忙的亲友一同过河去接亲，娘才不慌不忙点燃灶火，开始蒸头晚扣好的笼。当我接上媳妇还没到家，远远就闻到蒸肉那诱人的香味。媳妇悄悄地说，我真担心将来赶不上你妈啊……

真正让我眼界大开的，是我婚后的第四年，我和二弟两家同步开工修三层新楼房的那几个月……

那个年月，能开工修三层楼的，屈指可数；又是弟兄俩，一日三餐大酒大肉，二十多人扯起桌子开饭的更少。娘的高兴、脸上的光彩，可想而知。

开工第一天，天刚麻麻亮，娘就早早洗过脸、梳了头，给我和二弟各端了一筲箕平时舍不得拿出来吃的干咸菜："修房造屋，要的是端的哟！先说响，后不嚷，后人的事，老人该帮，但一碗水得端平！老大三天，老二三天，轮换帮。"

话一毕，一挽袖子，娘开始从我家"帮厨"。

妻子从来对妈特好，妈前妈后喊着，主动当起下手来。

娘站灶台，妻子跑进跑出，一阵忙乎，见大多工匠已到，一碗两个煮蛋——二十多碗"过早"（早点）的醪糟开水蛋，已端上了桌。醪糟不水不稠、白糖不多不少；拈起蛋，轻轻一咬，不老不嫩，舌头稍稍一搅，一道细软的流汁在嘴里散开，还伴着一泓蛋清的滑、蛋黄的香；再喝上两口醪糟开水，一夜的口干没了，还有一种淡淡的甘甜和一点儿清爽、酒香……

来晚了的工匠见差点赶不上"过早"，第二天也按时了。

早一过，师傅们也不要谁喊，各自拿上家什，精神十足地干开了。过了四五十分钟，娘又打招呼了："蒋兴强，喊师傅吃饭！"

师傅们下来，几盆热水、几根新白毛巾已"一"字形摆在地坝边。大家洗罢擦干手，见桌子上竟然是农村家庭做不出来的油果子（面经发泡后油炸成小苹果般大，黄灿灿的）和凉拌猪耳、腊猪肝之类，外加炕豆腐、凉粉、炒豆芽一类菜四五个，半锑锅豆浆、半鼎罐绿豆稀饭也并排在旁边，一个个都满脸阳光，"啧啧"称赞："这家'噶娘'⑥能干！"说着，第一筷子就拈起一个油果子，有的则去拈一般家庭中午待客才有的荤菜。

早饭伙食好，工匠们手下的活也干得卖劲，尽心尽力，个别爱偷懒耍滑的人，在我们家也不玩心眼。见活路做得又快又好，上午不到 12 点，娘已给每个碗里放好了两个煎鸡蛋，锅里水一开，和菜一下，又喊："'过午'了，叫师傅下来！"

哪些吃得干，哪些吃得稀，娘早已心中有数。二十多碗煎蛋面，已摆上了桌。油、蛋、菜、面条一样多，水多的在一块，水少的在一边，葱花、大蒜、生姜米、酱油、醋、煎油辣子、胡豆瓣水放在桌上，要多要少自己取。

过了午，一支烟一抽，掌墨师慢慢站起，师傅们赶紧喝两口水，便跟着干活去了。

一个多小时后，一桌与众不同的午餐已摆上了桌。

荤菜，有黄花炖鸡、咸菜炒肉、苕粉滑肉。黄花炖鸡，花是家乡才有的"七蕊"好花，鸡是自家野外放养七八个月的红公鸡；咸菜炒肉，那是炒了后又放进饭甑子里回了一股气刚端出来的——要多个味，肥而不腻，瘦而有油，隔几根田埂都能闻到诱人的香味；滑肉，能看到里面的一根根瘦肉丝，小心翼翼拈上，闪悠悠，亮晶晶，咬上一小口，又嫩又滑，酥实两宜；若是蘸上一点豆瓣水，吃上一口，微辣和着肉味，再喝上两勺滑肉汤，顿时神清气爽……

除荤菜外，还有一大坨就装满一斗碗的活水豆腐、刚摘回来的青菜炒粉条、才从坡上摘回来的嫩南瓜炒青椒和鱼香茄子、绿豆炖莲藕等素菜七八个，待师傅们酒菜吃得差不多了，满满一铁罐热气腾腾的干饭也提了出来，大伙儿这才正式吃饭。待大家把上面的饭舀去一半，第一碗米饭已吃毕，牙齿好的年轻人，会把上面的饭扒开，铲出下面的锅巴，那随了锅形、黄灿灿、干熘熘的尤物，嚼在嘴里咔嘣脆。旁边，放了碗的人也会跑来："啊！还有锅巴？老板家锅洗得干净，再整一块！"说着，拿上巴掌大一块，边转悠边嚼起来……

没有铲完的锅巴，娘会铲在一边，再切上些肥肉，炒出一道锅巴肉片，作为晚餐额外的一份菜，给大家下酒。

到了晚上，娘做出的几个主菜，也会与早上、中午有别。

修房那些日子，常常今早是油条，明早是包子，后天早餐是油果子。经娘的精心安排，基本做到了早中晚三餐主菜有别，头天与第二天不一样，甚至荤菜素菜如何搭配、先上什么菜、后上什么菜，都让两个儿媳全按"规矩"来。

在我们家，娘不时会替二兄弟操着心，哎，明早吃油条，发面的事别忘了哦；在二兄弟家，娘偶尔也会提醒我们，你那豆腐快吃完了吧，豆子泡没泡？

当时，周边几十里都羡慕两个儿媳进了好人户，娘却说："男人撑门面，要有主见、吃得苦；女人主内也得有计划，手脚麻利。别说办菜烧火，就是进出带什么进去、拿什么出来，铲子、勺子、刷把、盆盆碗碗，放左放右、搁前搁后，都有讲究，否则，几十个人的饭菜，等你跑得冤枉路来，锅都烧烂了……"

腌咸菜⑦

川渝两地有句俗话："咸菜腌得好，饭都多吃两碗。"

咸菜，主要分三类，一种是普通泡咸菜，一种是蒸肉炒肉用的干咸菜，一种是工序多、用料考究、成本高的豆瓣咸菜。豆瓣咸菜，用晒得半干的胡豆瓣或豌豆瓣拌上醋、食盐、酱油、清油，再捂上一两个月，直到捂出混着辣香甜香酱香的浓香来，才把晾干水汽的洋姜、生姜、大刀豆、大蒜、大头菜放进去泡，泡熟了，一缸咸菜就是一缸浓郁的馥香。

吃饭时，有了它，胃口大开，食欲陡增。在当年农村，来了客人，只有讲究的家庭才抓得出这类咸菜。

小时候，印象最深的是，每次家里来了客人，一碗咸菜往桌子上一端，在堂屋里坐的，或在地坝边做事的，一闻到那股扑面而来辣味中带一丝儿酱香和生姜、大蒜、洋姜的咸菜味儿，就知道快开饭了。

大家围拢一坐，一圈人对桌子中央那碗咸菜，立马两眼放光，都忍不住要多看几眼，深深地呼吸几下那股浓浓的香气。

这时队上扛着锄头铁耙、驾着犁从地坝边路过的男人，背着满满一背篼牛草、猪草的妇女，就会高声赞美道："哈，这咸菜腌得好香啊！"

娘便会响响亮亮地按辈回答："大爹，就在这里吃吧！""二嫂，回去难得走，莫走了，添人添筷子！"

对方知道是带口话⑧，也会客客气气："一样一样，屋里也煮好了哦——"

在川渝做客，稍懂点常识的，都不会向主人要吃的，但来我家的客人，不论是德高望重的老人，还是父亲的堂哥，只要一到吃饭时间，就会提醒娘："糜秀尔，把你那个咸菜抓点出来哟！"特别是父亲的几个堂弟、表弟和远房妹夫，一上桌子准会开娘的玩笑："嫂子这咸菜啊，比冷饭⑨都好吃呢！"

娘也不会放过对方："冷饭在槽槽⑩里，要喂我花儿（狗）哟！"

每次几个表哥表弟来，明明知道娘会把最好的东西煮给他们吃，一进门，常常第一句话也是："哈，二姑（或舅妈）家的咸菜真香啊，我们在路上都闻到啰！"

偶尔我们嘴里像有了馋虫，也会趁大人不在家，悄悄抓出一颗大蒜、两芽生姜，和弟弟妹妹们分着吃。尽管辣得他们"咻咻"伸舌头，直流眼泪，一个个小家伙还舔着嘴偷笑。娘回来，耸耸鼻子，便一清二楚："咸菜是下饭的，光吃咸菜，今后会咳得尿都夹不到！细娃儿，养成偷嘴的毛病，要不得，家里来个客人，咋端得出手？"

娘的能干与爱脸面，可见一斑。然而，娘脸上最光彩的，还是每当某家至亲要给父母办大寿，而女主人手艺又难上台面的时候，娘就会一声叹息，唉，一个农村，来十多桌客人，还抓不出点像样的咸菜，像个啥家庭嘛！边说边揭开咸菜缸缸，然后，把平时舍不得给我们吃、存了两三年、香气四溢的咸菜抓出一盆，赶紧用一张洗得干干净净的白塑料纸蒙上扎紧送过去。

开饭时，就会发现，人们一上桌子，即便是穿得干干净净的村干部，和收拾得体体面面的老太婆、打扮得漂漂亮亮的年轻媳妇，也会不快不慢举起筷子来，看着饭桌正中的那碗咸菜，拈起一片洋姜或一芽大头菜，先咬一点点一嚼，"吧哧吧哧"一品，准会有人问："这咸菜是哪家的？"当听到主人说是娘腌的后，十之八九都会说："这咸菜腌得好！"年岁大一些的则会点点头："这媳妇能干！"

懂行的人都知道，这类咸菜小气，讲的是气正、味纯。除做法选料讲究外，腌咸菜和抓咸菜的人，不管男女，碰咸菜前都得先把手洗净擦干；平时不能去掏鸟蛋逮雀鸟，手上不能沾水带汗染腥气；更忌讳满身胡摸乱挠了去抓咸菜。

一句话，咸菜爱干净，日久天长，捂在坛子里的咸菜，才香气浓厚、醇正味美。

　　当时，我们不懂事，见娘做啥都比别人聪明、勤奋，就爱问娘，当年是怎么看上父亲的。娘会一下羞红了脸，嘴一撇："他？我才看不起呢！"

　　每当此时，爸爸爱得意扬扬唱起山歌来：

> 正月里来是新春，
>
> 我跟媒婆去相亲。
>
> 幺妹见了——躲着把我看哦，
>
> 她妈忙叫，
>
> 幺女幺女端板凳……

　　父亲唱歌时，娘会静静地听，待他一唱完，才说一句："煮起拿你吃饱了！"

注释：

①狸拉：小孩每到晚上反常，爱哭闹，又叫"夜哭郎"，巴蜀一带俗称"狸拉"。

②牛草鞋：20 世纪 70 年代前，巴蜀两地多以牛拉车运物，牛穿的草鞋系稻草编织而成。此处是母亲对远房姐夫妹夫开的玩笑。

③解手：解便。当年缺粮，三顿吃稀饭，晚上小便的次数多。

④过礼：结婚，男方送给女方的礼品。

⑤送亲：出嫁这天，娘家人送姑娘到夫家。

⑥噶娘：已婚女人的婆婆。

⑦赞咸菜：在四川东北部，把生姜、大蒜、青菜梗等放进土陶缸里撒上食盐，称"赞咸菜"；将生姜、大蒜、青菜梗等晒半干，搅拌上辣椒面、花椒粉、食盐、即不见盐水的叫"腌咸菜"。"赞"与"腌"义近，也有把"赞咸菜"说成"腌咸菜"，但四川方言中普遍统称"赞咸菜"。

⑧带口话：礼节性的话。

⑨冷饭：玩笑话，指小叔子和嫂子有暧昧关系。

⑩槽槽：巴蜀方言"狗槽""猪槽"。

2017 年亡母 81 岁冥寿腊月十五初稿

2018 年清明节前夕二月十五凌晨 1 点定稿

（"我娘系列"，原载《华西都市报》《重庆晚报》副刊头条或压尾条，

载《连云港文学》散文栏目头条）

父亲学石匠

在我记忆里，父亲三十岁时就是敦敦实实的个子、方方正正的平头，头发如刷子般根根整齐，声音总是那么洪亮、圆润而有磁性，眼角没有过真正的舒展。不知从何时起，父亲那一头密匝匝的黑发竟悄悄地变得稀稀疏疏，还渗出不少银发，苍白的头皮也没了血色，一双清澈明亮的眼睛竟如两颗葡萄蒙了一层薄雾。豁然，才意识到父亲老了，再不是当年观音溪那个一个字不识、号子喊得两岸应、铁锤甩得叮当响的石秀才"蒋掌墨师"了……

父亲已年过花甲又十三，按父亲的话说这一辈子他跟石头很有感情，是石头让他体体面面当了男人，养活"一窝娃儿"，送走三个老人，还为三个儿子娶了媳妇，留下三套"长三间"。

父亲学石匠是"半路出家"。那时我小弟还未出世，有兄妹仨，我是老大。家里的六间土墙茅草房，得天独厚地立在那岩上岩下都是石头的观音溪岩边。这年，时逢县里修"渠江糖厂"，百多号石匠来打石头，见我家宽敞，主人又义气爱干净，便把全部人马的吃饭、近半数人的住宿安排在我家。为了挣些零花钱，父亲给师傅们当了杂工。从那后，不管是酷暑寒冬，还是吹风下雨，父亲每天天不亮就准时起床，在地坝边那个土坑坑"扑哧扑哧"拉开风箱"发火"，一会儿师傅们就围着那个土坑，待火旺到七八，才把那些打断了尖、裂了嘴的錾子从四面斜插进去，等錾子"烧熟烧亮"①，师傅们便取出錾子以二锤当砧，叮叮当当铉开了錾子。一个名叫张炳志的大师兄则把"火候关"盯着炉里，待那錾子刚烧到微亮，便闪电般拿起，在清水里如画家画到兴处手腕一抖，那錾尖在水里漂亮一勾，"嗞"的一股烟雾喷起，"叮当"一声就被大师兄优雅一搁，在一旁冷却去了。如是钢材差一点的，大师兄会缓一步搁，心静神定地再观察一眼錾尖"火色"，又补个蜻蜓点水，錾子才斗得了硬。这个活路，俗称"建火"②。行家却认为非功底深厚者不能为，稍把握不准火候，师兄们铁锤响不到半袋烟工夫，錾子就弯的弯断的断，几百号人就要要起……

铉完錾子，师傅们三个一群两个一堆，端着一碗齐鼻子的"帽儿坨"白米干饭、一碗菜汤，往我家那宽宽敞敞的天然石地坝里、田埂上一蹲就开早饭了。那时，我不过七八岁，家里一年三百六十四天都是菜稀饭，只有大年三十中午才有一顿纯白米干饭。看着师傅们顿顿都像过年，端着一碗碗"帽儿坨"，我这眼睛就老爱往那碗里盯。师傅们见我挪不动步，把我的搪瓷碗拿来，一个往碗里匀上一点，常常就是一大碗。人称"师爷"的掌墨师燕玉民见匀给我饭的常常是些干活最卖力的主将，就吩咐炊事员："一个省一口，喂个小狗狗！"

从那以后，他们一端碗便先给我舀一碗。我自然成了村里娃娃们都羡慕的享受师傅待遇却"只吃饭不干活"的小地主了。父亲也因人灵巧、干活又卖力成了师傅们挖土、清场的跟班杂工。不到一年，手勤心灵的父亲竟把办楔眼、打大锤、放线等技术活学了个半熟。记得一天中午放学，刚放下书包就听得一个熟悉的声音，喊着《幺妹幺妹捎个话》的号子在打大山：

> 幺妹今年一十八哟，哥哥托你捎个话吔……

循着那悠扬、洪亮、圆滑的号子望去，原来竟是父亲站在那百丈峭壁上高高举起了平时我们双手也无法挪动一下的大锤，随着"当啷"一声脆响，那声音渐传渐远，"当当"的回声如一缕山风在耳边轻唱。回音未完，父亲又一锤接着一锤唱：

> 你家莫嫌哥家穷哟，哥哥人勤谁不夸吔。
> 上山挑煤三更起哟，下地耕田好犁耙吔！

听到父亲的号子，我来到石厂旁，只见父亲喊号子是竭尽全力在吐气蓄力，让我震惊地看到一个真正男子汉的惊人力量与无法言说的悲壮。只见他双脚与肩齐宽，两手一前一后提锤、晃臂，那大锤离地尺余，轻轻一荡，在空中划了半道美丽的弧线后定格，然后蹲腿、仰腰、眼盯楔子，伴着一声撼天动地般的"嗨呀"，那大锤便准准地打在了楔子头上；再借那弹力轻轻一带锤把，大锤欢快一跳又回到了父亲面前。一曲《晚上要关窗》号子又徐徐轻起：

> 妹白天跟妈去采桑吔，晚上绣花你要关窗哎。
> 待到明年我房盖起吔，哥花轿抬来娶新娘哟！

旁边，二师兄刘箫则趴在楔子槽眼边"呼呼"地吹开石头灰，瞧那槽眼是否出现裂纹，趴在石头上悉心听音。若石头有了一丝儿"咔嘣"声，那听音的人得立马提醒，打大锤的见势不对就弃锤跑人，上下左右也早已撤开。

在一旁观阵的师爷燕玉民和大徒弟张炳志则在悄悄评论："懒人八十艺不精，勤人学啥活路都快当。你看人家老幺③才学几天，打大锤身子活、聚力大、眼睛灵、手法准，号子还喊得有板有眼。今后这观音溪就出了个掌墨师了……"

"注意！石头发线了呵！"

"老幺你下去，我来！"站在坡坎上的大师兄一个箭步上去。只见他双袖高高挽起，一根中指粗的麻绳一端系在山坡上的一棵大黄葛树上，一端捆在腰间。四边的人早已按行规闪到了高处的安全地带，大师兄那浑厚、磁性而又带几许苍凉的号子早已悠扬而起，唱的却是《石匠命苦》：

> 嫁人莫嫁石匠郎啊，天晴落雨在坡上哦。
>
> 媳妇在家没帮手啊，儿女在家喊爹娘哦！

大师兄见刘箫还在顺着石头绽开的裂线正在挥动着手锤用錾尖引线，就插唱一段《石匠八开》：

> 二师兄引线快离开哦，石头说来就要来哟。
>
> 当年鲁班线一弹哦，千块万块各自开哟。
>
> 今个弟子锤锤响哦，乖乖听话打少挨哟！

二师兄刚一离开，那石头"咔嘣"一声清响裂开人那么宽一条缝，大师兄转身纵身一跃，紧紧搂住了坡上的一棵桐树。几乎在眨眼间，那如一栋楼房大的巨石便"轰"一声坠进百米深崖，随着一阵滚雷般的隆隆巨响，那庞然大物裹着漫天尘土一路翻滚到山腰的一块平地才不情愿地晃了晃，停下来。

此刻，我才意识到父亲干这行业有着惊人的危险，而师傅们却没事一般咂着嘴，称赞这石头色泽清秀、纹路周正，够得上师兄伙忙碌一两个月了。负责百多号人性命、吃饭的燕师爷则皱起了眉头："这块肥肉先从哪里啃呢？来，老幺和我画线去！你们先抽哈④烟再来！"

俗话说："巧弹线，勤办眼，大锤甩得溜溜圆。"上至巴州二河下到渠江下游嘉陵江，只要一提起渠江河边的"燕玉民"，同行都知道那个个头不高、人长得精瘦、浑身都是力量、一肚子技术的"燕师爷"，很多师傅有了徒孙，也只是闻其名而无缘见其人。别人看山是拿着锤锤从石头的不同位置敲一块下来看石质的软硬、颜色、纹理和石头的个性。"燕师爷"只在石头跟前一站就看到石头肚子里了，怎么画线多出货出多少货、从哪里开锤不砸到人又省事、办大山要多少窝眼多少只楔，"燕师爷"心里就有了一本明晰的谱。"燕师爷"打大锤身子活坐力大，喊号子常常是见山唱山、看水说水，遇上大姑娘小媳妇，只要他一提锤，人家那脚就不想动。特别是画线那活儿，得依着石头的个性、纹理和形状来。同一块石头，不精通石头个性的师傅画的线，石头不得听话，你指东它跑西；费事费料事小，几十个人一月半月连嘴都糊不上，还别说要养家里的老婆儿女。再说颜色是石头的脸，读书人说是一种美，往往还与硬度有关，一块大如怪物的东西本身就极难看透，还常常是里外上下有别。买石头的人不仅都爱那张脸的美，还得根据是修桥、修房或是平地、做石磨而选择不同硬度的石头。掌墨师选错了一座山，一厂人都白干；至于纹理、形状按"燕师爷"的话说："有些打了一辈子的石头，还半懂不懂呵！"

　　约一袋烟工夫，燕师爷就画好了线。几十号人便壮观地自动一字排开。大师兄提只小木凳，拿着錾子、铁锤，在高处一端一边干一边观阵；二师兄则搬一个方方正正的石头做凳子，在另一端边干边把关；父亲和其余的师兄们或蹲或坐在中间。没人喊令打拍，大家凭感觉就和上了两位师兄的铁锤声，那錾子便根据主人各自的需要，时直时斜、忽左忽右；那挥舞的铁锤则随着錾子的摇动同起同落、时重时轻；人也随着錾子跳动、铁锤的打击而又极富节奏地肩动头晃、时正时偏。尤令人称奇的是他们在挥锤摇錾时，人人都在有说有笑、不时东张西望，而手头的铁锤竟懂錾子心事，錾外它外、錾里它回，忽左忽右、天然默契，竟无一人砸在手上。该重时，锤高急下，錾錾强劲；得轻时，锤便缓走，只取粒石，那时重时轻的"嚓嚓""叮叮""当当"的旋律，回荡在两岸百丈悬崖，整齐、清脆、悠悠扬扬……

注释：

①烧熟烧亮：石匠行业早晨忌讳说"红"，都称"红"为"亮"，比如："錾子烧亮了""太阳好亮"。

②建火：又称"錾火"或"淬火"。

③老幺：含偏爱之意，这里指幺徒弟，作者的父亲。

④哈：巴蜀方言"一会儿"。

（原载《华夏散文》《四川日报》副刊等，获"四川省年度副刊作品奖"）

远去的野渡

一

野渡，顾名思义，野外、偏远，人迹稀少的渡口。

离老家一里地，也有这样一个渡口。一条宽约两百米，常年清澈见底、不枯不竭的小溪，从西向东流向大河；一条宽有千余米、波澜壮阔的大河直奔小溪而来，二水合流，"囒"地一个拐弯，逶迤而去……

经年累月后，在那两水相汇处，便水冲浪淘出三个隔河相望的码头，其名也随了附近一座古刹而称"观音溪"。

观音溪，位于渠江流域中下游。岸边，常常停着一只芦苇篷小木船，一对桡子静静地横搁在云水间，映出悠悠的影子，像蜻蜓的翅膀……

清晨，还在蒙蒙眬眬的睡梦中，若依稀听到两声轻唤："过河，过河！"缓缓地，必定有一个软绵绵的声音："大河吗小河？"这多半是赶早场或去亲戚家帮忙的人。早饭后，听到有人大叫："过河——过河哟——"则大多有二三邻居同行，要去街上卖了鸡蛋鸭蛋称盐打油，待到中午时分，几个人才一路说说笑笑手提肩扛、背着背篼挑着担回去，里面装的是儿女眼里的阳光，老婆心头的日子。夜深人静，忽闻悬崖上连声高喊："过河，过河！过河吔——"这时候，多半是家里有急事，应答也不同："来了！"接着就响起短促、有力的划桨声。洪水天，急着去请医生，或抬着病人去抢救的，病人家会喊上两个水性好、善推船的壮年邻居协助摆渡，在船头添加两把桡子，先把船拉到上游岸边，将船头猛地向对岸一撑，三人"嗨哟嗨哟"喊着节拍，那"哗哗哗"的划水声、身子前倾的身形、前弓后直的步式，船在一泻千里的激流中，始终不渝直指对岸，如梭般的船一靠岸，往往正好是医生家门前。也有连喊数声不见回应的，一般是前边有人背的挑的太多，不想登悬崖绕山路，叫船送到五龙桥弯里去了，过河的人会朝岸边或正在撒网的渔船求助。对年龄长的说："万老汉，来推一下哟！""彭老汉，来帮一下忙哦！"对年龄小点的直呼小名："张牛儿""黄狗儿""李二娃"。对方见是熟人，才放下手上的渔网，摇起形如柳叶儿、比渡船快一两倍的小船来，把你送到对岸。摆渡的人，不得提一个"钱"

字；过河的人，自会比渡船多给点的。平常二分时，给三分；五分时，给六七分。下次遇着渡船不在，只要你一喊，对方二话不说，放下手中的渔网就划过来。若是贫困家庭，给上一个鸡蛋半把小菜，不管是渔船还是渡船主人，都客客气气，唉，手上紧就算了吧，还送啥子东西哟！有人没钱或忘了带，也会一笑了之，好，下次补上，慢走慢走啊……真的下次忘了，摆渡的人也不再问，像压根儿没这事。

水上的人，凭水为路，吃的是一口义气饭，谁都不会小肚鸡肠。

倘若碰上谁家小孩溺水、两口子吵嘴寻短，无论是谁摆渡，都得以最快的速度划去，俯身一拉，或一根竹竿伸去。如果对方已沉入水里，摆渡的不管是男人还是女人，水性都十分出色，衣服一脱，一个猛子钻下去，短的三五分钟，长的七八分钟、十多分钟，才从远处"哗"地冒出水面。被救者的家人，送来一篮鸭蛋，或提来两瓶白酒，以示感激；也有路途隔得远，连一把面条半碗米也没送的。但摆渡人再见到有人落水，即便是曾经骂过仗打过架的冤家，也会义无反顾地跳下去，把对方救起来……

20世纪80年代末，上游连续几天下暴雨，河里涨起百年不遇的洪水。上午，满村男女老少四五百人都在码头边的洄水沱捞柴①。有个二十七八岁的小伙和他一家老少，不到10点，也和邻居一样，身后已捞起小山般大一堆油菜秆、麦秸、木棒之类的"水涝柴"，还有不少新崭崭的方木和厚木。这些大多是男人游出去"捡"回来的。哪知小伙第三次游出去回来时，"路"被杂草隔断。眼见小伙离岸越来越远，即将被洪水卷走。任小伙的妻子、父母和岸上男女老少如潮水般向河中央一只木船大喊："贾驾长，快救人呐！快救他一下呀！"贾某却视而不见，继续捞着方木。此时，同样在捞柴的一只小渔船见状，立马划了过去。划船的姓廖，是一个十三四岁的男孩。小伙被冲了七八里，小渔船仍然紧追不舍；当小伙被漩涡拉溺第八次浮上来，小渔船才终于靠近，把小伙救了上来。从此，男孩一家人人敬仰，码头两岸也看清了贾某的德行。

二

别看捞柴天的人不少，其实，观音溪是个小码头，加之多了两爿悬崖、一条小河，常年仍然冷冷清清。只因上游南江、通江和宣汉、达县一船船木耳、黄花、黄连、天麻等山货和中药材运往朝天门、汉口、黄浦江码头，需从这经过，然后逆水运回煤油、盐巴、布匹等日用品，也得从此返回，大家才知道这个码头。

常言道："跑长途船的人，命若浮草。"当年渠江、嘉陵江、长江，少有闸坝，一路险滩几十处，石礁上千个。仅观音溪附近就有浪八滩、金锣滩、凉滩和蜞蟆②石、鲤鱼石、鹞子石等。特别是掌舵的后驾长，摇艄的前驾长，岸上的首尾两名老纤夫，对沿河两岸的水深水浅，哪里水下有暗礁，下几寸几尺，哪里是洄水、漩水，是倒流、泄流，岸上哪座房子是张家院子、李家院子，谁义气谁吝啬，都一清二楚。如在洪水天，顺流行船放筏，一日千里者，十之八九是有钱人请的高人掌舵，连船上一个小桡工，也艺高人胆大，水涨水降，河道详情，了如指掌。但见他们外舵内舵，不敢有丝毫犹豫；满舵半舵，极讲分寸；急舵缓舵，全在掌握中。很多地方，都能听到船擦礁而过的"噗噗"轻响，那是至高的境界，又是危险的信号……

据爷爷讲，中华人民共和国成立初期，他帮人放货到武汉，时逢顺水顺风，一路六尺宽、二丈九尺六高的船帆满放高挂，连六把桡子也歇凉作了"翅膀"③，只七天四夜④就到了汉口。卸了货，半船布匹一装，在返回过青滩，上滩最陡、水流最急一段时，岸上拉纤的四人，脚蹬手扒，弓成"大虾"，正一寸一寸过"门槛水"，突然一道鼓水涌来，船身向外一斜，被礁石拦腰折断，爷爷在船头撑竿，一下被卷入急流。老驾长见状，顺手扔给爷爷一把桡子，爷爷借桡子浮着，一路避礁游过七八百米险滩，方从鬼门关捡回一条命，而老驾长两手空空，却被暗礁撞晕溺亡。爷爷和同伴在码头讨下纸烛香钱，就地简葬了老驾长，穿着讨来的破衣烂裤，一路要饭步行了十三天，才回到观音溪……

而平时，头晚在上游三汇、土溪、临巴和下游鲜渡、琅琊、肖溪连路泊宿的船只，每到鸡叫二遍，才开始从这里陆陆续续经过。从早饭到夜饭之间，木筏竹筏、渔船货船络绎不绝，四季船帆点点，行船的号子声、打鱼吆老鸹⑤的"唰唰"声、划桨的"叽嘎"声，不时从远处传来。有时深夜、凌晨也有渔船驱老鸹下河的敲击声、赶路船划桨的水响……

每当此刻，难免就会想到码头，想起他们：一个烂鼎罐，敲出一个小缺口，那就是进柴、做饭的灶；无论是一人的小船，或是十多人的大船，炒菜做饭，都靠这个"宝贝"；加上河风大，常常是菜没熟饭已冷，船工们不得不蹲成圈、围着灶火吃饭。一日三餐，手上端的饭是冷的、灶边搁的菜已凉、锅里的菜热气腾腾还没熟。上四五人的船，吃面条，因锅灶太小，还得分批煮分批吃。开工也不一样，上水船，除留一个人掌舵，桡工都得上岸拉纤去，只有下水，才纷纷上船划桨；四五把桡，是载十多吨的中型货船；六七把桡，属载三四十吨的大船。船越大，走得越慢，它们不亢不卑、不急不缓，像山野青石路上的蜗牛……

小时候我有点好奇，就会问爷爷，它们要去哪里？上游的河流、码头是啥情景？下游的街道、城市又怎样？这些人的家在哪里？除了个别船上有个女人在弯着腰煮饭，其他人没老婆儿女吗？有，是上游还是下游？回去是否还从这条河返回？很多时候，爷爷也说不清。有时又想，不是说条条河流通大海吗？他们会不会这样一直划下去，划到外省，划到大海？那得多久？

三

到了八九岁，我们也"复杂"点了，年年趁着正月十五晚上两岸有"偷青"的风俗，跟着哥哥姐姐或邻家孩子，背着个小背篼悄悄跑到岸边和岩上菜地里去"偷"人家的小菜。比如"偷"些青菜、嫩豌豆尖回来，晚上一家人下豌豆尖面吃，第二天还有炒青菜下饭。主人家知道这是风俗，也不得生气，只会大声说两句："谁家娃儿呢？昨晚把我家青菜、嫩豌豆尖'偷'得不少啊！"到十一二岁，热天，晚上屋里热得像蒸笼，蚊子密布，一把扇子摇个不停，还浑身被叮起疙瘩。大人会带上我们，去"咀咀"⑥上歇凉，大河风、小河风都汇聚在这里，通宵凉风习习，没一个蚊子。附近的男人都带着大一点的孩子在这里，一觉睡到天大亮，满身的凉爽。进入初中，随着诗歌知识的增多，一人面对浩浩荡荡而去的流水，偶尔还会豪情满怀，背一首苏轼的《念奴娇·赤壁怀古》："大江东去，浪淘尽，千古风流人物……"若发现平时有女孩对自己特别，则会想到月夜下、远方那个女孩是否也在想念自己，咏诵的诗词也变了——比如李之仪的《卜算子·我住长江头》："我住长江头，君住长江尾。日日思君不见君，共饮长江水……"

此时，我们才发现，自己已有一米四五的个头，手臂腿脚都有了疙瘩肉。在小河游泳，来去连续三四趟不停歇，不喘不吁；比赛扎猛子，三四个小伙在小河边站成排，箭一般扑下，七八分钟不见人影，岸上的小伙伴会故意幸灾乐祸地叫喊："哦嚯，哦嚯！人——呢？"期待中，几个小伙才相继从对岸"哗哗哗"冒出水面。有的还顶着一头稀泥，倏地，随着一个个小漩涡，又都无影无踪消失在水下；只一会儿工夫，有人还奇迹般举着一条鱼浮上来。这个阶段，水性好的伙伴，对一千多米宽的大河，可轻松游个来回。有时看到长途船路过或渡船送人已到大河中央，只一声吆喝，就以最快的速度猛扑狂追，几分钟到了船后边，吊在后舵上，手脚处于静止状态，任幽幽的凉在脚下轻拂，会突生出几分忐忑。这时，外地的长途船会笑着吼道："扯到咋子？梆重！"本地的过路船或摆渡船，则会笑骂道："小心舵（堕）落哟！"实际是提醒，小心抽筋，莫天冲地冲，伙伴们"嘎啦啦"一阵大笑，才纷纷放手，转身连扒带蹬，还故意把屁股翘得老高，显示着出色的水性，几把水⑦就先船回到了岸边。也有胆量小、水性差点的伙伴，会把自家的大水牛赶下河，骑在牛背上，牛背几乎全被淹没，水面只剩一截牛脖子和半截裸身，还耀武扬威像唐僧骑着白龙马不慌不忙地游向对岸……

后来投身社会，随着尘世的浸淫，牵绊太多，工作压力太大，我总喜欢一人去走走。兀自漫步到悬崖边，点上一支烟，望着码头出神，让心绪随着河水走，静静地看清秀的山野、雪白的云朵、清澈的河水，不知不觉，心底、眼前也清亮多了。虽然很多时候，一时不会发现真谛，但河水似已给出明确答案。有时写作出现瓶颈，看着浩浩荡荡、桀骜不驯的河水，遇到山峰，一个华丽拐弯，到了巨石前，撞出一片碎玉，当绕着走，不得多走半步，该直行，不会犹豫半分，原来，水本身就是三分灵气七分诗情，也突有启示；时遇小人使坏、沽名夺利、待遇不公，连续几天，会在夜饭前来到河边走一走，然后，选个没人发现的僻静处，像十七八岁那阵一样，绷绷腿，压压腰，打几套拳，再练几遍硬气功，用极限的力气做一阵俯卧撑，一通汗水流过，呼吸着清新的空气，星星在河里闪烁、月亮在缓缓行走，也恍惚看到了黎明；偶尔与家人闹了矛盾，我爱在夜深人静时披衣而出，端上一杯清茶，独自到崖壁边，选一块光秃秃的大石块慢慢坐下，想想儿时的一些趣事：爷爷去河对岸姑妈家，我撵路®摔得满身都是稀泥，有次一个小孩骂我，我凫水过去把他家南瓜剜个窟窿还撒了泡尿进去……

待情绪平复些了，再看脚下，静静的小河依旧一水相隔，无言的大河还是那么宽远，摆渡的人虽是如此弱势、渺小，但渡船却如时光，无论走得急与缓，都会留下时间的波纹……

四

河水汤汤，岁月悠悠。到20世纪90年代末，观音溪码头鸟枪换炮了，芦苇篷的小木船换成机动船，只要对岸来上二三人，渡船就"突突"地开过去。如稍等久了或急着赶路，摆渡的人也会为你一人起船开渡。费用还是一样，小河一元、大河两元。只是给不起过河钱的人没有了，送危重病人的还是在送，救溺水者的事，照样义不容辞。不过，酬谢有了微妙变化。过去不讨价还价，给多少收多少，渐渐地，不同年份有了不同标准。前者由过去的三元五元，变成了八元十元，少了有点不高兴，后者也从一句感激的话语，或一只公鸡，变成了几十元、几百元，有时还喊你"添点"。但大的风俗没变，摆渡人骨子里的质朴、义气、善良还在。遇上结婚的喜事，摆渡的人会把船停在离岸边一两米远的地方，有意不把跳板搭上岸来。当地人知道，那是摆渡人取乐——要喜钱。只要新郎新娘多给上三元五元，摆渡的人就"哧"地一下把跳板推过来，吉言相迎："稳搭金跳板，上走新郎官。今天婆新娘，明个胖儿添！"

一晃过去十多年，时值初春回老家，却发现因乡村公路四通八达，昔日的渡船改成大船运沙石去了。据说每天收入几百上千元，而摆渡则由渔船兼着，三天五天才有一两个人过河。小河十元、大河十五，先收钱后开渡，已是十多年的"行规"。送病人一类的事，都请小车了。河边落水寻短的人也少了，即或遇到，不是关系特别好的邻居或自家人，渔船会装作没看见。除非给上一两千元，否则谁都不会主动施救。逢有送人运货到家门口的，熟人，少几元钱，是给个面子，其他都按里程收费，再没了"邻里邻居，给不给没关系"的客套……

细细一想，邻居变了，河岸也变了。上游破破烂烂、黑不溜秋的房子，变成了一幢幢休闲式的花园小区。原来参差不齐、瘟嘴龇牙的河床，顺河而弯地修起了水泥护坎，不锈钢栏杆泛射着华丽的光亮。抬头望去，山是熟悉的山，河是旧时的河，而两边连绵十里的油菜花、满山遍野的麦苗和偶尔可见几头水牛啃草、一群鸡鸭啄食的景象，不见了踪影，取而代之的是清冷的山寨、荒芜的田野。当年我们"偷"青菜、豌豆尖的坡地、河坎，和夏夜歇凉那岩边"咀咀"，早已蒿蓬丛生，无路可去了。静静的观音溪，还是宽宽坦坦，却没有了货船来往、渔歌声声……

野渡，故乡的野渡，在眼前一片模糊，遥远得恍若隔世。

注释：

①捞柴：又称"捞水涝柴"。当年缺柴和煤，每逢涨洪水，巴蜀一带河边的洄水沱，都会有人去捞漂浮着的树枝或财物。

②蜞蟆：青蛙。

③翅膀：这里指将平时左右对称划动的几把桡子歇着横伸，让风吹着帆、桡，船自动前行。

④七天四夜：滩陡礁多段，船不能夜行。

⑤鸹：渠江流域读"wā"。

⑥咀咀：突出的地方，这里指伸向河心的山崖。

⑦几把水：川渝两地水上人又称"几爪水"，指游泳时挥臂几次划水。

⑧撵：跟随，追赶；路：同路。这里指小孩嘴馋，缠着要和大人一起去亲戚家。

（原载《四川文学》《华西都市报》副刊等，获"第八届冰心散文奖"）

老家那盘青石碾

梦里，老家那条清亮逶迤的小溪、几丛墨黑茂密的竹林，还有那明晃晃、由近及远的水田与云蒸霞蔚、连绵起伏的茶山，一直是我不忍挥去的影子。闲暇之余，每当我听着空旷、缠绵的《茶醉》或端一杯鲜茗，伫立于窗前，眼里就浮现出一个宽敞、平展的天然青石坝；恍惚，那古老的石碾①也在转动，且伴着一声声嘶哑、苍凉的"叽嘎"吟唱，走出一个熟悉的身影来……我又想起爷爷了。

碾米与香火

在我记忆里，爷爷身材魁梧、面色清瘦，常常着一身干干净净、洗得泛白的蓝布长衫，走起路来下半截衣衫总是跟着他那匆忙、稳健的步伐随风飞舞。在我幼年的眼里，爷爷倜傥自信、呼风唤雨，形象无比高大。

尽管爷爷不爱言笑，对我却永远是那么亲切、和蔼。爷爷精于编筐、篓、席一类的篾活，他在邻里盖房翻瓦、在渠江长江拉纤掌舵和队里犁田耙地也总是胜人一筹；而他每次见到我，即便是夏割秋收一脸汗水，或是饥饿疲乏的十冬腊月，脸上立刻就会春风拂面，笑得格外灿烂。然而，细数过往，爷爷脸上的气候又总是与老家的石碾有关。

按老家风俗，孩子满一岁，再穷的家庭都要想法割点猪肉回来，然后把小孩放在小石磨上推一圈，给娃娃尝点肉，那叫开"小荤"。说是孩子吃肉才不拉肚子，将来有吃有喝命也好。据母亲讲，她刚生下我才十天，爷爷就按捺不住激动，趁过年的喜庆日子，一早安好碾架套上牛，脱下他的长衫把我包上，以一只装了几片腊肉的土碗伴着我，让牛搭着我拉着碾磙走了足足六圈，说是给我开了个六六顺的"大荤"。中午团年，爷爷又用他的长衫把我裹着，把我抱起"抖在上席"，让我开始享受一家之主的至尊地位。意思是告慰祖先，家里添了"香火"，有了"男子汉"，以求地府有知，神明保佑。来年，果然风调雨顺，稻谷一家六口就分了六百斤，比往年足足多两百斤。

于是，爷爷每月都会选一个月明星稀的夜晚，牵上家里的大水牛，挑上半担稻谷，带上撮箕、扫帚，去碾一回米。按爷爷当年的话说，他一听到我喊"爷爷"，心头就当碾了十回米。从这一年，我就开始跟爷爷睡在了一起。爷爷天天晚上都得半夜起来经管我拉撒，十几年如一日地热天帮我扇风驱蚊、冬天替我捂脚掖被。而我却每每想着米饭，常常梦见碾米，一阵乱蹬猛踢把爷爷痛醒。

让我不明白的是人家的爷爷动辄就训斥或惩罚孙娃，而我的爷爷总是给我重新盖好被盖，说一句"啷哎睡的哟"了事。爷爷是这样解读的，白生生一碾盘米，种田人都爱。可是那米并不是有了谷种就有的，当人们发现撒下谷物有了苗苗时，你就得把它当生命，精心施肥上水，千万不能去盘算耗了你多少劳力、去了多少成本。否则，苗苗就只能枯萎而颗粒无收。种地育人、习武放牛、读书学艺与交朋结友、仕途商道是一个理儿，筑桥的不是为了过桥，修宫的不是为了入宫，咱老百姓图的就是有口饭吃，有了香火就行……

碾磑及谷物

据说到我两岁时，全国就开始了砸锅卖铁"炼钢"，户户不准房上"冒烟"，家家清仓颗粒交公，一村人都得在"大食堂"吃大锅饭。

劳燕为小，留粮防饥。爷爷在"交粮"时，悄悄留下了两升稻谷。临近年关的深夜，正当爷爷偷偷架上碾架，喊上父亲和他一起拉磑碾米时，却被村上的人抓了个正着，要把爷爷、父亲绑到村上去"收拾"。

爷爷长衫一撩，一步站出来，挡在父亲前面，说，谷是我留的；碾米，是我喊他帮的忙。"你们知道我姓蒋的人品如何，这点谷子是我留下，准备给娃娃熬口稀饭过年。要怎么办，我跟你们去。"第二天爷爷回来，还没走进门槛，就晕倒在了石碾边上。这伙人把爷爷绑去打了一顿后，又在房檐下吊了一夜。爷爷在寒夜里，眼睁睁地看着这伙人把搜去的大米蒸成白米干饭，一人冒冒一碗加餐，个个吃得吧唧有声、饱嗝连连，还一个提了一坨回家。

爷爷身上的伤还没有好，就跟家里的人定了条规定，凡是从食堂里打回来的饭，都必须把米漏出来管娃娃吃。他说大人饿了，晓得说话，可以扯把野菜填肚子；小娃儿饿了，那是条命，可怜！事后才听人悄悄说，爷爷有兄妹六人，个个都有儿有女，唯有爷爷没有自己的骨肉。父亲是爷爷的外甥，是他姐姐的小儿子；我们的姑姑也是从一文姓人家抱养的。虽然爷爷身材魁梧、英俊能干闻名十里八乡，这却成了爷爷从不言说的最痛，也是爷爷从小就护着我，左邻右舍的孩子不敢欺负我的原因。

再说自从挨打后，爷爷就像变了个人似的，总爱瞅着门前的石碾发愁，常常一杵就是半天。直到我五岁读识字班那天，爷爷才把我拉到石碾跟前，像授课一样对我说，世间的事物，有的就像碾磙，有的就是那稻谷，稻谷生来就是让磙碾压的；如果说那稻粒一碾就乖乖出米，自然就会滑落到谷粒下面去，身子与皮肉也少受些碾压，最后虽同样是让人蒸成米饭，有洁白如玉、体体面面一个善终，但远比瘪壳米幸运。你想，那只有半粒米的瘪壳谷粒，明明无法逃脱石磙的重压，偏偏它还当"翚拐拐"，"二冲二冲"往上爬，最终还不是被单独提出来碾压，直到落得粉身碎骨、任人吞噬的命运。所以，鲁班在发明风车时，就利用风力把它归为谷物与空壳之间，让它单独走一个道，叫"二扬壳"。"二扬壳"，当不得！

碾道和经筒

从明白一些事理后，我觉得这石碾有某种兆头，它转动得频繁、正常，我们的日子就顺利、平安；它磕磕碰碰，我们一家人就多灾多难。后来，村里买了快速、高效的打米机，父亲要把谷子担去打，爷爷总是说："省两个钱，家里称盐打油。"一如既往"碾子是碾子"安上碾架套上牛，让那嘶哑、苍凉的嘎叽声，在冰冷的月光下、寂静的山村里唱响……

读三年级那年，我终于实现了爷爷的愿望，当上了碾磙——小学红小兵副连长。所不同的是我并没有像碾磙那样去压谷子，而是整天书包里放着本"红宝书"，上任的第一天开批斗会，我融会贯通、活学活用了爷爷的碾磙理论，手持一根结实的树枝，将一个据说是"剥削人民、压迫人民"的老地主狠狠打了一顿。回到家里，我向爷爷一显摆。爷爷听说是一位姓谢的地主，就像他做错了事一样后悔莫及，先左右看看，后把我扯到一边，悄悄地说："那可是个好地主啊，我们跟他挞谷子，早晨一人一碗醪糟一个蛋，三顿干饭管饱，中午三指宽的肥肉就有三片，哪里有那么好的地主呀？娃，以后啥事都得多个心眼啊……"

爷爷的话，在当时是十分危险的，如果让旁人知道了，也会在一夜之间挨斗的。不过，地主还分好地主坏地主，就让我糊涂了。听爷爷那口气，好像那位姓谢的地主比搜我们家稻谷那几个村干部还正直、善良。可那些干部，一直是干部，有的甚至还升了级，连我们校长都要听他们的呀！小小年纪的我，意识到这世间的事情有点复杂，"碾磙"这差事也不好玩。

不久，我的父亲因为打石头凿了两个水缸卖了，说是资本主义的尾巴，被村干部抓进学习班去了。一家之主遭难，妈从早到晚唉声叹气；爷爷回来锄头一放就杵到石碾边，一支连一支抽起了闷烟；我们四兄妹也没有了往日的笑声。晚上，吸着叶子烟的爷爷把烟斗一磕，顺手提了个麻袋，走进里屋装了两升大米，只跟妈妈说了句，他出去"办点事"，就消失在夜幕里。

第二天，学习班就把爸爸给放回来了，说是爸爸的"问题交代清楚了"。不过，爸爸却责备爷爷，说是害得这年一家人的口粮又得多半个月"缺口"了。从此，每回碾米，箩筐里的稻谷明显比往常少了一成；爷爷端的饭碗，也比以前更难见到米粒了，一碗清汤寡水的稀饭，稍走动就晃荡，完全可以当镜子照。这一年，爷爷在碾米时，饿晕在碾槽一旁，一个脖子刮痧扯得红一片乌一片。

从此，爷爷的身体一天不如一天。不久，爷爷悄悄吃多了山上的白泥巴，拉不出大便，一连几天都喊肚子痛。因为家里拿不出钱，尽管扯了很多没花钱的草药也于病无救，只有眼睁睁地看着爷爷喊痛。

一个晚上，爷爷的精神突然好了些，把我们一家老小都喊了过去。他躺在那张老式雕花床上，一手拉着爸爸，一手拉着妈妈说："你们两个呢，虽然不是我亲生的，但对你们和这些孙子，我一直比别人待亲生的都好，这你们是看到的。对这几个娃娃，今后你们要多些耐心，像侍弄庄稼一样，千万不能让蒋家这块土地荒芜。我对你们再也帮不了忙了。"

爷爷说完，又把头转向了我，抚摸着我的脑袋道："我孙娃读书很争气，一直是班上的头号，你也该明白些事理了。人世间，走水上的、跑旱路的、贩盐茶的、种田的，上至达官下至庶民，就像蛇吃老鼠鸟吃虫、鲨吞活鱼人食肉一样，各有各的活法。那一口袋大米，虽然是我们一家半月的口粮，但一看到你们平平安安，我回头一想也值。就像那石碾从古到今一个转法——碌走的是碾盘、牛走的是碾槽，各有各的道。不过，我希望你长大了不要当压米的石碌，只要有口公饭吃，莫亏待下力人就行……"

说完，爷爷张了张嘴，就走了。

三十多年过去了，那梦牵魂萦的石碾与古老的村庄已没有了当年的光泽。碾磙上一排排深刻的石齿，生出了一层薄薄的青苔；原来让牛走得光溜溜的碾道，也被飘零的落叶与岁月的尘埃埋葬；门前宽坦坦、明晃晃的水田早已杂草丛生，只有一两块水田像两面镜子，孤零零泛着白光；连绵起伏的山下，没有了云蒸霞蔚，也不见当年葱葱郁郁的茶树；遥望山下爷爷的荒冢，碾磙如喇嘛的经筒，在思绪里滚动，那嘶哑、苍凉的声音，恍若信男善女在祈祷"阿弥陀佛"，只有一脸沧桑的爷爷，慈祥依旧……

注释：

①石碾：又称碾子，轧碎谷物或去掉谷物皮的石制工具，由碾盘、碾架、碾道、碾磙等组成。

（原载《中国散文家》精品栏目，获"第二届中国散文佳作"特等奖）

再晚，那个方向都亮堂

"嘎——嘎"，蛙声从月色下带来一丝苦味儿，我正贪婪地深吸着久违的草香，大舅家的少爷来电话，说他们还有几分钟也拢了——来看望我八十六岁的父亲。我责备几个小老表，都月上三竿了，还跑到这弯弯拐拐的乡下来。么表弟却说，再黑，二姑这个方向都亮堂。二老表也在旁边吼，当年这条路，那么多坡坡坎坎，一想到二姑要给我们在饭底下藏几片腊肉，满腿都是劲；现在只剩下二姑爷一人在老家，水泥路都修到了地坝头，当侄儿的敢不来？

是啊，从爷爷那代算起，蒋家、糜家你来我往，在这条山路上，几乎与共和国同岁了。所不同的是，以前是上坡下坎的羊肠小路，现在是弯少坡缓的水泥路。

一

据老人们讲，爷爷刚十岁，太爷爷就去世了。爷爷在三个弟弟面前是长兄，长兄如父！

才十二三岁，爷爷就帮人跑船，上三汇、达县，下重庆、武汉，本来他可凭手头的积蓄，在十六七岁，娶回一个如花似玉的姑娘，可爷爷却把推船拉纤存的血汗钱，拿出来给二爷爷修房子。待二爷爷把媳妇一娶，又把个头小做事心细的三爷爷送到中滩桥学裁缝，在场口路边安家。不到三年，又帮么爷爷成亲……

几个弟弟有了家室，爷爷却过了定亲的年华。幸好，爷爷做事能干，高大帅气，很快，街上一李姓姑娘喜欢上了爷爷。哪知结婚不几年，这位奶奶没留下半个子嗣，就撒手西去。

爷爷忘不下这位奶奶，媒人介绍别的姑娘，他总是不屑一顾。直到十年后，爷爷快到四十，才有了和他般配的女子。

这女子姓糜，一手好刺绣，还读《春明外史》《金陵春梦》，前夫是军官，不知因妻妾争斗，还是那军官战死，爷爷每次下重庆，船一靠岸都要去见她。渐渐地，才知道那女子是渠县老乡，离爷爷住的观音溪十七里，娘家在吴家场①糜家院子。说是有次，糜姓女子托爷爷从重庆给她娘家捎了几锭银子和些细软，被码头以说媒为生的老太听到风声。爷爷刚回到船上，老太便带来一个女子，说只要爷爷以那些托带之物交换，女子就可嫁给爷爷。

沿途水路，土匪出没，随便找个被盗遇抢的借口，就可让女老乡无话可说。可是，爷爷拒绝了媒婆的好心，却在过险滩时发生意外，木船撞上暗礁，爷爷被冲出了五六里，连衣服裤子都冲没了，而那装在木箱里的银子、细软，却被爷爷完好无损地连箱抱在怀里。

从这以后，女老乡有啥需捎给娘家的，或娘家有土特产要带到重庆去的，爷爷便成了她的免费力工。再后来，那女老乡就果断嫁给爷爷，成了我的奶奶。

那时，从观音溪码头到奶奶娘家的十七里路，弯道多坡路长，多是土路，偶尔才有一两百米石板路，只有中间从自生碾子到吴家场的十里，才是石子、泥巴混合铺出的土公路。

当年在这条路上，爷爷走得多用心多神圣，可想而知。

这条路成就了爷爷的爱情，也是爷爷最温馨的路。

二

遗憾的是，奶奶嫁给爷爷后，一直没有孩子，不得不抱了爷爷二姐的小儿子做了养子——他就是我父亲。

爷爷能干，奶奶内秀，在他们的耳濡目染下，父亲虽属抱养，必然有几分孤傲，自尊自强。对于这样的男儿来说，能入眼入心的姑娘，定然是花中之花。为了延续香火，父亲才十一二岁，爷爷、奶奶就张罗寻亲，不是不满意对方父母有些拖沓窝囊，便是看不上人家姑娘略显平常。直到父亲十八岁那年，奶奶见娘家有个生得水灵、绣活农活百里挑一的远房侄女，借侄女的大哥要去李渡赶场卖针头夜来借宿之便，明知故问侄儿，妹妹订婚没有。当奶奶听说没订时，才叹息道，儿子相对象也是，看了一打的姑娘，没一个入他"狗眼"^②。奶奶试探小伙，你觉得表弟怎样？这侄儿每个逢场天都要来借宿，两老表就情同手足，便说表弟聪明勤奋，加上姑姑、姑父也能干，定能寻上个好姑娘。

奶奶把这话记在了心里。一日托媒婆去探口风，对方父母一想，小伙灵性能干，两家虽隔了几房，却比很多亲姊妹都好，就同意了这门"表亲"。

小伙定了亲，常常借农忙，去帮女方栽秧捅谷，姑娘也偶尔过来帮帮"姑家"收割做饭。不过当时的风俗是，女子没结婚，都不会在男方家过夜。

一天，姑娘来帮男方家挖干田，早上过一座名叫矮子桥的石桥都好好的，傍晚却被洪水淹了一米多深。小伙想借势留下姑娘，女子却说，哪有女娃儿没出嫁就在男方家歇的？扭头就绕道向下游两公里的杨家桥走去。谁知，到了那里，河水涨速太快，两百多米宽的河面，洪水已没过墩子一尺多，下面五六十米，又是滩崖。

别说女子，即便是男人，面对那振聋发聩、一泻千里的洪水两腿也会哆嗦。小伙亲生父母就在河对面，从小就常常从这过河。面对体力强壮的小伙，平时手都不让他牵的姑娘，两眼一闭——背我！

姑娘趴在小伙背上，双手紧紧搂着小伙脖子。小伙反手把姑娘一掂，就小心翼翼背姑娘过河………

就这样，第三年，他们生下我。

这就是父亲、母亲当年的恋爱、婚姻，这条路也是父亲、母亲名副其实的"罗曼路"。

到 20 世纪 50 年代初，这条路就像睡醒了，渐渐出现了变化。中间的石板路，多了一两公里；当初石子混着泥巴的公路，也变成了干净、平整的沥青路，路上有了道班工人；一条条岔路通向村里，或直达一个个晒场，晒场旁边，都有一排保管室。

三

到 20 世纪 50 年代末，外爷、外婆先后去世。不几年，漂亮的小姨才十七岁也因疾而终。外爷一家，就剩下大舅、二舅、我母亲。

俗话说，娘亲有舅。与两个舅家，我们走动得就多点，他们给我留下的印象，也最深。

大舅农民，没文化，是方圆几十里有名的针匠；舅母质朴善良，耳朵有点背；家里有男丁五个、千金一枚。二舅聪明，当过兵，国家邮政基层负责人；二舅母高大、漂亮，特能吃苦；膝下两个儿子、四个女儿。我的母亲，灵性、勤奋、百里挑一地能干；父亲石匠，坚韧，技术一流；三个儿子、一个女儿。

许是针匠行业日渐萧条、子女太多之故，大舅家当时的经济条件略差；只有按月发工资的二舅家，日子相对好过一点。我们家地处土瘦地薄的石头岩边，正因满山的青石，又挨渠江，父亲才可凭手艺挣几个钱，填补家里称盐打油，但比二舅家差得远，比纯粹的农民家庭又好点。

也许是因父母不通晓世相，到十五六岁，我对人际学问仍是一窍不通。只知道每次几个表弟表妹来，母亲除了像待大舅二舅，会提着一把菜刀从装粮食的木仓里切出半截腊肉，或从干咸菜缸子底下掏出一块油亮亮的腊肉，和干咸菜炒上一大碗待他们；有时还要提前炒点苕干、苞谷籽备着，给他们抓几把填填肚子。年年过了中秋节甚至进入十月，全村没有腊肉，我们家常常还悄悄留着一块半截最肥的腊肉。这是母亲的诀窍，好吃的要留着待客人，比如猪耳、猪肝、肚条、豆腐干、油水多的宝肋（前胛）肉，越是留在后边的越好。我们知道，那是给大舅、二舅两家留着的。这个月份，他们来了，母亲会煮上半截，不炒不蒸，将煮熟的腊肉切得又厚又大，然后选一摞又肥又大的，悄悄放在他们的干饭下面。爸爸是家里的顶梁柱，碗下面有三小块；我们正长身体、爷爷"机器老了"要油水，碗底下一般是两小块；母亲却是蒸了干饭剩下的添了几匹菜的米汤稀饭，腊肉一片都没有。

时间一久才发现，母亲招待大舅、二舅是有区别的。大舅一家在腊肉快结束的月份来，哪怕只剩下一块了，母亲也会毫不犹豫地拿出来，招待他们；但若是二舅家里的人在这时来，母亲会把最后一截腊肉留着，立马舀上半碗粮食，从外向屋里撒，一群鸡"咯咯咯"拥进屋，门一关，逮一只大公鸡或不生蛋的母鸡，给杀了招待。渐渐才明白，母亲把最后一块腊肉煮给大舅家里的人吃，是考虑大舅家经济困难，肚子里的油水少；二舅家里的人来给杀鸡，是因为二舅家里的人经常吃猪肉。

当然，大舅、二舅两家待我们，也非常热情。每次一听说要到舅家，我们几姊妹都要争着去。父亲、母亲一旦说这次只能谁谁去，没被同意的，脸一下就掉下来，"嘴嘟起能挂几把夜壶"。

到了去那一天，不需人喊，早早起来换上新衣。一路上，满脑子里都是舅母从灶房端出好菜好饭的身影。

两个舅家待我们都好，但炒的菜做的饭却不一样。

去大舅家，如果是端午以后，大多没腊肉了，不管多烈的太阳，大舅会马上从坡上回来，锄头一放就上街去。一会儿巷道里传来两声轻咳（痨伤病），只见大舅手上提着一块四指宽、尺余长膘肥油水多的宝肋肉，一进屋就对舅母大声说，赶紧烧了，炒起给外甥老爷下饭！

不一会儿，一大碗回锅肉就上了桌，合菜很少。大舅喊拈肉，我们很斯文地拈一块，那肉又大又厚又肥，解馋。大舅母见我们客气，就重叠着往我们碗里夹一箸，自己则象征性地拈点，像提醒几个老表要谦让讲分寸似的，指指桌子中间："树民、糜龙、糜军，吃，吃。"小老表建国，在几弟兄中，个儿小，最文静，常常是一对小眼睛先察言观色，再相机行事，让人心生柔软，愿意在生活和学习上对他格外关心一些。

去二舅家，我们都爱先到二舅单位去，那里既是我们向往的单位，又有我们仰望的亲人，于母亲亦是她的荣耀。每次我们去二舅那里，二舅都会微微一笑，你先去家里吧，一会儿我就回来。

后来才明白，那笑和让我"先回去"，颇有深意。

那笑，一是二舅知道我们是为打牙祭去的，二是我学习成绩一直很好，从我身上似乎看到了他妹妹的影子；让我"先回去"，是他得上街去割肉，还有割上肉回家煮，不仅可省点钱，还体体面面招待了客人，让表弟表妹们也沾点油水。

我们刚一到，二舅就会背着个绿色的邮政包或一个细篾密背篼回来，悄悄走进灶屋，给舅母几句一交代，才出来问我学习怎样，妈妈怎么没来，爸爸在干啥。一阵聊天后，舅母的饭菜也上桌了。舅母切的肉片薄，不大不小，分量却不少，调料香，炒出来的颜色黄。两个表弟、四个表妹，也礼貌斯文。饭一吃，二舅进灶屋去舀点清水把口一漱，就上班去了。如果我们要在那里歇，晚上舅舅得回来吃夜饭；如果我们要回家，舅舅会礼节性地叫我们在那里耍，我们执意要走，会提醒一路上车子来了要靠边，莫在河边洗澡，别和人角孽③，聪明些，让人不是莽子④。

我们家与两个舅舅家，几乎形成一种默契。两个舅舅、舅母的生日，即使对其他亲戚都说"那天莫来"，也不得对我们说；我们父母生日，哪怕是暴风骤雨、农活再忙，舅舅两家也会来人。因为都知道，他们再没更亲的人了，只有借这个时间，姊妹间走走。两个舅舅来，有时是两人一路来，大舅背个卖针的灰布包，遇上有人需要，顺便卖点；二舅挎着邮政局的投递包，里面有几张报纸，有时会找人开后门，给买几袋盐或给买两条肥皂来，每次我们一看到二舅那个包，都会羡慕不已，暗暗在想，将来要是像二舅这样有份工作多好啊！

然而，真正玩得最开心的，还是每年的正月初二到初四这几天。按巴蜀风俗，除正月初一这天得给祖先上坟外，初二早饭一吃，父亲、母亲都要带上孩子，提上弯弯腊肉去给健在的外爷、外婆和舅舅、舅母一家一家地拜年，等一家一顿两顿地吃遍，舅舅、舅母才会带上孩子，反过来给姑父、姑妈拜年还礼。这几天，都是和最亲的几家人在一起，大人喝白酒抽叶子烟，笑声四起，小孩蹦蹦跳跳，亲密无间。在舅家，多半是在竹林里捉迷藏，到冒河寨看水库，去有庆街上看耍狮子。一次，和大我几岁的远房小舅玩，大舅听说我被欺负了，狠狠一顿开骂，人家是客的嘛，你是个啥子狗屁舅舅？而到我们家，大多是正月初三初四了，都要去"看河"⑤，那水宽宽坦坦、清清澈澈，一眼望去浩浩荡荡，逶逶迤迤。玩着玩着，我们会跑到刚砍过的甘蔗地里，从一堆一堆的蔗叶里寻找半截甘蔗和扔下的嫩甘蔗，你一截我一截地啃着解渴，有时还会上山掏鸟蛋，下沟捉螃蟹，然后，几把干柴，一根火柴，烤得喷喷香，你一只蛋，我一只蟹腿，吃得津津有味。

到了十六七岁，表兄表妹们大了，依然血浓于水。

有大帮小，弟带哥的；有合作伙伴，亦是竞争对手的；有各显神通，又在一个行业的。但遇有商机，一下又形成一股合流，默契发力，互通互利。现在，大舅、二舅、我母亲，早已去世；大表哥已六十多，年龄最小的表弟也过不惑。十六个表姊表妹，资产过千万的比比皆是，过亿的也不是神话，宝马、奔驰几乎家家有，只有我在文化单位，有些清贫，但儿子优秀。从观音溪到糜家院子的乡村路，也变成一色的水泥路，修到了大舅、二舅房前。想去，给儿子打个电话，一小时就送到。若周末或假期，犹进了天然氧吧，朝去晚归，堪比邻游踏青。

注释：
①吴家场：现有庆镇。糜家院子，又称"来家院子"。
②狗眼：这里有母亲对儿子的溺爱之意。
③角孽：巴蜀方言"闹事"。
④莽子：巴蜀方言"笨蛋"。
⑤看河：这里指看渠江。

（原载《重庆晚报》副刊头条）

怀念岳父

岳父，没有钱，也没有甚值钱的物遗留给我们，或许渠江北岸五龙桥的乡邻能依稀忆起，亦可能早已遗忘不知："周茂绪何许人也？"不过于我而言，隐没于山后那片孤独的青冢，却实在无法忘记……

岳父岳母有四儿三女，除大儿当兵转业有单位外，二儿三儿四儿一个个都是天天和锄头犁耙打交道的农民，后边三个全是清一色的女儿，我娶的是老大。这"七姊妹"七家人，连儿女三十多人，加之岳父岳母和几个舅哥都爱喝点老白干，岳父又热情好客，常常是一碟花生米、几个酸咸菜，五六个人一围，可喝得欢天喜地。长年累月，家里就像开饭馆，这个走了那个来。一年到头，即使有点好吃的，也是留着让客人和几个女婿、女儿和外孙们去吃完了的。记得我和妻刚结婚那两年，总爱隔三岔五地去蹭饭，岳父知道我们队的土质差粮食少，一天三顿连青菜稀饭都吃不饱，岳父家便很少煮干饭了，没有客人炒菜连油都舍不得放。待我和妻子一去，腊肉煮起、油炸鸡蛋面弄起，总是劝我们吃饱。有次，还悄悄给我们送了一把面条、半截肉。那把面妻子分了五个晚上煮，而且多半都是让我和孩子两人吃了，她只吃了几根面喝了些汤；那一斤多腊肉，我们隔一两个月才煮点，竟煮了四五回，妻子每次都只是尝点，连汤也不忍心多喝。而我身为女婿，也只在岳父六十大寿时，才给岳父打过一壶酒，送过一条烟……

哪知，我在停薪留职后，事业有了起色，当我在北方出差时，却惊闻岳父不幸西去的噩耗；陡觉北边冬日那炫目的太阳悠地黑暗许多，茫茫雪原似已凝固，变成血乌；行人裹衣缩脖，来去匆匆，也互为冷淡；凛冽的寒风让我寒栗……如马上赴唁，订下的两车皮货全部无效，连借加贷的本钱将分文无归。我是家里的"顶梁柱"，上有老下有小，以后的日子咋过？不回，亲情、乡邻、人言，怎么面对？霎时，心如雪崩，地转天旋……

幸好，妻子明大理，妻哥妻嫂对我也一直尊重，待我快刀斩乱麻般处理完生意上的事，已是二十多天后。

正月初一，按老家风俗，本该先给我的祖先和养育了我的爷爷奶奶祭坟，我没有。我提了一圈鞭炮，准备了一篓黄纸。感到这篓纸太重，堪比泰山，真担心自己背负不起那份沉甸甸的情债。"当儿不知父母苦，养儿方可心比心"，身为人父的我，相信岳父九泉有知，这沉甸甸的负债，就让我年少无知刚九岁的儿子——您老的外孙替我分担点，他也不知背的何物，不明白那份沉重，鹄望您看在外孙幼小的份上，宽恕我吧！

哦！路，咋那么遥远，似乎永远也走不到；山，那么高，又为甚觉得您去得太快。等会儿，我咋有脸见您老人家，咋对您叙说？

山，还是那座山。水，还是那道水。人却去，无影无音……那一米八瘦高的个，常常爱喝二两白干，红红的脸膛，披一件溅满泥巴的蓝布衣服，从来没有痛苦的脸，永远是灿烂的微笑，总是那么坦然，那么宽厚……

那一年抢水耕田，明明是您牵在手里的牛，硬是给蛮不讲理的人夺了去，尽管您的儿子在执法部门有一官半职，您却从不仗势欺人，总是与人为善；而我有次让人欺辱了，您又狠狠臭骂您儿"窝囊"，非要他出面过问不可，直到我们违心地骗您，大哥给我们"摆平了"，您脸上才恢复了平素的微笑。过去，我们去您那里，您总是远远来接，那可比总统的接待规格还高啊！远远就笑，就问，从不管我送不送啥！即或我两口子吵架斗气了，只要见到了我们就是愉快，就是喜悦，问栽秧了没有？猪长得快慢？娃娃乖不乖？问我常年在北方冷不冷？生活习惯不？路上安全不……您总是那句"挣多挣少事小，人安全，庄稼种好，娃儿带好比啥都好"。哦，到了，您老人家的家到了。草房，还是那座"7"字形的；地坝，还是那斜斜的半块地坝；竹林，还是那么稀稀疏疏，老老苍苍；林下的狗见了我们，又是摇头摆尾亲近，又呜呜向我们述说着什么；岳母出来了，憔悴了许多；妻哥妻嫂出来了，苍白了不少；外甥外甥女也比过去少了几分天真，您却迟迟不出来，我的目光依然在寻找，低矮的土墙房檐下，狭窄的黑屋里，不见您的影，没有您的声。岳母没说什么，妻哥妻嫂们装作没事一般，招呼我们先坐一坐，故意撇开，害怕我拨响那根弦，那根低沉的主弦。我也不去问那异想天开的话"爸爸呢？"我只是淡淡地询问："爸爸的坟在哪里？"

您视我如己出，比待亲生儿女都好，我竟不知道您的坟在何地！这就是以心换心？这就是养儿养女？天下有我等女婿？谁愿将女儿终身托付于薄情寡义的冷物？悲乎！

哦！坟，那就是。

一堆新土，几片乱石，数只散烂飘零脱架的花圈。花圈，已给风雨剥蚀，星星点点的碎纸，散落一地；那花圈，虽是竹枝做成的骨架，但被日晒雨淋，风割寒浸，已开始朽烂、腐黑，在风中飒飒颤抖，呜呜低吟，又似乎是挂着寿杖的老朽，在风烛残年苦苦硬撑，在期盼着、等待着、遥望着……听说，您老人家在最后的几天里，等了我三天，醒了三次，一睁开眼就问："兴强回来了吗？哦！他远……"

坟，就在眼前。我木然地看着比哭还难受，比号还悲，比痛也过，比惨竟烈……泪变成了血，变成了魂，欲进去看看，向您忏悔，您又会说"不是外人"；向您问候，您依然要说"很好"；向您拜年，您还是那句"我见到你们，就当过年……"可是，我望眼欲穿，却也不见您的身影。我问天，天不语；我问地，地沉默。自从您将女儿的终身托付于我，您从没在我跟前问起过她，我知道这是无声胜有声，您是要我好好待她，做一个无愧的女婿，当一个称职的父亲，挑起自己应该挑起的担子。遗憾啊！可惜我当时并没有领悟到这些看似简单质朴、实则深刻动人又很起码的道理，现在想来，悔之晚矣！

寒风飕飕，三人跪成一排，左妻右儿，默默无语，只有黑色的纸灰漫天飞舞，随风而去……

（原载《达州晚报》副刊）

食甘读味说腊肉

小时，我有个不雅的别名——"好吃狗"。只要发现哪里有吃的，我都会去卖萌，嘴甜，眼灵，爱跑腿，院子上下几十户人家，几乎没有我弄不到嘴里的东西。

四岁那年，"大闹饥荒"，连野菜都吃不饱，我从村里一亲房婶娘家搞到一顿红苕稀饭；六岁半，母亲的干妹妹家杀鸡，我跑进跑出递刀提箢扯鸡毛，硬是哄到一整只肥肥的鸡腿；都到十一岁了，耳闻爷爷要去姑家打牙祭，我说，爷爷，星期天去吧，我好好读书，长大了，我养你！真灵，去姑家次次都有我；随着年龄的增长，我有了收入，不哄吃骗喝了，却对腊肉情有独钟！

直白点说，我与腊肉的情结，丝毫不亚于大连人之于海参，别有一番亲近；不逊于北方汉子之于膻味浓郁的羊肉偏爱。在河北，朋友问吃什么肉，我只两个字"腊肉"。害得人家几乎跑遍全石家庄市，半夜三更才买回半只"鸭肉"，引得老乡们至今还当笑谈。一年四季，我家至少八个月不缺腊肉，尽管幺儿前两天在私下嘀咕，说是他今后找了老婆"敢天天煮腊肉"，他就要"弄人"，但我还是觉得那红白兼透、油水闪亮、香味四溢的腊肉，依然是我端起碗就想的美食。

爱吃腊肉，在我的记忆里始于20世纪60年代。那是我刚上小学的一个星期天，母亲照例扫完了我家那六间草屋和地坝，喊我起床。我想再睡会懒瞌睡就装模作样答道："起来了！"一侧身向里又睡着了。蒙蒙眬眬中，我隐约闻到一股诱人的肉香袭来，眼睛一睁竟是块巴掌大白中透红、亮晶晶、油淋淋的熟腊肉。原以为母亲又会往我嘴里先塞上一块解馋，谁知她却把肉往柜子里一锁："一哈你舅舅来。想吃就跟我割南瓜花去！"

割南瓜花，人家怕毛毛痒人起疙瘩，都穿长衣长裤，而母亲却说："变了鳅鱼黄鳝就莫怕糊眼睛。"把衣袖、裤脚高高挽起，还背着个牛肚子背篼，在山坡上、田埂边，伴随着母亲刀起花落，那一束束亭亭玉立、黄嫩嫩的南瓜花便如彩蝶飞舞，纷纷进了背篼。不时惊起的一只只蜜蜂，有的歇在母亲梳理整齐的黑发上，或转一个圈又停在她那齐腰的辫子上。我举着树枝帮母亲驱赶，她却说："别打它，蜂虽小却极有灵性，天一亮它们就早早出门，不管飞多远，它们都知道把采上的花粉带回家。人也一个道理，种庄稼要起得早，学习要趁年轻，老了包脚就晚了。就像种南瓜、喂猪一样，肥要经常施、花要天天割、猪得顿顿喂，猪儿喂肥了，嘴巴儿才抹得成油……"

那天舅舅赠送给我一支新民钢笔和几个本子，母亲像平时待客一样给舅舅端出一碗纯白米干饭，几大片黄灿灿、肥得流油的腊肉悄悄放在碗底；爷爷和爸爸碗里的"干饭"是一成米九成干青菜，母亲说他们是家里的"顶梁柱"，也给碗底悄悄放了两片腊肉；我是家里的"独苗苗"三成米七成菜，碗底腊肉三片；而母亲却一如平常是清汤寡水、几颗米都数得清的南瓜稀饭……

这一次吃的腊肉虽然不多，却让我每每忆起。

人过不惑，日子渐好。鲜嫩无比、一进嘴就烂的广西"滨阳仔鸡"我吃过，黄而不焦、脆而不硬、肥而不腻的云南"宜良烤鸭"我吃过，拉萨河畔的手扯烤牦牛肉我当饭吃过，陕西潼关的油炸知了、安徽黄山的炖蛇肉、新疆喀什的手抓羊肉我都吃过，但我之最爱、最难以割舍的还是那色重味浓油多的腊肉。

每有出差，我会切上些不肥不瘦的熟腊肉和腊猪耳、猪心、猪肝，再备上一小瓶白干就着一本读物，一路细嚼浅酌、似醉非醉；晚上入驻客舍，一人把酒问腊，既了却了酬杯应饭之烦恼，又除去了一路疲乏。所带腊肉完毕，人也回家了。

年年过了立冬，别人家还没过年的"影"，我家屋檐下、窗棂前、灶台上，凡能打钉钉、拴绳绳的地方，就挂满了大大小小的"弯弯腊肉"。一到周末，取下一块洗净，不抬①不削，切成条状，在肉皮上抹少许红糖、甜酱，皮下肉上地铺置于碗底，再撒一层老盐菜，约蒸四五十分钟，满屋里弥漫着老盐菜与腊肉的香味，邻家也推开窗户说："是哪个屋头蒸的腊肉，好香哦！"那二指厚二指宽，形色若玉印、足有一两重、颤巍巍的腊肉"墩钵"②就熟透了，举箸入口，舌头轻轻一搅，一道细嫩的流物下去，肠胃便有一股美滋滋的暖流……

注释：

①抬：四川部分地区方言，处理大块猪肉的一种方法，即用刀把肥肉和瘦肉分离。

②墩钵：色酱黄，味浓香，入口即化，虽多为肥肉，却不油不荤，系传统著名川菜"九大碗"主菜之一。

（原载《华夏散文》等）

忆 "吃"

小时在农村，印象最深的是大人爱说"好东西要留到客人匠人来吃"。听多了，就有了想法，父母农民，家里钱紧，若后边交不起学费，长大了学门手艺去。比如学医生、裁缝，只要技术好，顿顿吃香喝辣，早上两个醪糟蛋，中午白米干饭、咸菜炒肥肉，晚上煎蛋下面，满碗油爆爆的，完了还有一沓工钱养家糊口。实在不行，多吃点苦多流些汗，学个木匠、石匠、砖瓦匠，也比脸朝黄土背朝天，像关在笼里的鸡啄一颗丢一颗强。

于是乎，每当家里来了手艺人，一下子特别乖顺，总想在师傅面前表现得聪明、勤奋一些。尤其是裁缝、医生来了，要眼观六路耳听八方，大人一喊，答应得格外响亮，脚板跑得飞起，做事又好又麻利；唯恐给师傅留下不好的印象，自毁了今后当徒弟的机会。

渐渐地，随着年龄稍大，见城里人腕上戴着亮晃晃的手表，便知道他们是敲钟吃饭、盖章拿钱、每周还打一回牙祭——吃国家饭的。心想，要是取消了"接班"，一视同仁看勤奋比文化多好啊！明知是异想天开，但在学习上还是上心得多了。到镇上读中学，见街上人买了可以唱歌、说国家大事的收音机，偶尔个别家庭还有能表演节目的电视，就对门店里、街道边的那些修理师傅观察得仔细点，羡慕他们几个螺丝一上，十块八块几十块钱就到兜里的职业。尤让人馋涎欲滴的是旁边馆子一家连着一家，烧白才八毛一碗，肥片一元一份，那一股股肉香飘遍半条街。心想，得学好文化，长大当徒弟去。回到学校，勤奋陡增，对一门门功课、一道道难题，也多了股韧劲。记得有个假期，为一道数学题，我跑了十几个同学家，最后还是步行十里路，找到老师才解决。哪知，当时的乡镇学校糟糕透了，老师经常把数学讲错、把字教"黄"。高考前一位老教师说，如果蒋兴强考不上大学，那就看 D 老师的女儿了，否则，全班都考不上——结果还真被言中。父母似乎意识到我想复读，不待我开口，便先表明观点，没考上就种田吧！

家里多个劳动力，父母脾气也好了。见我不到两个月就评上"全劳"[①]，每顿的米多加了半把，炒菜，拇指头大的猪油竟放了半个。但看到成绩比我差得多的人都在复读，我还是心有不甘，就跟妈说："咱中学当班长、高中任团支部书记，成绩和表现都很好，我要当兵，去找出路！"

第二年，到了部队。每天一顿荤菜，白米干饭管饱，面条有，包子有，每周还有两餐精粉馒头。对这份来之不易的"工作"，我格外珍惜，军事训练、文化学习，更是勤奋自觉。课间休息，别人打闹闲聊，我在一边琢磨；晚上整个大院的人都关灯睡下了，我每晚都读写到凌晨1点；节假日，别人打牌逛街，我从无串门闲聚的习惯，常常一个人提上一瓶开水，带上几个馒头和高校教材，或一部名著，躲在营房后边的森林里，一学就是一整天。不求别的，只图将来有个"饭碗"。记得第一年团年，政治处主任黄天贵见晚上停电，点了支蜡烛，把我安排到餐桌里角，我见满桌黑乎乎的，只好舍远求近，自顾狼吞虎咽，当电来了大家才发现，我面前整整一只鸡被吃得只剩个"空架架"。黄主任笑着说，见你小子能吃，平时翻地一人顶仨，天天晚上还熬夜，才专门把你支过去的呢！

回到地方，结了婚，有了娃娃，为了孩子健康聪明，总是想方设法改变着吃法。这周鸡，下周鱼；今天是炒肉，明天便是蒸肉。娃娃长成了小伙，小伙也渐变成父亲；我也日渐少了负担，升级当了爷爷。

儿女婚姻事业一顺，只要能买到的，不管是天上飞的地上跑的，还是河里游的海里长的，都有实力购买了，却突然发现，对吃的再无当年的兴趣：当初的佳肴变味了，一样的烧炒煎煮蒸煲，同样是鸡肉鸭肉鱼肉，青菜萝卜葱花生姜还鲜亮得多，全没有了以前的满口余香。一环视周围，好像所有的城市人，每到节假日都纷纷迁徙般呼朋唤友举家奔向远山僻村，都会觊觎土鸡田鸭，寻觅小圈里自养的猪、坡上散放的牛羊，可最终，貌似凯旋，满面春风之下，都少了昔日的荡气回肠，没有了初始的滋味……

所不同的是，当年的人为生存，今天的人图生态，因了一个"富"字，才惹出了"吃"的纠结。

注释：
①全劳：又叫全劳力、全劳动。即：在集体生产时，劳动一天给计满分10分的壮年男人。

（原载《达州日报》副刊头条）

三岁牯牛

我七岁那年，爷爷让裁缝给我缝了条蓝布隔裆裤儿，说是家里养的牛犊都变成了小牛，我也该进"牛圈"上学了。当时，我一头雾水，爷爷为啥要把我和牛扯在一起，难道学校是"牛圈"？

一天，爷爷含着叶子烟斗，围着小牛瞅了一圈又一圈，两眼竟笑成一条缝缝。最后，他拍拍小牛的头说："三岁牯牛十八汉，春一开你也该学犁耙了。"

一个春光明媚的上午，太阳暖融融的，爷爷从放农具的房间扛出一把犁，那犁虽洗得滴泥不沾，但犁铧上已有星星点点的锈迹。爷爷从屋后找来瓷片，细心地把犁铧上的锈斑一一刮去，说小牛还不到正出力的年龄，没有锈，犁铧才光滑省劲，不能让小家伙伤了力气。这时，父亲也从屋里找来了两件烂衣服，把纽扣、布疙瘩剔掉，再撕成一绺一绺的，才在"八"字形的枷档中间、牛肩膀受力的地方缠上厚厚一层布，说两三年的牛儿像十三四岁的小伙，肩膀很嫩，爱使股股劲，缠上这布条条，皮肉不得受伤……

一切准备就绪，爷爷吩咐我和父亲先把牛牵到渠江与观音溪的交汇处去，说那里是沙坝坝，泥土松软，没有庄稼又宽敞，是"教牛"的好地方。

父亲提着系了绳索的枷档，牵着牛在前，我随手折了根斑竹条子，一跳一跳地走在牛屁股后边，爷爷扛着犁不远不近地跟了上来。

我在想，人家往地里走，都是牛在前面拉着犁耙，人轻轻松松跟在后边。平时爷爷去地里，则总是肩扛犁耙，拽着牛鼻绳跟在牛后面，让牛摇着屁股甩着尾巴轻轻松松往地里走，犁耙从不让牛拉着，难道爷爷不知道省事？问父亲才知道，牛不"教"，不知道"规矩"，它们大多会时快时慢，高兴了还爱蹦蹦跳跳，如让牛崽拉着犁在路上走，稍不小心铧尖就会划伤牛脚，即使老牛凭肩上轻重，感到后边犁铧受阻，会立即停下，但也有不小心拉烂犁铧的时候。看来，当农民也不简单，心不细也不行。

到了河边，"教牛"开始。只见父亲在前搔着牛脖子，爷爷在牛背后悄无声息地把犁和绳索连接起来，他一边抚摸牛背一边动作熟练地把枷档固定在牛背上，然后递给父亲一个眼色，下了开犁的口令："沟！"

父亲在前牵着牛走得端端正正，小牛糊里糊涂紧随其后，竟不知道这是它这一生中最有价值的第一步，爷爷手掌犁柄不让铧尖犁土，让小牛拉着空犁"练步伐"。牛和人行了百余米，爷爷见小牛走得稳健有力，就下了第二道口令："娃！"父亲止步牛也止步，爷爷右手犁柄一抬，那铧尖顺势倒立，爷爷左手扶住犁桩一转，拖着犁铧两步就跨在牛前头，随着一声"转犁！"父亲拽着牛也顺着转了头，爷爷犁柄略抬，他身后就出现了一道浅浅的新土；纤索在绷直，牛肩上渐渐涌起了一道肉的山梁，牛的脚下也多了几分从容、自信……

　　一会儿，爷爷身后就出现了一片壮观的泥浪，小牛背上也渗出了颗颗美丽的汗珠，爷爷既高兴得合不拢嘴，又心疼得了不得，他立即给牛卸了枷档，还脱下自己那土白布染成的蓝短衫，一边给牛擦汗一边说今天就教到这里，牛也跟人一样，刚开始劳动，要让它觉得新鲜，不能一下就把人家搞厌了。爷爷还夸那牛"教一道就晓得踩沟，有灵性又不藏力，如果好好调教，二天队头抢水耕田没话说"；还要我进了学堂也莫淘气，"笨牛教三道都晓得踩沟，念书那事儿靠灵性记性，一点也不敢马虎"；放学后，还要把它当家里的重点"人物"侍候，不管人有多忙多累，都要"早中晚一天三背草"给它吃饱喝够养足力气。牛这东西通人性，你待它好，平时犁田耙地，只要你把犁铧一扛，它就心甘情愿跟你来了；抢水抢栽季节，早出晚归，不管天有多热雨有多大水有多冷，它也无怨无悔，不发脾气。牛好主人也光彩，社里还奖励工分，可多些分粮；过年过节，我们也可以吃上一碗半顿白米饭；正二三月青黄不接时肚子就少打点"洋鼓"，也不用提着口袋向别人借粮了……

（原载《达州晚报》副刊头条）

牧童春早

夜，神秘深邃。山，迷蒙混沌。树木、竹林，只有林梢隐略可见。不知谁家公鸡划破了夜的宁静："早早起——"少顷，只听得"叽嘎"一声门响，山崖下竹林边，一座低矮的茅草房第一家开门了，出来一位头发蓬松，打着呵欠，年约三十的妇女。她看了看天色，那院里就有了鸡鸭的扑腾鸣叫，猪崽的欢跑追逐，还有她扯开喊的嗓子："青娃儿！太阳晒到屁股了！"

她，就是我母亲。这时，隔壁的灶房里也响起"哗啦哗啦"的倒水声，那是父亲挑水回来了。

昏暗的煤油灯下，低矮的麦草土墙屋里，与我睡在一起的爷爷也披起了皱巴巴、泥点点的蓝色土布衣服坐在床头，"哧，哧——"地点燃了这天的第一支叶子烟，吐出一股浓浓的烟雾。爷爷看看我，自言自语："春天里，细娃儿睡绵绵觉呢！"一袋烟快完了，才喊我，"起来哟，你妈拿条子来了！"

我装模作样"腾"地一下坐起，揉揉惺忪睡眼，懒洋洋地走进牛圈。小牛跟我不一样，一听到脚步声就睁开大眼，似乎等了很久一样，立马起来，移开位置；当我蹲下去解绳子，它总会摇晃着那粗壮的脖子，伸过嘴来，在我的脖子、脸上蹭几下，"嗯嗯"与我亲热；长长的尾巴甩动两下，又开始了每天必不可少的仪式：又开后腿，尾巴一翘——这是爷爷从小驯成的习惯，天天起来都得让它把粪便撒在家里。爷爷说一头牛一天多拉一泡尿一泡屎在家，一年就有百余桶牛尿，三千多斤牛屎。那时还没有化肥，农家肥就像粮食一样重要。我把大木勺往小牛的肚子下一放，一道白亮亮的瀑布便从那山垭飞泻而来，不偏不倚，尽坠其中。一阵飞花溅玉后，声停水止，勺满金银。我提去一只筢箕，那牛又一种山崩海裂般的动静，加之窸窸窣窣的细响，一股黑乌乌的流物来得酣畅淋漓，一鼓作气，又见金灿灿热腾腾满满一筢。

小牛挪动几步，摇摇屁股甩甩尾，精神抖擞出了门，东方略白。

我们骑在牛背上，沐浴着凉凉的晨风，一路打着呼哨，吆喝着"猪娃""狗蛋""孬儿"，犹如西行驼队出征，时有老者加盟，又如唐僧师徒西天取经般蔚为壮观。

到了河边，我们把牛绳绕在牛角上，在它背上"啪"地甩一声空鞭，那牛就像马一般放开四蹄欢跑一阵，然后离我们远远地自由自在吃起草来。静谧的山野，牛吃草那均匀的"嚓嚓"声，随着它那极有节奏起伏摇晃的头角、甩动的尾巴构成一幅绝妙的《五牛图》。我们躺在草坪上观看，或侧卧在山野的石头上，嗅着带一丝儿苦味的草香和刚下了雨或下雨不久泥土散发出芬芳，聆听那清脆的声响与哗哗的河水组成美妙的旋律，飕飕凉风而来，蓝天白云就在头上，人置身在绿水青山的怀抱，安安逸逸呼吸着野草与泥土的芳香，好爽！

如果这年热得早，刚进入旧历二月，就会选择一个暖和天，待小牛也吃得肚儿滚圆了，我和同伴会第一批光着屁股与牛一道下河，浸泡在那清澈亮丽、冰冷刺骨的河水里。小牛驮着我们三三两两在河里不停地变换着队形，时而横队时而纵队，牛头露出水面，"嗯哪嗯哪"引吭高歌，四只脚又在水里不停划动。我们迎着激流，脚在深不可测的河里一齐踢腾，你追我赶，掀起一排排波澜，此起彼伏，渐渐扩散，又变成一片涟漪荡漾开去。

回到岸边，我们抓几把河沙抹在牛背上，抹满了自己的脸皮肚皮屁股胯膀，一阵痛痛快快地揉搓，洗掉一年的泥污、汗渍，再"哗哗"撩上一阵白亮亮的水花，河风吹来，一阵寒战；抬头望牛，皮肉细嫩，一根根牛毛也透出勃勃生机，那般纯朴那般亮丽。牛上了岸，抖落身上晶莹的水珠，又驮着我们披着落日的余晖款款而归。山间响起了我们的嬉笑，回荡着我们的歌声："西边的太阳就要落山了……"

（原载《达州晚报》副刊头条）

戴大红花的小牛

一日爷爷耕田，我背着篾条书包来到田坎上，那田大若湖泊，亮比明镜，一田的水满盈盈、摇摇晃晃，欲溢出去一般。

爷爷身上的蓝布马褂，已溅满星星点点的稀泥，一个个补丁便不是那么显眼了。他一边"沟哧沟哧"吆喝着前面的牛，一边侧着身子前行，有节奏地摇着犁把手，喜滋滋地说："这么好的牛，我还没见过，人家的牛一天最多犁两亩，我这小牛儿一天耕三亩还收早工呢！"

平时一般是饭熟收工，不知啥原因，这天中午，爷爷早早就把牛拴在屋前的老槐树下，牛面前除多了一半的草，还增添了一些只有我们人才有资格吃的红苕叶。爷爷蹲在牛面前吧嗒着旱烟，细心地给牛梳理皮毛；从牛头到牛尾，一点粪渍一星泥污，或指头抠或指甲刮，收拾完毕，爷爷又退后几步，左瞧瞧右看看……我们喊吃饭，从来最爱干净的爷爷两只宽大的黑手一拍，不洗也不擦，端上饭碗又到牛跟前，稀里糊涂两碗青菜稀饭下肚，碗筷一甩，就牵起牛下河去了，说是得给牛"打扮打扮"。

我跟着爷爷来到河边，爷爷选了一段浅水滩。那浅滩的水清亮亮，一路欢快，不时出现一缕缕美丽的笑纹，极像小女孩脸上的酒窝。水里，一个个状如鹅卵形若蒜头圆溜溜光滑滑的石头洁白似玉、清晰可见。再往外，水就深了一些。那石头也就带了几许绿色。一群群小鱼，三五只虾，摇头摆尾不时从绿幽幽的深处游来，一会儿又向那偶有一缕缕水草漂浮的远处而去。

爷爷把牛牵下河，让牛浸泡在水里，只露出一线背脊，他一手拽住牛绳，一手不时往牛背上撩水。约过了一袋烟工夫，爷爷点了点头，说是差不多了，就把牛牵到河滩上，小心翼翼从兜里掏出一个纸包，唯恐那东西掉进水里给冲跑了似的，然后又把那包了数层的纸一张张展开，露出一小块肥皂来。爷爷一边往牛身上抹一边说："格老子，你明天可要争气哟，这东西平时我儿媳都舍不得用，今天倒让你享受了！"

爷爷抹完，把肥皂块原样包好，放回兜里又捏捏，确信稳妥了才像理发师给人洗头一般双手并用，十指灵巧，一处处给细心抠起来，抠到痒处，那牛还扭扭屁股，甩甩尾巴，又惬意又不好意思。

一阵忙碌，爷爷已是满头大汗，牛的脚下也有了一摊污水。爷爷一拍牛屁股，牛心领神会就下河去了。溪水在徐徐流动，爷爷一手给它撩水一手给它揉搓，又牵着牛在水里走了一截，才上岸来。奇了，原来和爷爷那脸一样皱巴巴老苍苍的牛，竟然变得细皮嫩肉。脖颈上那密密麻麻暗淡无光的鬃毛，陡然鲜亮照人，犹如从发廊出来的先生们抹了摩丝般熠熠生辉；那稀疏纷乱的软毛，也纤毫毕现，那么柔和、均匀、滋润，又恰似青春亮丽的姑娘那颈项上的香发一样楚楚动人……

"牛，明天结婚了？"我满脸疑惑，问爷爷。爷爷笑而不答，顿了一下，才淡淡地说："明天就知道了。"

翌日鸡叫头遍，爷爷就牵上牛搭了公社的木船上县城了。我问妈妈，妈妈说："小娃儿，上学读好书，放学多割草！"

下午，我刚从山坡上割满一背草回家，就恍惚听到渠河上游锣鼓声声，喇叭正播放着什么，妈妈喜气洋洋地拉上我："恐怕是爷爷回来了！"

我和妈妈来到观音溪岩边，只见渠河上游一只竹篷白布帆船顺风驰来，船头红旗飘飘，船上的喇叭里一个女播音员正在播送新闻："'春风杨柳万千条，六亿神州尽舜尧。'今天，渠江县组织了 27 个公社 108 头耕牛耕田犁地大赛，经过激烈角逐，鲜渡公社观音村村民蒋道兴家养的耕牛一举夺魁……"

"爷爷得奖了！爷爷得奖了！"我连蹦带跳来到河边，只见爷爷牵着我家牛从船上下来，牛的脖子上戴着一朵大红花，那花的正下方一片儿红纸条上写着爷爷的名字。后边的几头牛戴的花小点，牵牛的主人正在你一句我一句说着上午那激动人心的场面："这牛也怪，不要人吆喝，牛绳轻轻一带，就知道转头踩沟，可谓什么？对！心领神会！还说一套绳索，就，就力争上游。"

我眉头一皱，有些纳闷："牛是爷爷养的，那花为啥不给爷爷戴，戴在牛头上呢？"

爷爷哈哈一笑："戴给牛戴给人，一个意思一个意思！"这时，喇叭里响起一对男女那激情饱满、圆润嘹亮的歌声："公社是朵向阳花，社员好比藤上的瓜……"

（原载《达州日报》副刊头条）

老井与村庄

在农村人的眼里，曾经，水井与"家"有关。有水井在，就有爷爷、奶奶、父亲、母亲在，就有兄弟、姐妹与牙牙学语的幼儿在；只要有人喊爷爷、爸爸、哥哥的地方，就有挑水的身影，就有生存的脊梁；有人叫奶奶、母亲、姐姐的家庭，每一缕炊烟，都是温暖，每个角落都充满阳光。

——题记

一

几天前，住在老家的父亲来电话，说井里的水泵坏了，去换，半人高的野草和密密麻麻的杂树把路堵了，让我赶紧回去。

我安慰了父亲几句，立马赶到老家县城，买上水泵和斧头、锯子，直奔老家。

车出县城，我那见惯了小城大市水泥林的眼睛，为之一亮。

高远、明澈的蓝天，蓝得只有几缕缥缈的白云；连绵、苍翠的山野，静得恍惚有一两声鸡鸣狗吠；而散落在山野间的一座座红瓦白墙小楼，房上无一丝炊烟、院前没一个人影……

随着车的前行，不知不觉也就想起曾经分布在山崖下、沟壑边、大院旁，一口口形状各异的水井和三三两两挑水的情景，那"叮叮咚咚"的泉水声和井旁妇女的说笑、小孩的嬉闹，便隐约在耳旁，嘴里竟沁出一泓久违的清凉……

队上有水井三口。堰塘湾是简易的平井，艾家碥是七八米深的吊井，我们家则是石门咀的山泉井。

石门咀这井，一个天然的青石坑，僻居于宽宽敞敞的崖洞里。吹风，尘土进不去；下雨，清清澈澈；天旱，不枯不竭。

据爷爷讲，他两三岁那阵就听说，它是口老井。当时去卷洞山挑炭、来鲜渡码头买盐、过大竹采茶、到南充贩猪崽的，走累了渴了饿了，宁愿多坚持一会儿，也要走到石门咀，才在这崖洞下歇气，待山风吹得人凉悠悠的，几捧山泉水"咕嘟咕嘟"一灌，又继续赶路……

从家里去石门咀挑水，一条弯弯曲曲的小路。得经三根田埂过一截水渠，然后是一段下岩的陡坡。落点小雨，坡路就打梭，黄泥巴路则一走一溜，多下几天雨，水渠还长了青苔。

在我的记忆里，爷爷挑水的时候最多，他那一双又宽又大的赤脚，走滑路最稳。

爷爷挑水，爱用根金黄色的橙木扁担，穿件洗得泛白的蓝布长衫。由于爷爷高大魁梧，一挑连桶带水一百二十多斤的担子，在他骨骼突起、宽大有力的肩上，便显得没什么分量。爷爷挑水，步子偏大，不急不缓；扯水，水桶从来不着地，前面一只木桶在水面上左右一荡，一侧一掭，满满一桶清清亮亮的水便连挑带提离开了水面，身子顺势一侧，另一只木桶在水里"咕"的一声，两桶水就随着稳健的步子上路了。

那水，不涌不溅，在天光下，扬起美妙的涟漪，连桶底木板的颜色、木纹都看得清清楚楚。

爷爷在前面走，我在后边跟。爷爷快我快，爷爷慢我慢，爷爷遇上熟人说事，我就停下来。特别是雨天，爷爷那双宽宽大大、薄薄瘦瘦的赤脚，远比别人贴地贴得紧，五根细长的脚趾竟像五只爪子，每走一步，脚一接触地面，脚趾就在一溜一滑的泥路上，抓陷出五个深深的趾印。这时，我就踩爷爷的脚印。"踩脚印"特灵，即使偶尔踩得不稳，不时一滑，另一只小脚赶紧一站，也能稳稳刹住。

印象最深的，还是晴天挑水。我们爱跑在爷爷的前面，常常是沿路小跑一阵，见爷爷被甩得远远的了，才停下来在路边捉蚂蚱，或爬到树上去抓知了，等到爷爷那穿着长衫的身影近了，我们又一阵猛跑，身影一闪，就钻进了稻田。一会儿出来，手里竟举着两条小鱼……

爷爷挑水，两只桶一前一后，不摇不晃，水不跳不溢。换肩，只轻轻一磨，扁担就到了另一只肩。走到水缸前，肩上的两只桶后低前高，前桶只轻轻一靠缸沿，一倾，满满一桶水如液如玉一泻而下；身子一侧，前面的空桶在后，另一只桶与缸沿一靠，水冲击着水，"轰隆"一声，似乎在提醒挑水的人，一担水还远远不够。

如此重复数次，三四担水挑完，爷爷才把长衫下摆一撩，在小板凳上坐下，不快不慢卷上一支叶子烟，往铜烟斗里一栽，"啪"的一声点上，"哧哧哧"地吸起来……

当问及爷爷挑水为啥没摔过跟头时，爷爷说，挑水这活就像写字有转弯抹角，读书要抠字眼。须细心的，你加倍小心；要八十斤力的，你使上一百斤的劲。天下就没有做不好的事……

二

随着爷爷年岁渐高，父亲干的又是吃百家饭的石匠活，很多时候，家家户户都点上灯了，父亲才能回家，挑水的活，逐渐就落在了母亲的肩上。

早晨，父亲要挑了水出门，母亲会一下夺过扁担，说打石头是重活，安全要紧。常常是父亲出门，母亲也挑着空桶"叽儿咯儿"出去了。一会儿，两声"哗啦哗啦"的倒水声传来，一般是母亲挑的第一担水；过一会，又听到"哗——哗——"是第二担；再听到"轰——轰——隆"多半是第三担……

邻居听到倒水声，才陆陆续续挑着空桶出门。于是，一个个院子通向水井的路上，便会有三三两两的人挑着一担担空桶出门，然后，又挑着一担担清清澈澈的井水回家。不到一刻钟，从井台蜿蜒到一个个院子的石板路，就像一条条"水龙"。

人家才把水挑回，母亲已喂罢牲口、扫了地坝，把头也梳毕了。只听得，出工哨骤然响起，"驱——驱驱驱驱！"远远地就有人高喊："全劳动，在廖家塝犁田抓边；半劳动，在艾家碥挖洋芋；老年人，在观音溪河边挎胡豆角哟……"

邻居们还在屋里屋外找农具、慌慌张张关门，母亲已扛着锄头下了地，往往还是前一二名。

若是连续几天熬夜抢收抢栽，或白天忙队上的活，晚上还突击自留地，一到煮夜饭才发现缸里是干的，母亲二话不说，会连忙挑回一担水，就给我们煮饭。

待一家大小饭一吃，借着热锅热灶，洗脚水也热乎乎的了。母亲又提醒："洗到后头的，是龌龊水哟！"

有时父亲在石厂办大山、打大锤，或抬大号石头上船，回来瘫软在床上不想洗脚，母亲会多烧两把火，舀上一盆热气腾腾的洗脚水，朝父亲喊："看你那双臭爪爪，水舀起了！"

如果是我们不想洗脚，装作没听见，母亲准会警告："一个儿娃子，手脚伸出来黑得像熊掌，今后哪个女娃儿嫁给你？"

在农村，人离不开水，鸡鸭牛羊猪猫狗要水，田间地头的庄稼渴了饿了要喝水。特别是秋夏两季，年年都会连续干旱十多天，甚至一两个月，一眼望去树萎草干，村里村外水塘龟裂、十井八枯，别说煮饭淘菜，连牲畜的饮水也得到大河或水库里去挑。

从我们家去河里挑水，虽只有一里多路，但挑一担水要上五六百米的陡峭山路，就是壮劳力连续三四趟，也登得脚软。可是，一家大小六七人，外加两三头猪要吃要喝，少了水能行？去挑，在那个听哨声出工、天不黑不收工、靠工分分粮的年月，谁有那么多时间？很多时候，特别是干旱的夏天，从渠江边到岸上院子的山路上，常常天不亮就看到提着马灯挑着空桶下河，黑灯瞎火了还打着火把挑着水回家的身影。

于是，一口口近在咫尺的水井，不知从啥时开始，村里就有了等水的现象。一到夏天秋天，在农村沟坎边院子旁的井台边，几十担水桶逶逶迤迤排成长龙的壮观景象随处可见……

村里有一家人，外号叫"武欺头"①。年年等水都要插几回队，或趁人不注意多舀一担，常常是今天和张家吵，隔几日又跟李家骂。记得有年，"武欺头"未过门的儿媳家突然来了四五人，他家正想烧火做饭，才发现缸里没水。想到河边去挑，来去得半小时；在院子里借水，谁都不肯给。

母亲知道后，立即把我们家刚舀上的一担水，让他挑了回去。第二年夏旱，那人的母亲去世，他一下提来三四担桶霸着舀，曾经与他吵过架的几家死活不依，还是母亲出面相劝，大家才放他一马。

从那以后，那家才一改对谁都"狠"的老毛病，开始对我们家"仁慈"点。

挑水，母亲也有意外摔坏水桶的时候。

20世纪60年代末的一个雨天，父亲在公社修语录牌，爷爷去河边抬石头上载②了，生了幺弟刚满月的母亲，身体虚弱。母亲在队上栽红苕回来，正要煮饭，见缸里水到底了，强撑着身子去挑水。当时，我们家用的仍然是有弯弯横梁、梁上系着一组棕绳、仅空桶就有二十多斤的木水桶。要强的母亲，以为她平时经常挑水，最多咬咬牙就回来了。哪知，戴上斗笠、光着脚丫的母亲，在风雨飘摇中，拖着身子挑罢第二担，在挑第三担时，脚下的硬头滑泥巴一溜，一跟头下去把水桶给摔漏了。两只水桶在她一路小跑中，小孩撒尿般边撒边喷。到了家里，一只桶只剩了少半，一只桶几乎漏完。

一贯脾气暴躁的父亲回来，见母亲手臂摔破了，立马拧开酒瓶倒了点白酒先给伤口消毒，再从箱子里取出表哥从部队寄来的云南白药撒在上面，还找出一绺新白布给包扎。

从这天起，连续一个多月，父亲利用中午、傍晚，和爷爷抬来一些长短不一的条石，把原来的土梯子砌成石梯，每天还顺便从石厂背回两张卖不出去的异形青石板，镶铺在去水井的路上。当石板路铺延到一家与父母有旧怨的田埂上时，那家死活不许，说是铺上的石板万一滑到他田里划伤了牛脚，要我们家负责。

谁都心知肚明，原因是一旦我们铺上石板，等于阻绝了他家"一年削一点人家地边田埂"的蚕食行为，但母亲还是没准父亲铺，她说，锅边上的几颗饭吃不饱！

与其和这种人争强好胜，不如把精力放在挣家业、育子女上；仓里有粮食，子女有本事，人家自然就会高看你几分……

哪知不久，母亲脖颈出现隐痛、触摸到有疙瘩，去医院一查，已到淋巴结核中晚期。几兄妹接她到重庆、达州治疗，待药一开，她总是说，家里喂着猪牛还有鸡鸭，父亲一人忙不过来，执意要回去。回到家，父亲不让挑水，她说挑水煮饭是一套活路，依然天天挑水。后来，父亲看不下去，强行阻止她摸扁担，才勉强作罢，但遇上缸里水不多，母亲仍会悄悄地去挑上一担两担。

到第二年，癌细胞扩散到全身，痛得母亲天天晚上起来走，她也没喊过一声"痛"。见母亲脸形变了，父亲也憔悴了，一下变得沉默寡言。

渐渐地，生产队便出现变化。过去几十年在这口井挑水吃的是十三家，有七八十人；后来只有七八家二三十人；再往后，三口井只有两三家共十余人在家；到母亲去世，只剩我们一家、父亲一人了……

三

作为农村家庭的长子，父亲在我眼里，支撑和丰盈他形象的，还是与"挑水"有关。

记得是我十二岁那年，母亲见外边大雪纷飞，让父亲去挑几担水，下午要推些豆腐，为过年熏些豆腐干，以备正月待客下酒。哪知，父亲一去两三个小时不回。母亲把豆子择净淘洗几遍，一解腰上的花围裙，出去一小会儿就把父亲逮了回来。

一家人见父亲回来了都不吭声，爷爷指指父亲挑回的水问，你这水在哪里挑的？父亲咕噜了一句，石门咀。爷爷眼睛一抢，我以为是外国买的呢！见父亲没了言语，爷爷又说，干干净净的一眼泉水，好好的一口井，你是想把源头搅浑、把水井弄废，有点空，清清净净休息一下、陪陪孩子不好？十赌九上瘾！一家之主没个正形，小心前头作揖后头勾腰，好好几棵苗子都让你毁了哦……

从那以后，就恍惚觉得，我和兄弟妹妹们就是父亲肩上的两只水桶，任何一只摔烂了，一家人都会坍塌。从此，父亲也像变了个人。出门做手艺，再不摸扑克麻将；在队上出工，即便是歇气，别人喊"整两把"，他也是婉言拒绝，只和几个德高望重的人摆摆龙门阵清耍一会儿。遇上下雨天，就编背篼簸箕或收拾农具，把一水缸挑得满满的。要是大年初一，父亲会天不亮第一个去挑水，见水缸差一两担满了，才让我们去接着挑。说是新年头个日子，挑第一担二担水是金水银水，是财运；挑第三担四担是墨水，子女读得书；我们接着挑，才会越读成绩越好，代代出秀才。

正月初二这天，给外公外婆、舅父舅母家拜年，父亲一支烟一抽，就得帮外公外婆挑几担水，俗称"贵婿添财"。拜了年，回到家，换上旧衣服，一拿扁担，挑上水桶，说开了春，活路出来了，要做秧田撒谷子呢！一会儿，就挑上明晃晃一缸水，两三天不挑也够用……

父亲挑水，与别人不同。也许是父亲个头比爷爷稍小的原因，他总是挺胸抬头，似乎没注意过脚下，可脚步特快，一手搭在扁担上，一手则前后甩得活泛好看，两只水桶也欢快地跟着颤悠悠的扁担上下起伏、一颠一颠前行，桶里的水便扬起好看的涟漪，却没一滴水溅到桶外。几担水挑完，若家里要推苕粉、淘干咸菜或有客人来，母亲则会提醒："蒋吉树啊，明天用水有点大哟！"

父亲二话不说，会多挑三四担，装八担水的石缸，几乎盛得满满当当，有时地上还搁着满满一挑……

要是酷暑天干、十天半月不下雨，地里的庄稼萎靡不振，母亲睡下会突然想起似的，轻声提醒父亲："下午我打米回来，看到沙咀上那红苕叶子都黄了；估计麻地弯那几窝南瓜，也快点得燃火了吧！"

第二天，父亲准会提前半个时辰起床，不声不响从井里挑些水倒进粪凼，然后兑出淡淡的粪水去给庄稼解渴，一忙就是三四天；即便是太阳晒得人睁不开眼睛的晌午，再从地边过，都能看到那泥巴有些湿润，苕尖、南瓜藤都比邻家的头抬得高，还多了几分绿意；挖苕时，人家的苕手指般细小，我们的又粗又大又多摆一地……

在我的印象中，父亲身上有股使不完的劲，那肩永远压不垮，一双腿脚，似乎天生就迈得飞快，不知疲倦……

恍惚有水井在，就有父亲、母亲在，就有兄弟、姐妹与牙牙学语的幼儿在；只要有人喊爸爸、哥哥的地方，就有挑水的身影，就有生存的脊梁；有人叫母亲、姐姐的家庭，就有炊烟，每个角落都是阳光，每件家什都有温暖。

在我眼里，水井总是与农民的命运有关。水井边的笑声多、热闹，农村就风调雨顺、五谷丰登；挑水的人络绎不绝、繁忙，农村的青壮年、大娃细崽便多，日子就有盼头……

"嘀嘀！"一声喇叭响，才发现车停在了老家的青石地坝上。父亲见我提着新崭崭的水泵下来，竟兴奋得像个小孩，一边过来帮我提装有电线、插头之类的袋子，一边说，见我要回来，早上顺着公路，专门去堰塘湾挑了两个半担水回来煮饭。饭，是我最喜欢的红苕干饭；菜，是我早就念叨了无数回的炒青菜；咸菜，是我一端碗就要的胡豆瓣螯生姜。

这才发现，父亲一下苍老了。两只眼睛，浑浑浊浊；眼角，爬满鱼尾纹；原本的发须只有零星几根白丝，竟也"发须皆白"。

父亲见我想安慰他，连忙提着袋子前头走了，只轻描淡写地说了句，没啥没啥，只是感冒几天。

我知道，只要问到委屈、遭遇一类的事，父亲都会立马转移话题，再多的心事，都会藏在肚子里。不便再问，我就去解燃眉之急——换泵。

从家里找来套旧衣服套上，沿着通往水井的路才走三十余米，齐人高的茅草和密密麻麻的野刺槐就挡住了去路，连猫狗都不敢钻进野刺丛中。

我侧着身迂回前行，遇上挤不过身的地方，砍掉新长上来的刺槐；一时半会儿砍不掉的，绕着走。约十分钟来到水井边，井台上已是绿油油的一层苔藓，满满的一井清水，清得连过去下去舀水的石梯和人影，也一清二楚……

把旧泵提上来，换上新水泵，让父亲那边上闸，一会儿，父亲便激动地大喊："对了对了，水来了！"

四

水缸刚抽满，几个七十多岁来铲草修路的邻居也到了。

一见他们个个佝偻着腰背、一双双手十分粗糙干瘦和皱得像老苦瓜皮的一张张脸颊，还有那眸子里曾经熟悉的亲和，我想给点钱让他们回去，不雇他们了。想了想，又无法让他们回得有尊严，只好一人给一包烟，请他们先喝一会儿茶。

几个老人默默地抽着烟。透过烟雾，面对一张张沟沟壑壑的皱脸，一股莫名的情绪蔓延开来。由他们的苍老、弱不禁风及父亲的衰老，一下意识到乡村更加的衰败。

此时，正值"秋后十天满田黄"，原本巴蜀农村几千年不变的耕种盛景竟悄然遁尽。沟里坝上和梯田，无边无际的稻黄，已变成茂盛的野草和遒劲的杂树。山上山下，层层叠叠曾栽种着数十万亩绿油油的苔地，没一道梁没一面坡不被荒弃，只有大路边偶尔种了巴掌大一小块的红苕或玉米之类的农作物，在告诉世人，这里还住着一两个七八十岁的老人，那是他们想像过去一样每年豌豆、胡豆、小麦、稻谷出来了可以尝尝新，在怀念曾经的岁月。村里村外，以前一个个堰塘水库滴水不漏、一条条水渠不残不缺，眼下只要从国道一拐进村道，两边烂堰断渠缺埂随处可见；过去一座座房上静静地袅绕着炊烟和檐下挂满玉米棒子、红辣椒的景象，也成昨日记忆；不时从沟底下或山寨上传来一声鸡鸣、几声狗叫便引来的此起彼伏，此时已听不到一点声音，很难见一个人影……

不知不觉，来到一座三间土墙茅草房前，这是我儿时的偶像"三高"的家。当年，他文化高，是村里的老三届；理想高，立志要当干部；但成分高，属富农。便落下"三高"这一雅号。

由于父母对我们从小灌输"读书是农村娃儿的唯一出路"，比我大整整十岁的"三高"，自然成了我的"大朋友"。后来，因家庭成分，"三高"回家务农，再经东奔西窜，终于进了大队企业，干着有工分还有些补助金的活；再后来，从会计、主任到入党当村书记。

"三高"一直都羡慕城市生活。时逢新农村建设，县里在棕滩镇河边修了一批小别墅，他以为天上掉馅饼了，倾囊拿出十多万元积蓄，买了一套。哪知，上面不给办房产证，气得他差点吐血。更糟糕的是，包产田地在十里外的老家，每天耕种，早上租摩托去晚上再回，仅车费就要 26 元，收几颗粮食还不够车费；害得老伴天不亮就起来煮饭，他在田里坡上喝口开水都不方便不说，中午还得吃带去的冷饭，几年下来，人都吃出了胃病；最要命的是吃喝拉撒在一方，田地在另一方，要把上好的人牲粪便送到地里，再将苕藤、南瓜叶、胡豆叶一类的猪草运回去喂猪，豆腐都盘成了肉价钱。田地使用两年纯化肥，硬得像铁板一块，别说粮食有剩余，即便养活老两口都成困难。回老家住吧，舍不得镇上舒适的环境；继续留在镇上吧，田地得荒废，吃的从哪里来……

从表面看，"三高"老家的房子不垮不漏、地坝仍然干干净净，却再也见不到过去房前屋后鸡鸭成群的气息，猪圈牛栏空空荡荡，粪坑茅厕干起灰。

几次回老家，家家景况相同，走遍全村上下，一片死寂……

和他们喝了一小会儿茶，我拿上铁锯就一起干起活来。他们在后面铲杂草、砍乱枝，我在前面锯挡着道的刺槐，一路上的每一块石板、每一个缺口、每一步石梯，即便闭上眼，是拐弯还是直走，高低宽窄，我都记得。

不知不觉，铲到当年不让铺石板的那家青瓦石头墙院子前。只见他家一个转角连着的三间正房，一扇扇紧闭的门窗，已蚀烂霉朽，落满了尘沙和雀鸟粪便；靠卧室的一扇窗半开半关着，窗口织满了蜘蛛网，估计多半是主人忘了关，或插销朽烂所致。房后的山梁上，埋着和我母亲结怨数十载、闹架打架无数次的女主人，坟旁的新坟埋着她的长子；房前栽着的李子树、桃子树、橙子树，泛着幽幽的绿，一个个硕大、黄灿灿的橙子已无人采摘，掉了一地……

再往前，是条宽大的岔路，当年邻近两个队谁家有红白喜事井水不够，或新媳妇进门，要用山泉煮饭下面，需到石门咀挑水，这里是必经之路。邻里碰头，都要打个招呼；表哥表嫂、弟弟堂嫂相遇，总少不了几句荤话；放学的歌声、儿童的嬉笑与耕田犁地的吆喝，经常在附近混响……

记得几兄妹都成了家那阵，农村还没有多大变化。父亲、母亲互相陪伴，双双清早一起下地、晚上一同归家，赶场天两人穿得舒舒气气、兜里揣着我们给的零花，日子过得从未有过的温馨，村里人见人羡。

母亲去世后，妹妹接父亲去一起住，父亲说农村清静；弟弟给他把别墅买起，他说城里的洋房晃眼睛；我说请个人照料，父亲摇摇头，"别出馊主意"。

父亲放不下母亲，放不下这个家，放不下荒芜的乡村。

怎奈，岁月沧桑。一个以一双瘦肩挑水、两只磨起老茧的手支撑着一家七八口人体体面面生活的铮铮汉子，到如今，面对野草封死了路，却被折磨得没了人形；几条宽宽大大的路，和沟坝的田野、满山的坡地，野草竟如瘟疫般疯长。

生产队没有了，村庄没有了；昔日有三千多人，如今只有三五个七八十岁的老人，在守望着天空。

这几个耄耋老人仿佛是当年患病的母亲在等待生命的终结，又像树与根在等着叶落……

我想到了邻村，有人病死在床上几天才被邻居发现；还有一家儿女忙于事务，突然想起老人，一个电话打回没人接，到老家才发现老人倒在青菜地里，躯体已腐烂数月；还想到每次回老家都会遇到几起出殡，或远或近传来高亢嘹亮的哀乐……

忽地，心头竟闪过一幕预兆：

有一天，父亲像这水泵停止了"转动"；村里村外，通往一口口水井的路，也会被荒草杂树封死；那时，一口口老井，便是一只只明亮的眼睛；一处处源源不断养育了几十代几百代人的清流，都会剩下一个失去主人的水泵陪伴它，告诉 N 年后的拓荒者，这个荒无人烟的地方，曾有过昌盛的农耕和温馨的炊烟……

注释：
①欺头：四川指占小便宜。
②上载：给车或船装货。

巴山夜话

若把上班当种花

种花种的是一种心情，养草养的是一种境界。大多数人不只是为了看一时的花开或观赏那一抹绿意，而是想品味种花养草的过程，收获那份持久的信念，就好比诗人登山看景，或像作家走进炊烟村舍，花开是嫣然一笑的必然，而草绿则是佛徒诵经敲木鱼，幻化出的缕缕佛光……

谁都知道，因花草有生命，便有了禅语"一花一世界，一树一菩提"之说，但真正能将花草当作脱俗之物去培植，并深谙其道理、能融会贯通的人恐怕不多。就像很多人只知道鄂尔多斯的羊毛誉满全球，只羡慕许家印以 422 亿纸面资产超过了 2009 年福布斯中国富豪王传福，只晓得蒲松龄屡试不第写出了《聊斋志异》；而忽视了满都拉笃爱绵羊如子，忘了许家印打工 7 年没休息一天，更别说去深究蒲松龄一张凉席铺路边给人递水送茶的缘由。

再说近点，在农村，很多人邻墙而居，田挨田垄傍垄，有的人看着荒芜的土地发愁，怨天尤人，有的人则看到了绿油油一地的嫩苗涌起了绿浪，还隐隐发现那低头弯腰、沉甸甸的满眼金黄；很多人不管你给他多高的待遇，他总觉得是给人打工，把 8 小时内当成上班，视 8 小时外为加班挣外快，而有的则当成人生的磨炼、事业的起点，看到了广厦万间就在脚下；同样是邮递员，有的人把身上的邮件当作包袱，脚下的路当作苦役，而有的人深知是寄件人的托付，收件人在期盼，把身上的邮件当作使命……于是乎，尽管做着相同的事务，也貌似都是持之以恒。谁知，历经十个八个春秋的轮回，当有的人看山还是山、见水还是水，姑娘青丝变白首、小伙熬成了爷，还沉溺于习惯思维、满足于现状、心里还不平衡时；人家却胸怀大志，不屑尘世纷争，不与人拼爹比妈，看淡恩怨得失，天天都在思谋着超越自我、追求极致，直抵某种境界，终成将帅之才。就像教师，有的教师一开始就把教具、一张张娃娃脸视为奋进的马蹄、行船的号子、飞溅的浪花或交响乐中美妙的和弦，视培养人才为己任，淡薄私利，乐于奉献，教出了一个又一个精英，面前又是一批可爱的精灵；有的则把教棍、粉笔、试卷都当作挣钱的工具，天天都思谋着"自留地"，如何变着花样多挣几个辅导费，即或培养出了那么几个"人才"，恐怕不是投机钻营的"歪瓜"，也是唯利是图的"裂枣"，能不让孩子耳濡目染些坏毛病、不走上邪门歪道？可能还要家长不时旁敲侧击以"师"为戒才行，还敢奢望他给你培养出栋梁、带出品学兼优的学者来?

　　道理不言自明，一种人付出的是吝啬、苦痛，总是想着回报，难成正果；一种人付出了快乐、热爱，还有灵性，不知不觉就步入某种层次。种田经商、蓝领白领，亦是一个理儿，可以怨上班或行业的枯燥无味，亦可以心情如种花、心境如养草、心态如花开草绿，一有空隙就读点有关联的书、写点相关的字，把专业当成一种爱好去培养，既滋养了灵气，又充实了自己，还增添了突破、跨越的底气，何乐而不为?

　　是一上班就算计人家给多少回报，还是把工作当成事业，用心用情种出灿烂之花，结果不言而喻，关键在于"理性"和"心态"。

　　　　　　　　　　　　　　　　　　　　　　　（原载《西藏日报》副刊等）

门前那个"牌牌"

一写下这个题目，就发现多"放"了点土味，似乎与文采飞扬的散文无关。回头一想，唐李峤对"土气诗"情有独钟，赵树理见到"山药蛋"就笔下生风，连鲁迅写的文章也有"七斤""八斤"，我何尝又不能写"牌牌"呢?

牌牌，按四川方言，一指门前挂着的招牌，一说是一个人的面子、资本。本文要说的"牌牌"，该如何诠释，自然得由读者读文审义了。

在巴山深处，当年元稹问政闲暇每爱登高望远，或去州河垂钓赏水的必经之路，有一道优美的 S 形盘山路，在那山路一侧，新生了两块与文化沾了几许气息的牌牌。一个是一听那名儿就心生柔软的"聋哑学校"，一个是一看那红黑字体就明白是文化单位的"×报社记者站"。尽管这块"牌匾"换过，过去叫"S报川东联络处"，但先后两块牌匾的抬头都醒目地雄居着"SC报业集团"几个红字。那是本人为了照顾家庭，辞去北方某知名报社副刊责任编辑，回到老家得荫于社领导肯定与重视，进入报社后一手挂上去的。

本人在这里日出而进、日落而归七个年头了，对它自然熟悉得如家里的锅碗瓢盆，即便是梦游或闭着眼睛也不会穿错巷进错门。在这极不起眼，牌匾满目的闹市，虽如一棵大树的一片小叶、一片汪洋的一滴水，于我，却有说不清的爱怜，一直依恋如小鸟离不开森林的恬净、清新，又有弱水三千的一叶竹筏，难舍荒野码头的温馨……

每当亲友见我匆匆去迟迟归，都爱问我："你拿多少钱一个月啊?"我总是意味深长一笑："爱好，没办法。"而真正的谜底只有我自己清楚，那是因为集团内有纯粹的文字与难得的文化气息，有一支龙腾虎跃、生机勃勃的队伍，有亲切友好的音容笑貌与可感可触的人性至美。即或偶尔遇到一二不公正的事、欠善良的人，总有那么多人始终视我若知己，心底一直呵护着文化人的那份澄澈、干净、透明地相处，相互当作人生中精神、事业、学识上的知己，一路珍惜……

记得 5 年前的一个傍晚，那时 S 报和 Z 报尚未融合，也是我从筹备到负责"S报川东联络处"事务的第二年，报社接到群众投诉有人从南充贩运病死猪到了大竹，正在一废弃停车场宰杀，准备进入市场销售。社领导指示我去"核实一下"。当我带着两名同行悄悄进入现场，发现 6 头病死猪已被宰杀，剖开的 12 扇瘦骨嶙峋，淤血斑斑。皮，没有光泽；肉，已开始腐烂；院坝，一地污血，满院恶臭。我们刚拍下照，外围的同志还没进入实质性暗访，主人就悄悄把我喊到一旁，往我兜里塞进一个信封："这3000元①拿去喝酒，麻烦你给几个兄弟打个招呼！"对方见遭到我的严厉批评，且我还立即通知工商、防疫部门的执法人员到场进行了查处，没等我们离开现场，就公然威胁："等着瞧，你那个联络处！"果然，第二天还不到上班时间，就有人打来电话："你们那个'牌牌'让人砸了！"

赶到办公室前，面对躺在冰冷的水泥地面、躯身严重变形、上下凸凸凹凹、遍体鳞伤的牌匾，在表面的平静中，我心在流血，有一种撕裂般的深痛。街坊建议换一个新的，我看着"SC报业集团"几个红色的字摇了摇头，弯下腰双手把她拾起来，小心翼翼拭去灰尘后，找来木板、榔头，买来油漆，花了一个上午，一点一点校平敲正，予以了精心修补。这块"牌牌"，一直到两报合一，至今我也视若珍品，把她收藏在我最放心的一隅。

后来，尽管"牌牌"换成了"×报记者站"，但前面"SC报业集团"几个字依然特别地进行了套红加彩，在我心头，她始终占据着我最核心、最柔软的部位；不管谁来就任社长、主编，不管部门领导怎么变换，我对那几个字的情结，依然根深蒂固，一往情深。集团层有一点创新举措，我都关心；集团内哪家兄弟媒体换上了位爱惜人才的领导，我也替他们高兴。恰如门前那棵胡杨与其枝叶的关系，每遇吹风下雨、四季轮回，枝枝叶叶的一静一动都牵动着我的神经，关乎着我的心情。

有年"3·15"维权日，记者站根据报社指示，在驻地市参加维权活动，一对不识字、年过七旬的老夫妇在广场寻问省报是否有记者参与，在一位群众的引路下，两位老人搀扶着来到了我面前。当我得知这对老夫妇用一生的积蓄签约定了住房，房产商借材料上涨、成本增加，无理毁约涨价，导致到手的房屋异卖他方后，我当场就与相关部门负责人联系，并连续花了两天时间调查取证，房产商见我态度果断，挡回红包，且婉拒了来人的说情，不得不在当天下午让这对老夫妇补交了余款，领了钥匙。事后老大爷送来2000元感谢费，我只指了指门前的牌匾："钱，我不要了。只要你记住'SC报业集团'几个字就行！"老大爷仰望着牌匾良久，只意味深长地说了句："你们这个'牌牌'响啊，你们这个'牌牌'亮啊，我一生也不会忘记……"

看着老人远去的身影，想起这些年为渠县一企业追回价值50多万元的设备，三赴德阳；为通川区一残疾病人讨回25000元②医疗纠纷的公道，两次跟踪采访；为达县一养殖专业户索回价值30000多元的53头死猪损失费，深夜取证……个中酸甜苦辣，只有自己心头最知，千言万语也说不清今生与这"牌牌"的纠结。

平时，每当我听到百姓找人接人时说"我在'SC 报业集团'这个'牌牌'下"，或"你到记者站这个'牌牌'旁边下车"一类的话时，心头就有说不出的温暖和难以言表的欣慰。

"牌牌"是一个单位的门户，又是个人的脸面，一种行为品质的折射。只有爱之如母，护之如子，惜之如生命的人，才会收获到"牌牌"带来的喜悦。

"牌牌"与金钱有关，往往又不能有关……

注释：
① 3000 元：20 世纪 90 年代末，达州市区房价 300 多元／平方米。
② 25000 元：21 世纪初，渠县房价约 450 元／平方米。

（原载《生活》杂志《文苑》栏目头条和新浪网《草根》栏目头条）

这担忧，比贫穷还可怕

时下"赵钱孙李"都续编了家谱，当然蒋姓亦无例外。本族几位长辈和一些退休赋闲的文人把历经两年余收集、编撰的《蒋姓族谱》稿送来，托我为其作序兼终审。终审，读细点，多斟酌，不难，但作序却事关本族教授博士、官要商贾们的灼见，还要给后秀以启发，我就有些怕辜负了众托。本想如文友以前找我奉序献跋般予以婉拒，但一想到有幸同为本家，便只好勉为其难，谈谈编族谱的初衷。

编家谱，离不开"史"，即：家族的历史。

然而，回望一个家族的历史，面对当下，只要是有心人，如若能想想邻居、同事和本地的朋友、外地的亲戚、老家乡亲的现状，我们就不难发现，大多已不愁吃穿，有的还有高级轿车、别墅，资产少的几百万元，多则几个亿；但如问及其曾祖姓名，估计80%的年轻人都不知道。有些才四五十岁，连管他吃喝拉撒五六年的爷爷奶奶的全名也未必能说得上来。可想，已延续几千年的家风还有几许？曾经以兴家立业为荣，以诚实、节俭、勤劳为本的传统文化又有多少？

年长的，不妨去"教育"一下儿孙诚实、节俭、勤劳，只怕不被讥笑为"傻帽"，也会落得个"老土"的不屑！

正是这些源远流长几千年，一直被我们祖先视为兴家旺族的精粹、灵魂，日渐被遗忘甚或到了消遁的边缘，"讲仁义、守贞操、知廉耻"原本是做人的基本要素，也被金钱、利益、应酬迷惑了眼睛，面对当下盛行"玩得安逸、吃得稀奇、穿得高档"，以"高消费""懂享受"为自豪，却把做人、立世的起码要素忘得一干二净的怪象，只要是清醒的父母、正常的家庭、稍有点远见的政要，谁不为儿孙的素质担忧？

这担忧，远比贫穷还可怕！

贫穷，只要灵魂干净，就会滋长出神圣、坚忍的精神而百折不挠。朝气、激情、阳光，心有彼岸；勤奋、节俭、进取，眼底有目标！家，就会百年不败；族，才会蒸蒸日上。尊敬老人，帮扶弱小，待人有礼有节，胸怀一颗善心，人有好品行，家有好风气，族才会光彩照人，国才会强大不受欺负，这便是传统家风结出的善果。

相反，如是好逸恶劳，总想不劳而获，做人吃不得亏，连睡觉都辗转难眠，想着怎么算计人，还会有多少诚意顾及父母兄妹亲友家族？有的恐怕连夫妻的情分也会断失。试想，此等人即或暴富暴发，位及相国，一旦遇有不测，连做人的底线都没有，早已视爱劳动、知廉耻为羞辱，后代还能承业光宗耀祖？比如：大奸大恶的秦桧死后，他儿子秦熺，为了继位宰相不择手段；秦熺上位后，贿赂他的人如过江之鲫，结果遗臭万年。明朝大学士严嵩，父子俩权倾朝野，这爷俩的长处是揣摩圣意，欺压同僚，买官卖官，被贬职流放还不思收敛，最后严世蕃被杀头，严嵩八十多岁还到墓地要饭，最后饿死。再说从 20 世纪末到 21 世纪初，因以权谋私，夫妻贪、父子贪，全家一起捞钱，走进万劫不复深渊的家庭更是不胜枚举……

　　显然，不良的家风结下的恶果，不仅殃及几代人，还祸害一方。可见，编撰家谱，完善家训，弘扬优良家风族风，已刻不容缓。

　　为家国两旺，现上承蒋族家训，结合当下实际，新编家训如下：

　　国有法，家有训。兴我族，严家训。父带头，母端行。重耕读，习学问。
成大器，心必恒。多吃苦，方过人。戒漂浮，强武文。心磊落，行光明。
不欺诈，勿淫心。禁赌毒，离邪群。富不奢，穷不凌。惜少华，常自省。
存天良，孝双亲。尊长老，爱幼生。夫妻诚，妯娌亲。兄弟和，邻里敬。
慎交友，重亲情。勤奋发，家国兴。

2016 年 9 月 9 日于渠县鲜渡镇观音溪寨门岩口老屋

（原载《达州晚报》副刊）

军地情歌

夜，月光如水。

"嘎啦啦，嘎啦啦"，明镜般的水田里，泥色的"背达尔"①在呼。"傻咯咯，傻咯咯"，绿色的"青蜞蟆"②在应。那一串串或响亮或低沉的唱响，在田野时起时伏，或近或远，一会又悄然无声。只有一丝儿"吱吱"的轻响，从闪烁着露珠儿的嫩草下，从飘动着油菜花香的地里传出，那是小巧玲珑的蟋蟀在低吟……

二十年前，也是这样的月色，牛娃和三妹坐在这铺满过路黄，长满钟情草③的田埂上，三妹依偎着牛娃，依依惜别："明天，我要参加高考，不能送你。你从小就爱听蛙声，我，今晚就陪你听听吧……"三妹呜咽着说不下去了。

"莫哭，三妹！"牛娃鼻子一酸，掏出面巾纸，小心翼翼给她揾掉眼泪，"今夜的蛙鸣我忘不了，无论在天涯海角……"

翌晨，三妹去应考，天上的星星，眨着眼睛看着她走出村外；上午，牛娃正式以学名"艾国"参军，故乡的蛙声，送他一程又一程。

后来，两人结了婚。艾国遥望天边的云朵、月亮，寄托对三妹的思念。三妹从师院毕业回到山村，在低矮、简陋的教室里，像在希望的田野，一蛙独鸣，百蛙呼应；在昏暗的煤油灯下，蛙声伴着三妹走进孩子们的七彩梦乡……

几年前探亲，还是这样的月色，还是这醉人的蛙鸣，还是三妹那亲切、动人的声音，诉说着村里有三个孩子报了师院，五个孩子考了师专，张木匠的儿子进了农学院……而艾国则说出了首长的想法：部队正处在装备升级的关键时刻，组织让我征求一下你的意见，想请你支持部队建设，给你办理随军家属。哪知，三妹一听，悲悲戚戚地哭起来，说艾国只顾自己，自私！明明山村缺教师，还想她离开家乡，扔下娃娃们，往部队转。最后，他好话说了一谷箩，什么边防不安宁国家不稳，什么人民无法安居乐业，孩子怎能读好书，你怎么教书？结果还是因学校缺人，两人维持原状，天各一方。这次，他没有和她商量，略施小计，"先斩后奏"，把随军准迁证办了，看她咋办……

"不好意思啊，这次接你又来晚了！"妻打断了艾国的回忆。艾国回过神来，歉意地说："毕业班嘛，谁让我老婆是教师呢！"接着，他就把随军家属准迁证掏了出来，"你总算熬到头了，经组织协调，我已调到咱们省城军区。"艾国担心妻又说家乡需要她，忙补充，"你可调到省城教书！"

"你这人，这么大的事，怎么不跟我商量？"

"我为部队，是为国家；你调省城，仍然是为国家的教育事业。况且咱们的孩子将来也好分配……"

"孩子自有孩子的路，她已报了'定招'。"

"定到哪里的？"

"还是这个乡。"

艾国原以为三妹只是在电话上说说，没想到她真"先斩后奏"，让女儿填了志愿。三妹还是那副口吻："报师范有啥不好？好多人找媳妇不是和你一样，都想找教师，孩子不用请家教，就顺顺利利考上了大学。"

回来前，艾国还在思谋，如何动员女儿和她男朋友都报军校。谁知，此时的三妹丝毫没发觉艾国的不快，又说："女儿的男朋友也报的师院呢！"

"唉！两代都被'教化'了！"艾国这样想着。他似乎看见未来的女儿、女婿和三妹一样，天天与两本书一摞作业本打交道，而三妹却迈着悠闲的步子，自言自语："今夜的蛙声真美！"

"李苦禅的鸦。"艾国真想狠狠顶她一句，只是不便说出口。然而，三妹简直像一个散文家，陶醉在夜色里："如果朱自清在这诗情画意的月夜，写篇散文还比《荷塘月色》更绝呢！"

艾国却后悔，白读了诸葛亮的《诫子篇》，无能写出"诫妻篇"，没有尽到一个丈夫、一个父亲的责任，说服不了妻，没法让女儿进军校。

可三妹还在喋喋不休："如果舒伯特能身临其境，借这大自然的灵气，绝对能创作出与《第八交响曲》媲美的蛙鸣曲。"

三妹在前，走在新修的狭窄、整洁的乡村公路上，指着两旁新修的厂房、住宅楼如数家珍：这是她的学生从畜牧学院毕业后办的现代养殖场，那是她资助学费毕业于工学院的学生与外商合资办的企业，谁家的姑娘又从美院毕业回来还办了根雕厂，产品远销欧美、东南亚……

"嘎啦啦，嘎啦啦"，寻着那清脆、明亮的蛙鸣望去，一排排新楼玉宇遥不见头，深不及尾……艾国知道，村里的几十个本科、专科生大多是从妻子那所简陋的学校走出去的，有的做了厂长、经理，有的是工程师、技术骨干……

夜，神秘、空旷；田野，祥和、清新，蕴藏着秋的纯朴、殷实。踏着清冷的夜露，艾国不知不觉吟起一首诗来："明月别枝惊鹊，清风半夜鸣蝉。稻花香里说丰年，听取蛙声一片。"

三妹看了艾国一眼，怪怪地问："假如辛弃疾在今晚，会写些啥呢？"

艾国老老实实地答："写月，蝉，稻，蛙！"

"不呢！"三妹还是年轻时的口吻。

"写蜡烛，蜜蜂，蒲公英？"

"俗呢！"三妹更加妩媚，那是中年的成熟，优雅，"傻瓜。"

三妹羞涩地指指心坎。月色下，两个人影拥在了一起。这时，不知谁家的电视里响起了军地情歌《当你的秀发拂过我的钢枪》：

> 当你的秀发拂过我的钢枪，
> 别怪我仍保持着冷峻脸庞。
> 其实我既有铁骨也有柔肠，
> 只是那青春之火……

注释：

①背达尔：身长体瘦，姜黄色的雄蛙。

②青蚨蟆：头尖肉肥，苔绿色的雌蛙。

③钟情草：一种藤呈双叶双生，同生共死的草。

（原载《西北军事文学》）

孩子，外面在下雨

"叔叔！等会儿我回去了……"莲胆怯而又黯然地对我说。我心里一愣，被一股无以名状的怜痛攫住了，竟不知说啥："噢？嗯……"

我没有挽留，甚至连一句客套话也没有，略一停顿就吩咐长子："江山，等会儿你去银行把莲家里借给我们那三万块钱划过去还她……"

"嗯……"江山脸上没有表情，那声音勉强而忧郁、微弱。我感到一个年轻男子汉的心在流血，就像二十多年前我与初恋被人无情拆散一样。莲那原本就很单薄的肩，更显得柔弱，脸色苍白了许多。饭桌上静静的，吃饭的人都小心翼翼的。窗外，"滴滴答答"的雨声似乎欲敲碎人的心……

三月前，莲第一次与江山一起来，也是一个雨天。那天，她一进门就响响亮亮喊了声："叔叔！"莲，高挑的身材，朴素的装束；长长的头发及腰，端庄的五官，口红薄施眉轻描。在厨房，莲与江山他妈寒暄几句后，就走进客厅，促膝浅坐于红木长椅上看电视，说话细声细语："叔叔！我比江山大一岁多，属鸡的，小时我们家不重视女孩，我只读了个……"

直率、开朗，一见面就介绍自己的"弱点"，远比一些虚荣的女孩炫耀自己的"特长"更令人喜欢。作为一个长辈，面对儿子的女友，我不敢有丝毫怠慢，也当场表明了观点："年龄，相差不大；文凭也不是衡量能力的唯一标准。关键是你们之间要加深了解，互相把握、掂量对方是否适合。你们是商人，商人的事业就是信誉和经济效益，你们时刻都要把事业放在第一位……"

虽然，莲没有过门，但我们在心里早就把她当自己家人了。莲拖地擦窗、洗衣刷碗一丝不苟；做饭送饭，照看生意毫无怨言；招呼应酬，热情心细；说话做事，有礼有节，我们当老人的早就看在眼里喜在心头。平时，我们一再强调："江山虽然年轻，但在近百名青年同行中，他是最优秀的，我们当老人的也是倾尽了全力扶助。你大些，要把江山管好。"那是提醒她："要珍惜，给江山添砖加瓦当好助手，有情绪和脾气不要紧，可以逐步改，但须服从事业，不能影响事业……"

可是他们常常倒置轻重。一个脾气大，为点小事动辄发火；一个针锋相对，寸步不让，不管有多少顾客，扔下货品就离去，一闹情绪少则三五天，多则十天半月。无论我们怎么批评、教训自己的儿子，不管我们怎么不护短、如何向莲解释求情，明明我们家几代老人都有着宁愿批评、打骂自己的儿子，也不得指责儿媳让其受委屈的家风，可莲只知进不思退，总要争赢，不灵活变通，再三再四连钱都可不收、货都不卖甚至敞开着门扔下货物就离去，一去就停业四五天、七八天。一天仅租金、转让、装修、税收支出，就顶一个公务员两个月的工资。这是事业呀，谁经得起这般折腾？退一万步说，即或这些都不是莲的错，全是我们家里人的错，可是作为老人，我们一直是坚定不移地站在莲一边，每次训斥、教育的都是自己的儿子，她为什么就不能多点女孩的柔情与包容，从大局和事业想想？可是，莲始终"一根筋"，不思长远，甚至纠集些外人进来，把问题搞复杂……

罢了罢了。做侄女、朋友，或许莲不错，为不耽误他们的青春，莲也不小了，趁早各寻归宿吧……

儿女婚姻，父母本不该干预，但真正落在自己的头上，却实难做到啊！左思右想，得乎失乎实难预卜把握，朝朝暮暮、重重矛盾、忧忧于心，作为父亲，我数次请江山于卧室闭门开导："这些年，迟迟不让你要女朋友，就是要让你找一个贤能相夫、明能达理、勤能助业的伴侣……"

莲是江山的第一个女友。虽然她也很优秀，但于家风好、一直视业为先的家庭，我们实在没有勇气接纳。是我们对她不甚了解，还是她对江山及我们家知之不够，没找准坐标？

临走时，莲收拾衣物、行李恍恍惚惚，提包、出门迟缓机械、默默无语。"把包放在这里嘛……"江山接过提包神情憔悴、目光茫然，每跟一步都那么艰难。我知道江山心里在流泪，在流血，在撕裂……

雨，淅淅沥沥，滴滴答答。我遥望远方，双眼模糊，不知是惋惜还是怜爱，心里在默默为她祈祷："孩子，外面在下雨，路很滑，走好……"

（原载《达州晚报》副刊）

自酿苦酒慢慢尝

辛君爱好写作，入伍不久，被借调到机关从事新闻写作，干部们见他文采出众、做事麻利、习惯好，都亲切地称他"小才子"。不久，部队特招军报记者，他因名列军区写作第一、汉语言文学第三，考上了复旦大学新闻系。但到调档日，他却因年龄大了50天，痛失提干机会，不得不回到原点——农村。

所幸，辛君读书时，对"无线电"课特别上心，理论和实践两项都拔尖，回来跟一个师傅只学了一个月，便自立门户在街上摆摊，修收录机、电视机，月收入竟是乡镇干部的两三倍。

论收入和自身文化，本来辛君可以找一个教师或者一个工人结婚的，但不久，经人介绍，他认识了慧儿。两人一见面，原来竟是高中校友，一个是学长，任高一级的团支部书记，一个是学妹。两人书信一来往，辛君见对方虽然在农村种庄稼，但性情温和家风好，又勤奋爱劳动，你来我往一段时间，就结了婚。

然而，在旁人眼里，慧儿的哥哥在执法部门，辛君与他妹妹结婚一定"巴结"得划算，沾了不少光，起码邻里好斗者街坊专挑是非之徒，会对他及其家人避而远之。谁都知道，那是辛君攀上了老婆娘家这棵大树，有了老婆这块"跳板"。

结婚二十余年，一有不快，就勾起辛君这方面的思索，个中酸甜苦辣啊……

亲戚望亲戚家祥和、平安；哥嫂愿自己的弟妹和睦、幸福，这原本是没有争议的，也是人之常情；正如妹妹、弟弟希望哥嫂家富裕、殷实一样。但希望归希望，路，主要靠自己去走，生活就和自己的事业一样。远比理论的说教、戏剧家的故事精彩又无奈许多，全靠自己的经验、能力去应对。很多事，谁也替代不了你，亲戚最多也不过是帮你提些建议，遇上难事，能自己解决好的还是尽量不给人家找麻烦，理智的人应该清醒：亲戚的"班"不是为你上的，"官"不是替你当的，那是人家自身的努力和机遇，是对自我价值的实现。你纵有五车之学，回天之识，但你没有体现出你自身的价值，就等于你无能，你就得识相些，学会忍让，乖乖地、好好地，看些脸色，听些挖苦……而很多事你又得自尊些，懂得害臊，少开尊口。也许，同一件事情，找旁人还好办，而亲戚还得多几个也许……

正因为有了这些复杂的因素，你作为是一种"粘贴"上去的"物件"，不管你有多大能耐，有多高大上的品德修养，也不管你对家里的贡献有多少，有多强的事业心、责任心，看白眼，听"教训"，在世俗眼里，是很自然的事情。如果你还是人，你就该知道保护自己那比什么都珍贵的，已所剩无几的自尊，留点距离就等于留下一块精神家园、一块没有污染的自然森林、一幅美丽的风景，自己就等于留下了一笔财富！

　　这不是每一个人都会有的，也不一定是每一个貌似有涵养的人都会想到的……这又是一个复杂、微妙、尚未见过的话题；这是个与亲友无法切磋，甚至人家还会骂你"神经病"，同妻子又不便说，越说越复杂越尴尬的问题。这个问题辛君原本打算留在笔记里，写进小说，去"殿堂"寻找"良师益友"和"知音知己"，在"虚"与"静"中恭听指点迷津，领悟玄机，以帮助他拂去今生真不该有的那么多因为婚姻引起的一连串的恼与烦，却始终求而不得，悟而糊涂，罢罢罢……

（原载《达州晚报》副刊）

病中乱想

这风萧萧、雨纷纷的天气，大概从去岁那个冬季就没明朗过。即或偶有太阳，也是灰蒙蒙，阴沉沉的，就像这三个月来久病不起的脸色，带着来自血液里、骨子深处的郁气和对事物明了后，那来自心底的峭寒、冷淡……

能不"冷"吗？饭量从一餐三两多，降到一餐不到一两，工作丝毫不敢马虎，应酬照样进行，硬撑了百多天，两脚拖后腿了，软得脚都提不起，害得三个享受国务院专家津贴的医生挠头搔耳找不到"北"。

人只要不到山穷水尽，都有求生的本能；本人凡夫俗子，自然也不例外。面对家人进出小心的脚步声，屋里屋外舒心的卫生、熨帖的摆放，连四岁的小孙囡也"爷爷，爷爷"喊得比以前响亮甜润，大儿两口多次要带我去上海、广州、北京检查。我知道送我到外国检查、疗养，他们也没意见，而我不假思索就莫名其妙回绝了："别管，哪里也不去！"小儿三天两头一个电话，虽字字妥当，做事也乖巧，我却派生联想，冥冥中觉得总在暗示：他还没立业完婚！身为一家之主、一个父亲，几千年的繁衍习俗赋予了我该哺养他成人、扶助他走上创业路，直到看着他有了美满婚姻、抱上小宝宝，才可"闭目圆寂、撒手西去"啊！

去，并不可怕，可一环视满眼的坚硬与凉薄，对小儿的简单、真善，我就有些后怕了！

久病的人爱胡思乱想，甚至大多会扪心自问：是报应，还是绝症？回眸一路孑然过来的足迹，整人害人、忘恩负义一类的事，从小时到今天，我都没做过，总觉得做人简单些好，那是小人所为，会有"报应"，至于是否有人对我下过黑手就记不得了，可能人家也忘了。假设是"绝症"，从几位专家看了一百多项检查那笑容、那自信："正常得很！"我就知道，应该没啥大病。因为在我的记忆里，平时感冒也不需吃药，规律是十多年病一次，而每次的结论都没说出个子曰。

少病的秘诀，除做人无愧心坦然外，还与我爱锻炼有关。于是，牙一咬，心一横："一餐不足一两饭，也硬撑——转路，登山！"

登山，一直是我的强项。即使上了山顶，也要比别人多行一程。

山，叫凤凰山，就在屋后；高，海拔790米，几乎全是一色的青石梯，陡陡的、斜斜的，有2000多米。百多天前，一气小跑上顶也轻松，而眼前一望那陡峭的石梯就没勇气了。然而，人即或将去，心也总是向往善美的。山顶那蓝蓝的天、缥缈的云朵，还有"会当凌绝顶，一览众山小"的高远、空旷、豪迈；特别是过了山顶那一片如云如海、端端正正的云杉和天然古朴的农家、田园山坡的鲜蔬、清澈见底的池塘、亮晃晃的水田；还有那黄是黄，黄得纯粹的泥巴；绿是绿，绿得滴翠的野草；静是静，满眼都是繁花落尽、洗尽铅华的安宁。人漫步在阳光明媚的田间，映在水里的影子是动中才有的独静，静里才有的灵动……久违的意绪正从心头泛起，前面一个女人那旁若无人的通话，偏偏叫你不得安宁："吴哥啊，你在哪？噢？不是说好山上……怎么跑到滨河路去了啊？跟老婆在一路？那，那，别忘了要吃早饭啊！好，亲爱的，好，亲爱的，再见！"听了这"哥啊妹"的肉麻对话，举目一仰望，一截青色圆领衫背影、一截松弛的肉背，加一个慵散下坠的大屁股定格在我头顶，那屁股伴着她一上一撑的脚步，在石梯中间左一撅右一撅。显然，那女人又拨通了一个人的电话："喂，刘哥吗？起来没有？我还在床上喀①，好，我漱了口洗个脸就来，嗯，有三天没有了，咱俩是该好好跳跳，搂紧就搂紧……"那女人泰泰然然通着话，声音甜润明丽，一双浊黄的眼睛若无其事地瞭望周围。从山上下来的几个男女学生，背着书包低着头，只顾盯着脚下的陡梯"哗啦啦"直下；旁边一对年近七旬、夫妻模样的老人神形合一，正在打太极拳，一式飘逸的"仆步穿掌"如龙行蛇游，出神入化……

不知两位老人是否修炼到"入静虚无"的境地。不过，我环顾满山遍野，却没有了刚才的宁静。这才意识到，有些人就是怪，你明明想躲避、远离红尘，寻觅一方清静置放心灵，他却总是在你周边不时制造出些声音，或在你左右弄出些动静，丝毫不顾及穿帮，一会儿"吴哥""刘哥"，一会儿"赵哥""张哥"，明明走在路上，还撒谎不打草稿"在床上"，甚至嗲声嗲气尖叫，污染一山的葱郁澄亮，还在"同城"多处捕猎点杀，丝毫不顾忌"辐射"到那些背着书包、心底干净的少年和"修炼入静"的闲人。

小姐，兔子都不吃"窝边草"，你何必近在咫尺呢？

人病了，这脑袋却没有病，甚至远比健康时想得透彻、深远、入微。过去没想过的，想过了；以前觉得不值得去留意的，正如此刻，还细心去打量、观察、思索了；原本不明白的怪象，甚至藐视、鄙夷或引以为自豪的，蓦然总算真正明白：存在便是合理，人有人的活法，鬼有鬼的路数，一切皆因事物本然。

正如山野里的事物，不管上面的土有多厚，埋得有多深，躲过了春天的诱惑，也熬不过冬天的寂寞。该发芽、露头、冒尖的，它总会在某一天破土而出，漫山遍野都招摇着它的存在；该结籽、繁殖的，风一呼雨一唤，就像十月怀胎，瓜一熟蒂就“嚓”一声脱落，不以喜而落，不以忧而不落。

自然界里有千奇百怪，红尘深处也有糜烂腐臭声色。什么“山无陵，天地合，才敢与君绝”的山盟海誓也罢，什么处级、厅级也好，或是豪车、别墅、富二代、富三代等，统统全是浮云，只要无愧于心就好。争权夺利让爱者去斗，追风逐流任好者去累；物以类聚、人以群分。邪恶善良，人在做天在看；曲直是非，你在前边走，周边明镜高悬，还有人在学，只是每走几步别忘了回眸，给儿孙留下的形象，是否敢让他们承袭效仿？若心底踏实，那一亩三分地，自然就会瓜果飘香。再有那么几个知己，清清静静来往，只要友情敞亮，不求红尘熏意，远离燕舞靡音，一日有本可心的好书，三餐有几个清淡素菜、一碗白饭、半勺葱汤；心闲，写上几个知我冷暖的文字，自恋一下，想几十百年后是否会有人欣赏；累了，两根鱼竿“哧——”地向河中央一舞，借青石一块小坐，钓一隅宁静；困了，一关手机，拉上帘子，拥着洁白温馨体贴的纯棉，两耳不闻窗外事，一觉睡到自然醒；饿了，蔬菜、米面，只要鲜不求贵，自择自做，油从农村榨，清清淡淡，足矣！

不知不觉，人就到了山腰。哦！路，还是我最爱的青石路；山，也是我熟悉的山。过了山顶，就是那片林海。

注释：

①咯：了、啊、是吗的意思，川东北一带口语，如“吃饭咯”“起床咯”，女子说，多有娇滴滴的意味。

（原载《达州晚报》副刊）

"独居"的日子

"淡淡的月光静静洒满孤窗，今晚的夜色又如水冰凉……"

把音量开得小小的，听着《相思的夜》，正在思谋着为一个中篇小说补充点特色素材，屏前豁地跳出篇千字文《一个人的中秋》，从不轻易涉猎时令题材的我，心头猛地像被什么东西狠狠一戳，便有一种隐痛泛起，无法自已。

"一个人的中秋？"是的，不也是这几年我的写照吗？

作为一个业余作家，耐得住寂寞、习惯于孤独，常常把宁静的时光、有限的时间，视若黄金，本为正常。但我们家特殊，一家分成了三块：我工作生活在 D 市；大儿子大儿媳两口创业在 C 城；老伴陪着俩孙娃读书去了成都，住在小儿子家。

自老伴去了成都，因诸多因素，我俩可谓离多聚少，聚的时间少得可怜。一个人过元宵、端午、中秋、小年，节日几乎与平日一样，一年、两年，一去已是六年。开始时，老伴回来，见我嫌馆子不卫生，总是自己煮饭；还要上班，离开前都会买回几斤鲜肉，给包上一袋袋饺子放在冰箱里，让我想吃就煮上一袋。渐渐地，她回来也不给包饺子了；再后来，回来的时间很少。隔久了，我去待上十天八天，她会暗示我"别在这里，回去吧……"

可想而知，这些年，我早习惯了一个人。至于父亲节、感恩节、圣诞节，于我这种"土老帽"，太过奢华，就更不怎么搭边。

记得之前的中秋，完全是另一个景象。读幼儿班的孙子放了假，舞蹈班、绘画班也停了课，这天得让俩孙娃睡个懒觉。待老伴买好糍粑、鲜肉、蔬菜和早上要吃的馒头、菜包，大袋小袋提回来，我把刚煮好的稀饭、一盘油炸花生米摆上桌了，老伴就会对孙娃说，赶紧吃，一会儿你爸爸妈妈要回来了！孙娃一听，高兴得手舞足蹈，噢，爸爸妈妈要回来了，爸爸妈妈要回来了。一家人嘻嘻哈哈把饭一吃，无论多忙，我都会带着俩孙娃去公园或附近的游乐场坐会儿小火车、蹦蹦车。回来刚一落座，盼望父母回家已久的孙娃就会喊起来："爸爸！妈妈！"一会儿，鸡鱼肉，油炸的、清炒的、煨炖的，就会摆满一大桌。俩孙娃，一个会蹭到爸爸旁边，一个会挤到妈妈面前，我则会取出平时舍不得喝的好酒，给儿子倒上一点，杯子一端，祝年轻人事业红火，一帆风顺！此时的老伴，总会面含微笑，那笑容阳光、明媚，很美！

老伴去陪俩孙娃后，我过第一个中秋，仍然像别人一样，买了点糍粑、炖了点腊肉、倒了一小杯好酒，一人像模像样慢酌小饮。这一年，可能是儿子儿媳提醒，抑或老伴吩咐，孙女打来了电话，后边偶尔一年记起，儿媳也会问候一下"老汉节日快乐"。

其实，问候与否，有俩孙娃的血肉连带着，儿媳儿孙在父母眼里，他们永远都是自己的孩子，稍有"心胸"的老人都不会计较。即或打个电话，我还是外甥打灯笼——照舅（旧），六年如一日，兀自一人上班、生活，节日于自己，似乎已没甚关联。比如这个中秋，一把米、一碗饭、一双筷、一份菜，清清淡淡、安安静静。闲暇时，想想老伴，想想孙子，也总是放在心里，或装模作样打个电话去，"一头热"地问这问那，不是十分在意也不奢望是否有人在乎或想起，淡远了人间温度，淡泊了与老伴、儿孙间的人伦之乐，淡忘了曾经无私无畏无悔的付出，习惯了不去感受邻居、亲友、同事家的欢笑与温馨，凉薄了那些为了立世养家曾与人有过的交集恩怨。不过，有了妻子没在身边的愁绪，曾经儿孙在跟前缠绕的亲近与熟悉的音容，有时会仿若在眼前耳际，有时又是那么遥远，遥远得自己就像局外人……

实话说，老伴是善良、厚道的，她乐于付出，能吃苦。如果说，四十五岁前我把事业放在第一，对自己要求太严，视两个儿子为生命，是为子女有个体面的未来。那么这些年，我则只是一门心思在写作，家里的事，十之八九都依了老伴。何况，我们间还有一点不变的共识，"尽心尽力照料好孙娃，让儿子儿媳全身投入事业"。所以，是否在一起过节，于我俩都不那么重要了。只是家里有特殊事，比如小儿对象的亲戚快来看家了、儿子的婚事要花一大笔钱了，她才主动回来待几天，一般大多时间都是我艰难地涎着一张厚脸坐上五六个小时的火车、汽车往她跟前蹭，常常是背着电脑行李，上车下车转车往返一趟，得整整一天。

搞业余创作，时间都很紧。这些年来，我有意回避了很多浮躁的事务，总是在远离一些喧嚣的群体，除不得不应酬的人、必须办的事外，无论节假日，还是工作空隙，几乎数十年如一日，都是在文学作品中、方格纸上、电脑前度过的，也乐意沉浸在知我懂我有温度、有人情的文字里。只是到下午晚些时间，才会去爬一会儿山，一是活动一下腰身，二也驱散些心头的郁气，给眼里心头添上几许绿意，看看这个世界的人群，还有欢声笑语。

偶尔想到自己独居一隅，会掏出电话，问问孤孤单单远在老家、已八十七岁高龄的父亲，吃饭没有；会想起偏僻的山野、空旷的院子，只有一台电视陪着父亲，提醒他天凉了，晚上冷，要多加一床棉絮，转了路早点回家。说着说着，父亲的身影、我的身影，就会一前一后形成双影，冥冥中，心头会泛起几缕怅然，或许这便是"宿命"，是所谓的"作家要耐得住寂寞"……

大多数时候，我眼前会有规划，把时间排得满满的，将音量开得偏小，放一些苍凉、高远或甜润的旋律，去回望一些美好的过往，心头的别愁离绪便会幻化成一股灵气，笔下的文字、面前的键盘，立马格外愉悦、活跃，演绎出一些世间的喜怒哀乐。然而，更多的还是想给这个缺少真诚的世界平添些人性、人情，呼唤和修复已少得令人失望的美丽。

比如，完全可以代表我目前创作水准的五十万字的长篇小说《楼蠹》，再比如中年时期的成名作中篇小说《瓜客》《丢失》，都是在这种没有利益诱惑、没有急于求成的功利、没有尘世纷争与六色五音乱目扰耳的心境下写出来的。若偶尔突来灵感，对世事自我感觉有些独见和值得以文字为符号记录的碎片，便会立马写成一叶半爿散文，神圣而细心地投给报刊。久而久之，竟像瓜熟蒂落般，还获得全国性散文征文"特等奖"和"冰心散文奖"；一年一度竞争激烈的全省副刊作品奖，也基本达到了若有足够时间、只要"志在"，大多情况必然会有"所获"的程度……

回眸这些点滴，五六十年来，连我自己都数不清有多少个节日是一人过的了。

没有节日的人，没有节日的日子，虽然饭是自己做，菜是自己买，衣是各自洗，但上班不敷衍，读写一天没停过。累了，坐下来，给情趣相投的朋友打个电话，唠唠家常，问问冷暖，原来竟是一件十分享受的事情。当然，也有人混熟了会趣话："你一人孤孤单单，身体健壮如牛，又不缺吃少花，咋不找个情趣相投的人儿，相互取暖？"呵呵，心下在想，不敢"玩火"，小心儿孙捡样。坐久了，有时我会在屋里走走。看看曾经和妻子共枕的床铺，想想似乎远隔千山万水的老伴忙碌在儿子家灶台前、穿梭于农贸市场，也是一种温暖。再到儿子的房间，瞧瞧那些伴有儿子身影的书本、孙子喧闹的几筐玩具，心头便是一种满足。若发现书本卷了，小火车、变形金刚上有污渍，我会小心翼翼理得伸伸展展，或拾出一二，洗得一尘不染……

眼见俩孙娃乖巧懂事，儿子们一个个成家立业，我们不再为儿子们的开销、读书的成绩、身体的长势操心，自己工作之余，还有这份宁静，研究经典，安心写作，身心就格外宽松、闲淡。一个人的日子，虽有些凄惶，但有文字做伴儿，也有别样的温暖，就像当年我们都读书、参加工作去了，爷爷、奶奶总喜欢养只小猫小狗，对鸡鸭总是那么上心，相遇亦是生命的微笑。

（原载《重庆晚报》副刊头条）

别岗退休犹过鸟

　　从事着打小就梦寐以求的职业，有了一个让不少人仰望的单位，虽曾一度有过烦恼、后悔，一旦真到退休的一天，心头的不舍和怅然，不言而喻。

　　退休，是一个光荣的词儿，亦是很多人盼待的日子。作为一个报业人，不再采访写稿，不再劳神编稿做嫁衣，卸下了职责担当、没有了目标考核，可一觉睡到自然醒，想吃啥随时可煮，要出游说走就走，灵感来了，电脑前一坐，或许还有机会精雕细琢出"经典"。

　　幻想虽然美好，可还是有突然被掏空的恍惚。不敢相信，又非常清醒，龄到须退，这是人人都得面对的现实。或许有人认为我脸厚、赖窝，也可能有人会把这种心情，扯到金钱和权力上去。其实，于一个数十年如一日喜欢文字、想在写作上有点成就并坚定不移地努力着的作家，个人以为，工资够吃、够喝、够正常开销足矣，与其把短暂的人生花在浅层次的吃喝、外表的车子、房子、票子上，不如把精力和欲望更多地倾斜在作品上，才更有价值和人生意义。但眼前无上班的事务，周边不见欢声笑语，日子没了压力，心头却似乎少了激情，也缺失了天天与文字摩挲的柔软。突然，有个问题便怪怪地冒了出来：当记者，可是自己从小就立下的远大志向和人生抱负啊，这条路，好像还没怎么走呀，怎么就走完了，说退就退了呢？

　　记得刚进学校那阵，见老师腋窝下夹着教材、端着粉笔盒、拿着教棍跨进教室，气宇轩昂地往讲台上一站，同学们立马鸦雀无声，齐声高喊"老师好"，几十个学生纷纷恭恭敬敬行礼。那时，就在暗想，当老师好威武啊，咱要好好学习，长大了也当老师！于是，哪天若要上课，只要听到父母一喊，无论多疲倦，毫不犹豫就会起床，以最快的速度割回一大背篓草，两碗饭一扒，连忙以小跑的速度上学；如饭开晚了或送牛草耽搁了时间，即或以赛跑的速度，一气跑完那十里山路，也要争取一学期一回都不迟到。大多时间，都是提前十多分钟或半小时就到了学校。一进教室，哪怕气喘吁吁、汗流浃背，或摔得满身稀泥，也总是以最佳状态走进教室，一坐下，立即就安静下来。十年如一日，堂堂课一心一意，即便有人说啥，也不得搭理，生怕哪点没听懂，或哪道作业题出现差错。如果有一回比别人少考了一两分，准会比以前更细心，课间打闹也少了，下次考下来多半是第一。从没觉得过读书苦、学习累，也没被父母责备过一次。顶多有母亲偶尔一句叮嘱："学习要用心啰，别像我们天天背太阳过山啊！"平时不需说，都会自觉勤奋和自勉自励，常常是稍有点失误就自责。随时都悄悄观察着老师的表情，生怕老师瞧不起自己，怕有朝一日不被欣赏不被喜欢。

读着读着，大概到了四五年级，读到战地记者杜鹏程的《保卫延安》，我心头的志向便有了变化，长大了也要当记者去。于是乎，读书作文加倍用功，常常是放牛骑在牛背上，任牛自由自在地啃草，自己则在朗读课文或者背文言文、古诗词，那个信心和激情，唯恐记得慢。洪亮的声音、清晰的吐词、流畅的读诵，一两公里的河对面都听得见，很多时候读着读着，牛"偷嘴"吃了庄稼，旁人喊叫，或牛一步下到坎下、突然爬上高坡，自己从牛背上摔下去，才如梦方醒。

随着年龄的增加，大概是进入初一，开始读小说了，每当读到一个个不可一世的高官政要，面对弱不禁风的女记者，总是心生忌惮、彬彬有礼时，心里就更加坚定了长大做记者的决心。即或后来在部队，因超过提干年龄，与复旦大学失缘，也没轻言放弃，一下花去青春年华五六载，白天做"正事"，晚上、节假日苦拼，破釜沉舟般连续自修了四个名牌大学的教材，每本《古代汉语》都给密密麻麻写满了批注，新崭崭的一本《新华字典》、一套《辞海》，被翻得惨不忍睹。目的很简单，哪怕少活十年，在汉语和写作方面，也不能比名牌大学的一般毕业生逊色，以致渐渐成了痴迷的文学爱好者，才明白自己真正该要的，是进入文化单位。绝无挣多少钱、当多大官的奢求，只要有个饭碗，有一个良好的文学创作环境。于是乎，当初的志向，也变成了雄心壮志，记者张恨水当年以《春明外史》《金粉世家》《啼笑因缘》步入文坛，地位显赫，我可不可以一边做记者，一边写散文、小说，著书立说，成为作家呢？从这开始，海明威、梅勒、加西亚·马尔克斯、米切尔、杜拉斯等，便引起了我的重视，尤其是对海明威和米切尔十分崇拜，前者文风的简洁、通透，后者写作的紧贴人性求经典和对场景的精心设置、对心理描写不遗余力的刻画，对我产生了很大的影响，从我的新闻纪实和散文、小说中，便能发现借鉴的影子……

不知是自己的毅力征服了命运，还是文字识路，或者是这些记者出身的作家在冥冥中引领，自己凭着一摞发表过的新闻作品（现在看来，仅算学步），就真进了报社，而且是全省最大的传媒集团。

有了单位，也就有了饭碗，作为祖祖辈辈都是农民的文学青年，人品、做人、专业，自然会被视为生存的基石和受人尊重的起码条件，勤奋、向上、谦虚、务实、积极，这些于一个从小吃着苦过来的农家孩子很容易做到了，且无私、无悔、无条件地落实在日常的工作中，小心翼翼、竭尽全力，哪怕掉几斤肉，少休息，没节假日，一病几个月，也不松懈，力争做得尽善尽美，以作品和数据说话，盯准拔尖角色，超越的步伐，从未停歇过。有人帮了，我铭记在心，需要时，我不推诿；有人挖苦，我当耳旁风，事后从不报复；有人搞圈子，盲视拔尖的专业优势，我则以"自己写的新闻头条多，还有小说、散文在外发表"自我安慰；有领导欣赏，我从不耀武扬威沾沾自喜，始终如一；本单位编辑们喜欢拙文，比如已退休的老主任、杂文写得超好的戴若冰，常常不吝赞赏，甚至多次随手作范文启发一些年轻编采，这些在我眼里，都属平常工作。

如果说有点优势，也只是与从小爱好写作和坚持不懈有关。当然，难忘的人和事，肯定很多很多，有的隐隐约约或直或曲，在我的一些小说、散文中不难发现。

比如，在我负责对接的某市，有一个局系全国先进、省标杆单位，国家相关部门、外省同行来川考察、调研，大多第一二站都得去该局现场观摩。一年时逢国家局又要对先进局重新考评，这个局本身就人才济济，文秘水平在当地各部门乃至全省系统都遥遥领先。哪知，几个文秘加班加点，领导精心把关，整出的材料，上面都不满意，一个电话打到我们报社，请编辑部"挑选一支笔"帮他们操刀。编辑部问明情况，知道这不是一般纪实通讯或报告文学的水准，当即回答："只有在你们那里驻站的老蒋，他不行，那我们报社就挑不出来了。"

接到报社的任务，一会儿，对方的专车就到了楼下，我二话不说，到对方单位把情况一问、相关材料看完，便开始对不同岗位、不同角色、不同年龄的人员进行采访。完了，又主动提出去基层所、乡镇、村社，冒雨走小路过田埂到群众家里摆谈。连续两天，采访了二十多个人，第三天才开始动笔。在写作中，不仅突出了素材的故事性和情感特色，而且用语、结构一新，并将引用几十年的地方文化描述、文化墙的经典语句、理论和全局人员朗朗上口诵了六七年的局训勘误修弥二三处，一位爱咬文嚼字的局长读了："哈，几十个专家、学者审过的东西，都给挑出了瑕疵，厉害！"这篇稿子，后来上了国家级媒体和专业杂志，竟一字未动。

其实，很多时候，记者并非人们说的"见官大一级"，受委屈被鄙视，也是常有的事。记得一次，报社安排我到某县去采访，要求写一篇大稿。这个单位，对国家、对当地贡献大，财政年年都会给予倾斜，其"牛"的程度可想而知。我联系他们的一把手，对方说找办公室；打办公室的电话，主任说忙，让找某某文秘。当我跨进办公室，对方一杯茶往我面前一放："你们这些记者，哪里是你们写稿嘛，常常是我们把稿子写起，你们换个题目，添上'记者某某'几个字，真的，我们很反感！"待他说完，我微微一笑："耽搁你五分钟，你只提供些相关材料，我浏览一遍，差的和要补充的，我去找当事人采访。稿件，我现在不说好，写出来，你去对比。"

采访到傍晚回来，发现还差料。第二天，又电话采访了几个人，经五天的修改，我习惯性地把编者按一加，七千多字的稿件就发给了对方文秘。文秘很快回了电话，说稿子写得很好。我问一把手看了没有，对方说领导没时间。我立马给一把手发去短信，大意是，这个稿件是我一年中居前三的稿子，据我搜索，如果没误，可能是您这些年在多个单位任一把手没有看过的好稿！对方立马回了一个带感叹号的字："好！"

约过半小时，正式意见回复发来，最后竟有三个感叹号："蒋记者，非常感谢您！这不仅是我在多个单位任一把手的最好稿件，亦是我从政以来，见过写得最棒的报道！！！"从此，这位一把手，我的短信立马回，接电话不方便，一会儿准会打过来，退休后，我们还是好朋友……

这些庸常、俗事、冷暖，太多太多，此刻想来，却是满满的亲切。从懵懂少年到沧桑花甲，半百余年的追求，几十载与文字相濡以沫，恍如昨夜一梦，只有一版版铅字，默默地见证着辛酸喜悦，记下了主人曾挺直脊梁或低头卑微，深一脚浅一脚歪歪扭扭的足迹……

告别珍惜的岗位和深爱的职业，来得是那么自然，又有那么一点突然。幸好，我一直喜爱文学，可以继续着从未间断过的作家梦走下去，了无牵挂地写些小说、散文。只要努力下沉，安静些，把艺术性和作品的生命力放在第一位，像米切尔一样不敷衍不轻慢读者，像张恨水般不漠视不写有违良心的文字，不停地播种，总会有几部作品生命长青，回我以微笑。

（原载《达州晚报》副刊头条）

与文人书

登山，是我除文字以外的唯一乐趣。前几年每隔两三日不爬一趟，心头就空落落的。这也许是我很小就崇拜元稹，想从他走过的路上寻觅些足迹、沾点灵气的缘故。几次租房都在凤凰山脚一线，买房自然也就在附近圈定了蜗居。好不容易还清了账，仅登了四五年山，人就兴味索然，没有了兴趣。

这抬头就在跟前的凤凰山，一晃竟有六七年没上了。至于王家山、松树林与山后凉水井一带，也在不知不觉中成了过往。想着这些不相干的事，不知不觉中就到了山腰。伸手一抹额头，揩下一把汗珠，原来这身"瘦架架"早已是汗流浃背。脚下，那天天车辆喧嚣、人流如织，自己忙忙碌碌"寄居"了近二十年的城市与那些鲜活的人事也变得淡远、渺小起来。

没有了登山的热情，只怪自己天生多虑与生性好僻，一看到前些年声势浩大对凤凰山的炒作，年年正月初九人山人海往上拥，总觉得那上面是扔垃圾、吐口痰、随地大小便的"特区"；甚至连上面那几家一盆水洗百个碗、三张桌子就挤到茅坑边的"农家乐"，也恍惚院里有了轻舞的苍蝇、竹林下传来了猪崽的欢叫。元稹本身就吃尽了文字的苦头，与贾岛差不多"两句三年得，一吟双泪流"。一想到他九泉难眠，阴魂不得安宁，便不忍去附庸那份风雅、凑那热闹。回眸经年，上山者嘻嘻哈哈、得意忘形，对古人全无瞻忆之态、仰慕之心，人也就不免有些悲凉。但看山下元稹纪念馆体面落成，又觉得于历代文人寒骨和荒野那邻家孤魂也总算有了个交代。

说有了交代，首先当然是指唐宋时的李峤、李适之、刘晏、韩滉、元稹等六相了。其记载翔实且最具影响力的莫过于元稹。《西厢记》能成为国学中不可多得的几部名著之一，如果没有元稹《莺莺传》的凄美故事作脚本，恐怕谁也不知道天下闻名的王实甫。至于元稹的"曾经沧海难为水，除却巫山不是云"则尤让历代诗人墨客念及、痴男怨女们唏嘘。仰慕之余，一个问题倒让我糊涂起来，假如当年元稹无举足轻重的"知府"一职，他后来的《莺莺传》与那些脍炙人口的诗句，有缘散播于世，流芳千古么？

举目远眺，一座座孤零零的茅屋，散落于高远空旷的远山，悄无声息；几缕袅袅炊烟与横躺斜卧的怪石、摇头摆尾的山道，述说着"文化苦旅"的遗韵。据说当年韩滉的《五牛图》就取材于这巴山一带。这山里，是否还藏没了才气毫不比元稹、韩滉逊色，价值远在《莺莺传》《五牛图》之上，而无缘带出山外，最终变成一堆朽简，与癯墙塌土成一体的冤魂呢？如有一二，其命运恐怕还抵不上当年富家小姜头上一根小小的发钗吧？

回头再看山下，已时过境迁。当年的空旷凄凉不再，取而代之的是西外四大班子的高楼，一模一样的方方正正；S形的古老州河，把新老城区一分为二，豪华住宅沿江拔地而起；主城路、环城路，车辆穿梭如织；一条条灯火辉煌的街道，与青瓦白墙的元稹纪念馆一映衬，又如一高大稳健的"富一代"披金戴银，而领、扣却恰到好处地点缀了厚重的文化气息。据相关记载，元稹是一个"值得肯定"的历史人物，是因为那些支离破碎的事渗进了这块土地里，庶民百姓才爱戴传颂。这也是"长官们"对"前人"的一个态度。

今天的文人，同样是早也文字晚也文字，夜夜写天天编，而不同的是，今人的需求多了，不少人为了生存，不得不"为伊消得人憔悴"，无暇去顾及文字的后事了。尽管本埠文化人近年在省级、国家级报刊发表文艺作品的比比皆是，但谁能说今天的文人有元稹幸运，敢奢望自己在异域他乡有一坊半碑呢？回头细数当今一生不辍、在全国获奖的一支支笔杆儿，一月所获的几个薪水、稿费，怕不及人家许宗衡、郑少东、邓新生老婆的一点"零花"，或徐才厚、张才厚、李才厚之流的半包烟钱多；至于文人的价值，则不是我辈好说的了。

莫怨天也莫尤人。怪，也只怪文化人没有读懂中国文化，忽视了"一官二吏三僧四道五医六工七匠八娼九儒十丐"的古训。文人的排序很清楚，处于娼妓和乞丐之间，比娼妓的地位都要低一等。对此，中国古代文学作品早就告诫过老百姓要小心文化人，甚至还告诫过妓女也要小心文人。比如那个《杜十娘怒沉百宝箱》，杜十娘是妓女的代表，李甲是文化人的代表，如果不是遇到李甲这个文化人，杜十娘一生都可能活得挺好。还有水泊梁山一百单八将，仅一个文化人还起了个名叫吴用。后来证明这个吴用帮宋江搞投降，最终把弟兄们全给害了。端的是无用！

翻开中国文化史，大凡有点名气的人，偏偏一根筋，明明开句就说"一官二吏"，往往还一叶障目，给整出些让人长吁短叹的东东来，害了人也害了己。再说，当今的网络时代，"有文化没文化不要紧，只要会打字上网就行"，谁还在乎你哼哼唧唧吟诗赋词"两句三年得"，一篇散文小说就熬更守夜磨半生呢？一旦那边洛阳纸厂倒闭，这边网络来了黑客，你那些穷尽一生心血的文字，即或字字珠玑，不也同样命运无二，呜呼哀哉么？

　　罢罢罢，这山还是不登的好，打道回府吧！

（原载《达州日报》副刊等）

悼良心主编吴建国先生

2018 年 4 月 23 日，离南京千里之外的四川盆地，风，呼啸了一夜，雨，纷飞至天明，天正阴沉沉的一张哭脸，传来《名镇世界》主编吴建国先生病逝的噩耗！

这篇文字，是特地也应该为建国兄写的。因为建国兄不止一次当着二百多位实力作家、诗人和专业编辑说过："我有几十个群都退了，中国编辑作家诗人精英群是我唯一没退的一个最纯粹、最高端的文学群。"

由此可以想象，文学于著名文化人吴建国先生是何等重要！

建国兄与我相识——不，至今我们也无缘见面，确切地说是相交于 2013 年冬季。

当时我刚写完一部五十万字的长篇小说，想多听些行家对拙作的灼见以补拙。经几个作家、编辑朋友提议，创建了"中国编辑作家诗人精英群"。建国兄被负责人群初审和发现遴选人才的一位中文系主任、教授看中，有幸以几乎达到万里挑一的严苛条件被批准入群。不久，建国兄又被群内二百多名来自全国的作家、诗人、编辑推举，经十余名分管小说、散文、现代诗、古体诗、纪实的组长、副组长研究比对认可，以"才学、专业、人品、社会责任"四项胜出，被确定为中国编辑作家诗人精英群副群长，专门分管纪实和全群群风。

试想，面对一个个才思敏捷、出口成章，人人可轻松击键写诗著文出书的陌生群体，若建国兄才学不济、人格魅力稍显逊色，别说管群风，就是在才学上，谁都会视之为打酱油之流，谁服？

而建国兄，用事理服人，凭德才被敬，以正直近人。从不与饶舌者争吵，不闲聊浪费时间，若偶遇个别人有不当言论和贴稍欠健康的图文、网址一类与文学无关的东西，建国兄只一言半语，稍加提醒，对方便立马失声、下不为例。对于选稿，无论是对群主、编辑，或是对美女、领导，皆以质量为唯一，全部实行先公示标准，后择优选取，哪怕是对名师大家也是以稿定取舍，以刊物质量、风格为要，让一个个作家、诗人心服口服，即便是无轻率投稿习惯、非改十遍以上不得出手的本人，选了两篇自认为还行的游记发给他，建国兄也只发了一篇在《行走无边》栏目头条。在看人论权钱用稿、编辑队伍糟糕透顶的当下，足见建国兄对《名镇世界》杂志的深情、对单位的深爱、对文字的敬畏和对人品文品的珍视！

　　听闻建国兄患结肠癌，大概在 2016 年 9 月左右，还是群总监、与他同是湄潭老乡的刘仲举告诉我的。我问这病是否有救，他说可能一年半载治不好。医院讲，只有靠进口药控制，得做化疗。我说可以在群里呼吁一下，组织些人去看望。一会儿，仲举兄回复，建国坚决不让去。他说大家从全国各地跑去，工作要紧，不行！我把电话打过去，他的声音大体没变，但客气里很疲倦、简短中没中气，回答的意思，与仲举兄说的一致，还反复叮嘱，要保密，万不可在群里声张。我当时想，或许是不想人打扰他吧。从此，虽没跟他联系，但心头却常常念起，南京有个好兄弟，还病着。

　　大约半年后，我从网上发现有治疗癌症的民间偏方，趁着新年刚过的喜气，打电话把草药名告诉了他，还反复强调了多举合围、终有一药对症的思路。他听了很高兴。

　　哪知，今年 3 月，仲举兄突然发来对话，说目前建国债台高筑，借不到医疗费，朋友为他发起了"轻松筹"，问我可不可以把链接贴在群里。我当即答复，怎么不可以呢！作家、诗人没有仁爱之心，没社会责任感，还能写出感人的作品？贴！马上就贴！仅短短的十余分钟，中国编辑作家诗人精英群就捐款数千元，刚进群不久、从未在他手上发过稿的糜建国先生毫不犹豫就捐了 200 元，见我在其他群贴出筹助信息的山东女士臧淑娟，立马将 100 元打给我，托我代捐……结果，医院的努力、亲人的呼唤、朋友的温暖、最干净的文字，终究无法抵消病痛的折磨，无力敌过病魔对生命的噬咬，他不得不放下大家，还是去了……

　　夜已深，人已静，在不再有病痛的路上，赠言仁兄以送行：今生天妒英才，一路风雨总欺君；来世脚踏祥云，漫空阳光任逍遥。

2018 年 4 月 25 日凌晨

（原载《名镇世界》）

傻样，或许大聪明

前几日，去重庆一家国际饭店参加学生婚宴。开始，除觉得酒店气派、档次比较高以外，并没有发现有啥特别。可当婚宴来宾快到齐了，才发现宽敞豪华的店堂坐的百余桌竟大多是川东某县两三个镇的老乡。一问身边的熟人，对方悄悄告诉我，那三桌是发音响的，那五桌是发电脑的，那八桌是发荧屏的，那十桌是发手机的，那一溜是发导航仪、路由器、电子狗、强电柜和医疗影像设备的……

原来，满堂宾客90%都是电器批发商，一个个春风满面，开的车不是奔驰、宝马、路虎，就是保时捷、玛莎拉蒂，家底少的几千万，多的早已达数亿，更令人吃惊的是，这些生意遍布全国的电器大腕多半都是新郎他爸的"弟子"。

这位熟人告诉我，40年前，在川东两县交界处，有一个瘦削机灵的小伙，无论是儿时割草，还是在校学习都比别人勤奋，总是事事居前。后来由于家庭原因，弃学下重庆练摊卖电器，他也比同龄人起得早背得多，每天的摊位都要多一截货品。开始，人们只是觉得这孩子能干。后来，人家给他介绍女朋友，父母有钱的独女，长相漂亮文化高的，一个都没他中意的，最后他却偏偏找了个家庭穷兄妹多的农村女孩。当时不仅他的家人不理解，就连左邻右舍也说这孩子"傻"。哪知，就是这个"傻小伙"与那姑娘结婚不到三年，还把那姑娘的两个弟弟带到重庆去给他"帮忙"。这时，有人就说，你自己生意才上路，还拖两个"包袱"在大城市，难道不吃不喝？谁知小伙"傻"得不知回头，两个弟弟去了刚熟悉业务，他又把妻子的七姑八姨带了两家人下去，让男人给他发货送货、女人帮他看门市，两个刚熟悉业务的弟弟也给"提"为店长。接下来几年，那小伙如法炮制，手下竟有了七八个门市，经营规模一下居成、渝同业之首，连国有企业都多次请他去"讲课"。目前，那"傻"小伙不仅在重庆市中心和火车站拥有大型商场几层楼的批零规模及产权，还把批发做到了国外，资产达数亿，成为全国赫赫有名的电器经营"人物"；而当初那些甘愿卖力吃亏的"店长"们，早已有了自己的"城市"和商场，资产纷纷过千万。颇富喜剧性的是，当年和他亲戚一起去的还有一家人，在他手下干了不到两年，看着老板的收入，始终认为工资少，跳出去在广东、福建、湖南、湖北、新疆几乎跑了一个圈，谁料，历经二十多年走南闯北的折腾，去年又回到了原点——去应聘搬运工。所不同的是，当年一同去的人人都成大老板了，而他除了一头发白，几乎身无分文，见了当年那些一同去"帮忙"而今个个都是"大款"的第一句话就是："当初你们挺起肋巴干活一点不傻啊，如果我当年不走多好……"

据相关资料显示，私企是中国经济的中坚力量，以亲戚为"跳板"变成老板的，占私企的70%以上。在中小型私企中，像"傻小伙"这种雇用亲友、熟人或通过亲友、熟人介绍去打工的要占绝大多数。而像这种"先天优势"一样，一个不怕"吃亏"、乐意"垫底"，把打工当事业，结果架起了通向"老板"的桥梁。一个精打细算、立马跳槽，反一贫如洗的，在各行各业比比皆是。特别是在物欲横流、提倡经济效益的当下，人一天比一天势利，"只见和尚吃白馍，不见和尚受戒"，想天上掉下个"林妹妹"的机会，几乎为零，只有想到如何多"受戒"，以实际行动去感动人、以善良厚道去征服人，才会"有馍"。因为事实上，很多老板都是重情重义的，只要爱岗敬业、业务拔尖、有主人翁精神，任何老板都会被感动的，大多都有机会得到重视。特别是私企，管理灵活，不少老板感性重于理性，不唯学历重实干，跟他"打江山"十年八年的"元老"要创业，一般都不好意思阻拦，有的还会指点一块小天地让"小兄弟"们去施展拳脚。这就是人们常说的"大俗，便是大雅；傻样，或许大聪明"。只要你乐意栽树，就会绿树成荫。往往一语中的，灵验超常。

（原载《企业管理》）

说"四"为何"物"

不知起于何时，人们对"8"字尤为偏爱起来，说"8"就是发。一时间，凡尾数是"8"的车牌、电话、住宅、门市、商铺、存折、证件号，一概成为人们首选，甚至不惜重金买进。而"4"（以下统一用汉字"四"）因与"死"谐音，则被视为不祥之"物"。

窃以为"四"乃万物之本，人类文明之根，不失为吉祥之数。君知否？年分春、夏、秋、冬四季和二十四节气，日含二十四小时，天纳日、月、星、辰四天体，自然界有风、雨、雷、电四天象，地划东、南、西、北四方位。大气、地壳、地幔、地核四构成，四大陆地板块、四大海洋组成整个地表。纵观各类动物，大多离不开四肢，连最高级的动物——人，也要经历幼年、青年、成年、老年四阶段；植物由根、茎、叶、花四部分组成。谁能说这仅仅是自然界与"四"的巧合？

中华民族，历史悠久，"四大文明古国"之一，世人皆知；"四大发明"漂洋过海，推动了人类进步；"四百年"汉室江山，形成了我们今天的汉民族、汉文化，而刘邦正是从泗（四）水亭长起步。

中国文化源远流长，"四书五经"，有口皆碑；"文房四宝"，文官武士，自古珍爱有加；"四库全书"，经典汇聚；"四大名著"，中华瑰宝；《百家姓》《千字文》"四字成句"。"四字成语"在成语中比例最大；"四句古诗"，更是目不暇给。诗仙太白的《遥有此寄》《黄鹤楼送孟浩然之广陵》《赠汪伦》《游洞庭》《望庐山瀑布》脍炙人口，绝句《早发白帝城》堪称一绝；杜甫的《登岳阳楼》《旅夜书怀》《春宿左省》《有悲往事》等很多诗不仅题选四字，诗也采用了四句成诗，绝句"两个黄鹂鸣翠柳"代代传诵。王维、高适、张旭、王之涣、贺知章、岑参、韦应物、刘禹锡、元稹等诗人最是偏爱"四句诗"，竟连宋代一个个文学家为文赋词，也常常拈来"四字"渲染烘托。李清照的"寻寻觅觅，冷冷清清，凄凄惨惨戚戚，乍暖还寒时难，最难将息……"正是"四字句"意境独到，才得以出神入化。而词人的《醉花阴》"佳节又重阳，玉枕纱厨，半夜凉初透……帘卷西风，人比黄花瘦"正是用了"四字句"才抑扬顿挫、字简意妙。北宋词人柳永在《雨霖铃》中，"四字句"，可谓字字珠玑："寒蝉凄切，对长亭晚歌，骤雨初歇。"《继仙引》中也有"四字"佳句："万里丹霞，何妨携手同归去，永弃却、烟花伴侣，免叫人见妾，朝云暮雨……"谁能否认诗情画意，恰在"四字"。历代戏曲家非但词题不避"四"字，连词句也与"四"谐音。关汉卿《四块玉》如是雕琢："贤将往事（四）

思（四）量过，贤的是（四）他，愚的是（四）我，争什（四）么！"而马致远在《叹世（四）》共十一句中，仅只四处未用四字："咸阳百二山河，两字功名，几阵干戈。项废东吴，刘兴西蜀，梦说南柯。韩信功兀的般证果，蒯通言那里是风魔？成也萧何，败也萧何，醉了由他。"

一代伟人毛泽东，治国作诗，备受世人推崇。他的《六盘山》《蒋桂战争》《广昌路上》和《沁园春·雪》《会昌》《长沙》，还有《和郭沫若同志》《念奴娇·井冈山》等，一开篇就是"四字句"。

"四"字若有不吉，他何以指挥"四次反'围剿'"壮大红军？"四渡赤水"挽救革命，"新四军"抗日劲旅，救中华民族于危难；"四大野战军"从关外争夺、中原逐鹿、饮马长江，进军西南，把恰恰带"八"的"八百万"蒋介石军队消灭殆尽；"毛选四卷"是毛泽东思想的精髓……

且不说赵孟頫、吴镇、黄公望、王蒙"元四家"，也不叙沈周、文徵明、唐寅、仇英"明四家"；亦不论王时敏、王鉴、王翚、王原祁"清四王"或"四大美女"王、貂、西、杨留下无数美丽动人的故事；看今朝——党委、政府、人大、政协"四大班子"，缺一不可；公、检、法、司"四机构"，确保社会平安；将官、校官、尉官、士官"四等级"，是支撑我国强大国防的栋梁人才，标明了军人的社会地位和军事级别；"董事（四）长"，经济实体的最高决策人；"四大天王"刘、黎、郭、张少男少女崇拜之偶像；四年一届的各类运动会，给人类带来不尽欢乐与健康理念。

日常生活与"四"更是息息相关。住房"四角"，门窗"四边"；桌、椅、凳、床，老祖宗就设计了"四条腿"；现代家庭的电视、电脑、洗衣机、电冰箱等诸多家电，也纷纷成"四边"形；麻将、扑克、象棋、围棋，天生就是无数"四组合"；每逢喜事、过年过节，人们都以带"四"字和与其谐音的祝愿最多："四季发财""四季平安"……

难道"四"不最具自然界的发展规律？没蕴藏着成功、祥和？预示着无限？

（原载《达州晚报》副刊）

风俗物语

好山好水观音溪

渠江，从渠县穿城而过就浩浩荡荡、端端正正向南，一到李渡场，轻轻一挨街边，蓦地一转身，像赴约般不管不顾直奔西边山谷，与山里流出的一泓溪水一碰头，又宽宽坦坦、摇摇摆摆流入广安；而这条源于山谷的小溪，便是观音溪①。

观音溪，起于小桥，经宝城、有庆，过中滩便一路穿峡走谷，清清澈澈，窄窄长长。极目远眺，险峰如洗，一线蓝天；低头鸟瞰，又若白龙奔海，摇头摆尾喷着水花，刚过丛丛嶙峋怪石，就扎进一方绿莹莹、形如圆镜的碧潭——这里，便被称为观音寺。

相传在很早以前，那潭是一个山峁。峁上有一座寺庙，寺里长年住着一老一少两和尚。老者慈眉善目，经博道深。少者是老和尚"慈悲为怀"收下的孤儿。老和尚一生"正身修行"明暗无子，待小和尚如亲生孩儿一般，庙里挑水煮饭捡柴扫地几乎是他一人独揽。日久天长，小和尚懒惰成性，老和尚年逾耄耋勤劳依然。一日晌午，老和尚煮饭，一条黄狗窜进斋房叼走饭勺。老和尚体力不济行走迟缓，欲叫徒儿去撵。小和尚一瞥炫目烈日，便咕咕噜噜假装念经。老和尚无奈只好彳亍前行，且追且寻。

那狗也怪，总是亦步亦趋，既不让老和尚即，亦不让老和尚离，待老和尚撵了二三里才撇下饭勺而去。老和尚拾得饭勺气喘吁吁回来，谁知那狗是神灵之物，刚才都是好端端的寺庙竟变成了绿幽幽的一方深潭，那小和尚不记抱养之恩，德行低劣，加上前生作恶，不配留世也就随了流水，喂了鱼虾，老和尚不久竟修炼成仙，不进人间五谷杂蔬，反精神矍铄，寿过百余。

从此，人们就信了那寺庙的灵验，借岩下那方山洞，依峁脚那一汪秀水，来这里烧香求子求财、思过避难或拜佛保官运亨通。春夏秋冬，这里信男善女络绎不绝；朝朝暮暮香火兴旺，烛光辉煌，猪头雄鸡琳琅满目，酒味烟气两岸缭绕……

仙不问不神，佛不拜不灵。渐渐两岸就形成一种风俗，每到大年初一庶民百姓高官巨商纷纷汇聚而来，也都源于父辈虔诚，年年上香供拜。

眼前伫立于两岸的寺庙、石塔，只是当年的高僧俗众早晚朝拜诵经必到、晨钟暮鼓幽幽袅绕的一爿半壁庙宇。

石塔高十七米，形六棱九级。正面从第七层向下阴刻着"舍利宝塔"四个浑厚苍劲，融楷书、行书于一体的大字；下面是龛和平台，前供释迦牟尼佛，后供弥勒佛坐像；两边是副对联：笑颜普度众生，大肚能容万物，横批：兜率陀天。

当地老人讲，那两条呈"十"字形交汇、宽三米的青石路，是东去大竹西到岳池、北往渠县南达广安的官道，南来北往的行人，老远就看到官道旁的白墙青瓦寺院和一座六棱九级石塔宁静地伫立于蓝天白云下。

据塔碑记载：1880年农历四月初八，重庆双桂堂时任琅琊庙住持释海峰大师，得知山西省五台山供奉佛祖舍利较多，海峰大师五憩灵山，绕灵塔三百六十多周，获舍利十三粒。返回重庆后，经四处邀约同道，大约在1882年初春，他同真悦、觉郎、仁香、仁远等二十多名僧众商议，决定共同发起募捐，邀请彰明县廪生赵履祥、伏龙寺住持释仁钊和书塔宿儒文焕奎三人，用了近一年时间，在绥定府方圆数百里察寻研究地穴，最终确定在观音溪上游的吊岩为塔址。塔建好后，正面右边是条大河，距洄水潭上游约一公里，来拜塔的人要历经许多艰险。当地传说鲁班为方便拜塔人，一个晚上便架起了长一百多米、宽一米余的平板石桥。从桥底仰望，搁在石墩上的桥面石大多几十吨，且全是整块，长的达三米多，当年无吊车无滑轮，其建造难度可想而知。

小时，跟着大人上吴家场②、赶中滩乡、去渠县城，遇到河里涨水上游的矮子桥、下游的黑滩子无法过河，观音寺这座宽大、坚固的石墩桥便是必经之路，常常是桥下波涛如千军万马奔腾而过，桥墩稳如泰山，行人从上面过，胆战心惊，双腿发颤。

如若秋冬，驻足潭边，透过清亮的河水，那沉陷下去的寺庙一目了然：青凌凌的瓦上长满丝丝绿苔，让河水冲淘得干干净净的青石院坝，偶尔生出一绺绺长长的水草，庙前一对石狮，苔藓披挂，丝丝缕缕在水中摇摇摆摆，如一对蹦蹦跶跶的雄狮，进门那绿茸茸的石梯向深处延伸，仿佛那神秘的去处就是琼阁龙宫……

过了深潭是一片浅褐色石滩，一层薄薄的河水波光粼粼，渐流渐窄，愈蹿愈快，似一条长长的银龙飞舞，"咣"的一声撞在那峭壁绝崖上，又借势向天空一跃，头一转顺着开阔的山势，匀匀地在一片宽阔的石滩铺开，把一摊亮晃晃的白银泻下山崖，像天河决口般，形成千万条粗粗细细、急急缓缓的水帘，倒挂千尺，发出山崩地裂般的震撼；百丈悬崖下一时银弹炸开，水花四溅，将碎琼乱玉洒向一面更大的深潭；那飞瀑中又有一股急流直下如天龙入海，一会儿在远远的水面形成一圈一圈漩水。一时潭面便氤氲出缭缭绕绕的云雾，在山间升腾、变幻、飘移……

走在青石板路上，两岸绿树成荫，路边野草葱郁，偶有一只只蚂蚱从身边飞起。火一般的太阳，在这里却感到山风萧萧，寒气逼人。不知不觉到了潭边，只见潭水潋滟，从一凹口溢出，滑进深谷又变得清澈亮丽，且随了那山势抖动起来，两岸稻田也顺了那河水的走势摇摇晃晃，一块块零星苔地在阳光的照射下鲜嫩欲滴，泛出耀眼蓝光。争芳斗艳的月季、秋兰、秋菊连同千姿百态的树影倒映其中；山间一对情侣撑了花伞，比肩而行，也醉了步子。一阵清风徐来，吹皱半溪绿水，花草婆娑弄影，树醉危岩轻摇；掬一捧清水畅饮，清凉、甘冽，还带一丝儿草香，沁人肺腑，醉人心魂……

注释：

①观音溪：系渠江中下游一条支流，两岸一南一北，一个是蒋家岩上，一个是李家大院子，各属鲜渡镇关房村、城南乡五龙村辖地。

②吴家场：又名"有庆镇"，与广安市花桥镇毗邻。

（原载《达州日报》副刊头条）

渠江河畔抬石工

从渠江逆流而上，经肖溪古镇、鲜渡老码头，到满是石盘盘的金锣滩向北一拐，就进入两岸绝壁、怪石卧睡的高峡。峡谷里，一两只渔船在撒网，两岸静静地泊着一只只桅杆当空、纤藤高挂的大木船。偶尔，从上游划来一只空船，还在老远，船工就喊："梁家寨的，到蟆蟆石抬连二①啰！"若是进溪口里去上载，则会双手卷成喇叭筒，鼓劲大叫："蒋家岸的，在黑滩装海面②哦！"

很快，会发现从岩上说说笑笑下来一路农民男女。他们扛着木杠、拿着拇指股粗的麻绳，还有人带着钢钎，全是精壮劳力。

如果是午饭时分，没来得及吃饭的，有人会拿着一块麦面粑粑、熟苞谷条子，或一根生红苕吃着，来到岩下的石厂。

先到的人一袋烟抽毕，起来一看，石头上坐着男人，草坪里站着女人，桐子树上骑着小伙，堰塘湾的、老院子的、廖家沱的，到齐了，顺手从满山遍野都是的狗尾巴草中扯来几根细细的草秆儿，几下掐成长短不一的小节，在手心里一混一握，场面便活跃起来，一副杠派出一个代表，连忙上去"抽签"。十多根签一比，短的先抬，长的后抬。

这种办法很难钻空子。因为搬运费一直是平摊，但谁都不愿意把签掐短去靠前，万一差两三条石头，就会比人家多抬一趟。当然也有个别爱捣鬼的，总是隔三岔五欺负一些老实人。

队上有个叫"武欺头"的，每次抽签先就盯准了签的长短，一抓到手里若发现自己正好遇到一块大石头，会赶紧掐掉一截，名次一下就移了过去。

被这"意外"砸中的人，如是刘大炮会吼："武欺头你个卖屁股的，又掐掉一截，把那个大石头躲过了。"若是"彭老好"，则会不快不慢道："气力用不完，井水挑不干。"要是母亲准会开他玩笑："武犯人，你掐就少掐点或多掐点嘛，咋又把大的踢给我？"不管旁人怎么骂，武欺头都会一本正经地狡辩，唯独母亲这样说，他会"嘿嘿"一笑："又吃到嫂子'冷饭'了啊！"

抬石头，大多是父亲、母亲和彭老好两口子组成一副杠。只见父亲和彭老好各自将手上挽成的"8"字形绳子往地上一放，面对面抠住石头底部，"哎哟"一声齐喊，那条石侧身一滚，两端就进了绳套，再顺手一提绳子，两根木杠已穿了过来，父亲和彭老好逮住木杠一拖，多半杠子都在了自己肩上，生怕自己的妻子吃亏。随着一声"起"，母亲看到父亲抬得太短，就肩膀一耸，往中间移一点。父亲感到肩上一下变轻，忙将杠子一掂，肩又向后移了几寸。母亲便轻轻嗔道："抬得起，各人看好脚下！"前面的彭老好一听，就喊开了号子：

> 看好，
> 踩好。
> 掌好，
> 跟好。
> 仰仰坡啊，
> 慢慢梭呀。
> ……

而刘大炮两口子和他表弟夫妻俩在一组，两家有玩笑开，则喊的是：

> 小表嫂，
> 大脚牛。
> 你眼大，
> 你屎多。
> 莫踩脚，
> 大脚踩细脚③。
> ……

石头到了船上，要确保木船前后左右重量均衡、装得又多又整齐，卸货时条石间有点缝隙，方便挎绳子，船驾长、艄公、纤夫手持短钢钎两人一组，一边挪石头，也一边学着这些抬工的调调：

> 白天呢，
> 抢杠子。
> 晚上哟，
> 争铺盖。
> 你怕他，

累了呀。

他怕你，

嫌短啰。

……

举目一望，这段河流，每隔二三里，岸边都停着一只大木船，岸上都有一队人马，正喊着号子、合着脚步，紧张有序地把一根根条石或一张张青石板抬向船上。那些条石，长一米二三，一般是四人抬；那些青石板，比单人床面稍小，则是两人一组。无论是条石，还是石板，全是一色的绿豆色。

这些人的穿戴也与其他地方不同。男人，多半穿马褂披垫肩，外加一条短裤；女人，一件花白衬衣，大多肩上已补了疤，配蓝色长裤，秀秀气气一顶麦秸草帽，额上满是汗滴，几缕刘海贴在脸上，或黏入嘴角，往往都顾不得捋一下……

而父亲、母亲却和他们穿得略微不同。父亲墩墩实实的中等个，平头整整齐齐，总爱穿件蓝布衣服，抬着石头步步从容、下坡上跳稳中机敏；母亲和父亲身高不相上下，戴一顶白布绣花遮阳帽，两根长辫齐腰，一双大眼睛，还有一对双眼皮儿，杠子压在腰肩上，显得有点柔弱。

一次，父亲、母亲在黑滩上载，让我牵上家里的水牛，带上一岁多的妹妹，到石厂附近去放。我先找了一块干干净净、没有蚂蚁的大石头，让妹妹坐下，自己牵着牛去了几块大石头之间的一溜草地。当我看到山野里飞着蝴蝶、桐花树上歇着蜻蜓，没走几步，还飞起一只蚂蚱，便扔下手中的牛绳，叮嘱妹妹看着，说给她抓蝴蝶、蜻蜓去。追着追着，牛跑到地里吃别人的庄稼去了，妹妹在后边高喊："哥哥，牛跑了，牛跑了，吃庄稼了……"

抬着石头的父亲一分神，一跟斗摔下去，走在后边的母亲一拉绳子，父亲没被石头压着，母亲的脚背却被砸得血肉模糊，一瘸一拐了三个多月。

当年农村，大的带小的，哥哥姐姐放牛割草，带上弟弟妹妹，是普遍现象。

母亲到四十多点，我二十挂零，成了大小伙，二弟才十岁多、幺弟不到十岁，除老二是个妹妹外，我们一家四兄妹，有三个男儿。这于父母，既是压力，又让很多农村家庭羡慕。

"压力"，多一个儿子就得多修三间房子，才好讨儿媳，女方或多或少还得要些彩礼，遇上贪财的岳父岳母，少一把面条、两斤猪肉，结婚那天迟迟不准发亲的也有。

在那个吃饱一顿饭都困难的年月，稍贫困点的家庭，儿子无技术又不勤劳的，三四个儿子到了二十七八还是一屋光棍的，比比皆是。当父母的不起早睡晚，不比常人勤俭，讨儿媳基本没门；而在没儿子之家的眼里，则是儿子长大了，天天可挣满分，年终工分多，粮才分得多。于是乎，不少家庭生了七八个女孩，哪怕生得家徒四壁，也想有个"带把的"，一是想给祖宗续上香火，二是想有个干重体力活的。这种家庭抬石头，大多是大女二女三女和父母或亲房一组，河边一旦有大姑娘加入抬工阵营，农民和船工的号子就有顾忌，喊的号子也变了：

　　　　姑娘哟，
　　　　一朵花。
　　　　汗水呀，
　　　　淌脸颊。
　　　　人勤啊，
　　　　栀子花。
　　　　……

　　队上有一家人，生了四个女儿，大女残疾，二女有些懒，有人一说媒，就答应了。可老两口儿见三女泼辣能干、四女聪明漂亮，家里的门槛被媒婆踢烂也不表态。一日听说拉船的两兄弟，很小便没了爹娘，到三十上下都没寻上亲。旁人见两兄弟，干活有眼神，待人知礼貌，队上的李婆婆就拄着拐杖来到船上，把小伙的情况一问，再在两女子的父母跟前一吹，这事就那么层意思了。平时，小伙的船一到，双方就换劳力。哥哥到岸上和姐姐一副杠抬石头，弟弟便把妹妹接到船上协助挪石头。母亲一见，高兴得合不拢嘴，每次眼见一船石头快装够了，两大碗香喷喷的油炸鸡蛋面就端到了船上。两小伙看未来的岳父岳母人好心善，不久，老家的一间茅草房也不要了，顺便带了几个锅碗瓢盆和些衣物来，就和两姐妹结了婚，把户口也迁了过来。

　　两位老人白拾了两个大小伙，自是感激上天有眼，愈加吃苦，家里大事小事都商商量量，视两小伙如己出，不到三年，就拿出原本留下养老的积蓄连同新攒下的粮食、存款，新修了三间大瓦房，连原来的三间草房也换成了瓦房。两个小伙也挣硬气，依照当地传统风俗，不让父母向嫁出去的两个女儿伸手，自己全权负责起了供养老人的义务，把一大家搞得和和睦睦、红红火火，人人羡慕。于是，队上几个有些文化的小伙抬石头，喊的号子有时就不同了：

女儿多，

别恼火。

如勤奋，

找媒婆。

有一双，

来两个。

有两双，

来四个。

比养儿啰，

还划得着。

……

这一段河流，有一个现象，只要有奇形怪状黑黝黝的岩石，就不时有山歌、民歌、号子传来。过往的船只，每天早上七八点，就能听到岸边有"叮叮当当""哎哟哎哟"打大锤、撬石头的号子，直到夕阳西下，崖下有了阴风歪影，才渐渐安静，进而悄无声息。斜斜的山路上，便会出现一路路戴着草帽的汉子，扛着大锤钢钎、挑着铁锤錾子楔子，三三两两向岩上逶迤而去……

注释：
①连二：条石。
②海面：青石板。
③大脚踩细脚：大脚，人脚。细脚，猫狗脚。

（原载《重庆晚报》和《达州日报》副刊头条）

情侣石的传说

通江，大小通江逶迤东去，横贯全境；金碧溪清澈娟秀，源远流长；诺水中峰洞闻名遐迩，可谓江的廊坊，水的城池。然而，在通江最是动人心魄，尤让人流连忘返的还是石林。

从通江西行四十余公里，进入大山深处的唱歌乡，但见那山势豁然莽莽苍苍，连绵起伏；崇山峻岭之间，条条深谷纤泉细流，沟沟壑壑一落千丈；突兀高耸的老岩古崖，千峰错落，郁郁葱葱；点点农舍，片片金谷，一收眼底。顺着简易公路时起时伏，左曲右弯，进入一天高地阔、一望无垠的山巅草原，便是通江人耳熟能详，也令历代诗人陶醉，留下过无数妙吟绝唱的石林。

相传，几千年前这里松涛萧萧，林海蔽日，寨上一对农民夫妇生得一女，其女自幼聪明，不拜先生不进学堂，仅凭天生悟性就练得一手好画，画枝鸟来栖，描鱼猫扑腾，一时被誉为巴蜀才女。才女生性勤奋，朝朝暮暮，寒来暑去都陶醉于丹青笔墨，偶有闲暇散步于山野，总能隐约听到从山外传来一少年抑扬顿挫的浅咏低诵，少女屡屡登高远望，总不见其身影，甚是遗憾，常怅然而归。毗邻亲友每去提亲，她都婉言羞谢。等到年方十八，尤痴心不渝，一日大雾弥漫，出门写景，又顺风耳闻着那熟悉的咏唱，半晌醒过神来，见一耄耋老者，正指那云端去路，她揉揉眼，老者去而无影。原来老者所立之地却陡然拔地而起矗立一尊形若老人的青石，才女似有所悟，按老人示意的方向徜徉而去，过了山谷，上了山梁，恰遇少年正在一边随口顺反咏诵锤改被诗家称为至难的回文诗，一边折枝栽桃或取叶种莲，神思脱俗聪睿，好一个纯真痴迷的书郎！才女抬头正遇少年那火热目光，忙低头转身欲回山寨，见那涓涓细流的金碧溪涨起一些水来，过而不得，退而又难，正一筹莫展，树丛中飘然传来一老先生的吩咐："学生，快负才女过河矣！"老人见学生背那女子过河，双双害羞不已，触景生情，留下了佳句：

豆蔻佳人阻碧流，
学生权作渡人舟。
特将玉手挽纤手，
恰似龙头对凤头。

三寸金莲浮水面，
十分春色惹人愁。
轻轻放在沿江岸，
两嘴不言各自羞。

    登到对岸山腰，姑娘回头一瞥，才发现那山梁上已是桃树成林，荷叶滴翠，朵朵红莲竞相怒放。从此，那少女少男一个作画一个写诗，诗来画往，相见恨晚。正当这对才女诗郎欲结为伉俪之际，朝廷太子得知通江有一才女，欲娶其为妻，便诬蔑诗郎犯有杀头之罪。诗郎深知在劫难逃，隐入他乡佛门做了和尚。才女埋名隐姓，削发为尼在山里修了庵院，取名紫云庵。数载后，太子虽有七妃八妾数百宫姬，总觉得不如才女貌美内敛，甚是垂涎，便命人明察暗访，方得知才女下落。太子屡屡纠缠，才女面若冷霜心系诗郎。太子黔驴技穷，欲火烧庵院，强掳才女。诗郎闻讯，邀天下数百武林高僧，在北山截断官兵去路，与官兵展开了一场殊死拼杀。终因官兵人多势众，数百僧侣纷纷倒在血泊之中，诗郎面向紫云庵，挥泪跳崖身亡。才女受困登上山巅，遥望北边诗郎坠崖的深谷，喊了一声"诗郎，我来了……"纵身跳下，碎骨粉身。翌日，人们发现谷底生出一对情侣般相拥相抱、心心相印的青石。从此，每有山风吹来，那对情侣石便微微摇晃，呜呜有声，如泣如诉……

（原载《新民晚报》副刊等）

蔡艺学篾匠

一

蔡艺生长在一个非常不幸的农民家庭，连他的名字，父母都无力思谋出几个像样的字，还是上户口时，村上的会计、他的远房叔父给起的。

蔡艺的父亲，瘦小、驼背，从腰椎摔断后，村里人再没见过他干过挑抬一类的活。媳妇挑粪，他提着一只木瓢淋粪；媳妇拃谷子，他带一把小小的镰刀割稻子。而蔡艺的母亲，也并非健康人，常年病病恹恹、弱不禁风，挖田锄地总是比别的妇女慢半拍。蔡艺的两个姐姐，大姐不到二十岁，就被人贩卖到外地没了音信；二姐找了知根知底的邻村青年，农忙季节才勉强可照顾一下娘家。

蔡艺十二岁那年，父亲撒手西去。已失学在家放牛割草的蔡艺，知道自己的命运没法和邻家孩子比，邻里来了篾匠，他就找些理由在旁边看，平时上街称盐打油，也总爱在篾货摊前转悠，回来便从编背篼、筢箕和篾扇学起，不到两年，就把专业篾匠才会的编簸箕、箩筐、撮箕的活学得稔熟，该方处顺溜耐看，当圆时如玉如月，得瘦的地方则巧中见拙。特别是他编的篾席和背小孩子的座座背篼，前者柔软如丝、能折能叠，后者那可是年轻媳妇背着宝贝走亲访友的脸面，远观乖巧精美，近触光滑舒适。乡邻喜欢，便以"蔡篾匠"相称。渐渐地，人们便只知道他姓蔡，一些媳妇竟常常指名道姓要自己的男人："只买蔡篾匠的篾货！人家的蒸笼、筲箕，一洗一甩，滴水不沾！"左邻右舍见他心灵手巧，就主动提出开工钱，专门请他到家里去编织篾活。

一天看电视，听闻国家要关闭一些塑料厂，蔡艺从中发现了商机，便走村串乡名正言顺地做起篾活来，不知不觉中，一手好活竟在十乡八里传开。

母亲看到儿子得到乡邻的尊重，精神也好多了，田间地里的庄稼年年喜人，抢收抢栽时请人，邻居们也有求必应。

二

开始，蔡艺在本乡本县做手艺，渐渐地外县外市有人请，有时一去要两三个月才回。不到十九岁，蔡艺就把手艺做到了湖南、湖北、安徽。二十岁那年，一年长的同行邀他去江西，蔡艺见对方厚道义气，砍、切、剖、拉、撬、编、织、削、磨，般般扎实，睡席、晒席、筲箕、撮箕、簸箕、筛子、蒸笼、提篮、摇篮，件件精美，便拜对方为师，第一次离开母亲，出了远门。

蔡艺从小勤奋好学，很快竟把师父一手绝活学了个八九。时逢一农家要给招郎上门的大女办婚事，需编制一些居家的什物。这家户主是民办老师，钱不宽裕却做事心细、爱美，膝下还有金花五朵，对第一个女儿的婚事，自然想办得体体面面、热热闹闹。

两师徒一进门，主人就明说，不喜欢塑料货，请他们来，活儿可放慢点，但必须是：凉席可折可叠、冬席不潮不蛀、晒席不漏面粉、撮箕能装水，还有小儿的座座背箦、摇篮，要又秀气又硬扎。

面对这苛刻要求，蔡艺以为师父会放弃这单业务。哪知师父微微一笑，放下砍刀、刮刀、弯刀、篾刀和篾针等工具，就和蔡艺进了竹林，选起料来。

原来这家祖上曾是篾匠世家，把各类竹子分片栽植着，一丛丛挺拔的毛竹、肥的罗汉竹、瘦的斑竹、高的慈竹、低的金竹、不高不低的紫竹，被伺候得青翠欲滴、婆婆娑娑；头年青、隔年青、隔三年五年青，应有尽有；长的短的粗的细的、阴面的阳面的，唾手可取；夹底的撑腰的锁口的、绷面的、填心的，绰绰有余！

师父转了一圈，来到一丛慈竹前，吩咐蔡艺，这三根向阳的隔年青，砍来织背箦，才硬扎耐看；这五根阴面的隔年青，青篾拿来编凉席，才经得起折叠，头黄二黄拿来编冬席，才不凉背又经用；那几根隔两年青，砍来打撮箕、簸箕，不缩水不泄缝；那两根七八年的老竹子，肉老节稀还粗壮，别忙砍，待忙完别的活，集中火力，借头晚吸得有露水，上午砍上午织完弯完，千万别下午干了再弯，否则，蒸笼的青篾容易破皮起倒纤……

话音一毕，只见蔡艺横五刀、斜三刀，一根端端正正青幽幽的水竹，顺着竹势而下，"噗"一声斜躺在地，再顺两削、反一剔，连续几下，一个个节疤上的枝叶就离开了杆儿，再左一刀、右一刀，"嚓"一声脆响，竹梢应声而落，一根无枝无梢的光竹竿便搁在了一边。

蔡艺砍，师父拖，不过半支烟工夫，宽宽敞敞的地坝里，十多根竹竿便按色泽、老嫩分类，堆起两摊。

三

竹子，砍好剔毕，师傅裁料，蔡艺破。破竹，是篾匠的绝技之一，一根端端正正的慈竹，竹头一端斜抵在屋壁角，竹尾一端握在手上，只见篾刀在中线，轻轻一扎，锋利的篾刀一下就把竹梢一端开个口子，再用力一推，手臂般粗的慈竹，便开了一道口子，稍加用力，"啪"的一声脆响，又裂开好几节，再顺着刀势使劲往下推，破开的一端，已搁在肩上，身子躬下、直起，直起、躬下，竹子节节被劈开，"噼啪噼啪"像燃放的鞭炮，刀一到竹子根部几节，却被夹在竹子中间，动弹不得了。只见他放下刀，双手抓住裂开口子的竹块，蓄足臂力，一抖一掰，随着"啪啪啪"一串悦耳的爆响，一根竹子被生生地破开，白白净净仰面朝天如处子享受阳光圣雨的沐浴。

围观的孩子欢呼雀跃。竹块飘着淡淡的清香，嘴馋的孩子蜂拥而上，你一下，我一下地蘸着竹节心里的水珠，往嘴巴里放，个个啧啧有声，说是那水清火、明目。而附在竹子内层的白色竹衣，也被大一点的孩子轻轻揭起，以留着日后吹笛子时作笛蒙，音色奇妙，美如天籁。

师父连忙上前，将剖开的竹块，一剖为二、二剖为四、四剖为八地剖下去。一会儿，在利利索索的篾刀下，地上就堆了几种不同宽度、不同长度的篾条。篾条粗细均匀，青白分明。那青润润的，叫青篾；那油黄、浅黄、白黄的，叫黄篾，分一黄、二黄、三黄。一片又薄又窄的篾块，竟剖出了八九层。一根根篾条像纸片一样轻薄，挂在树枝上，微风一吹，袅袅娜娜、清香扑鼻……

见篾条备够，蔡艺拿起一长一短两把青篾、黄篾，选了一块干干净净的石板地面蹲下，开始编织，但见那十个指头如有磁性，长短不一的青篾、黄篾，紧随十指的拨动、挑拣，上下翻飞、不离不弃。刚编到蒲团一样大，便一屁股坐下，岔脚伸腿地编了起来。那十个指头，配合默契，像长了眼睛，或钩或别或压、时迂时回、时拉时穿，忙而有序；面前的篾条竟懂主人思路，或上或下或左或右，也跳动得更欢。

师父告诫过他，篾匠行业在江湖中，虽居木工之下，但同属鲁班行——是鲁班的师弟张班发明的，以前桌子，面是篾、腿是木，系师兄弟两人合作发明的，所以得讲行规，无论主人供奉的饭菜如何，报酬给多给少，手艺人都得手到心到，把活做精做细，万不可偷懒耍滑，丢了艺德。

主人家的二女心性聪明，刚从职校毕业，见蔡艺一坐下，除手、臂、腰在动和屁股偶尔挪一下外，话很少，眼不斜视，发觉这位同龄艺人，不仅耐得了寂寞，还有非凡的耐心、毅力，隐隐约约还有超然物外的一种信念，似乎把寂寞、清贫，还有一个年轻篾匠那近似淡泊、平庸的青春，连同期望都编进了冰凉、光滑的竹席中……

朝霞满天，篾匠在编；日影西斜了，篾匠在织；有时眼看天黑了，只差一点收尾，灯下也在加班。二姑娘心下一暖，悄悄走进屋，兑了一碗蜂蜜开水端了上去……

几天过去，姑娘知道了蔡篾匠两个姐姐已出嫁，家里还有一个老母亲。不久，姑娘所在集镇上，每逢赶场天，街上便多了一家篾货摊。那筛子，精巧漂亮，方圆周正；那凉席，光滑细腻，凉爽舒坦；那提篮，乖巧受看，一掂就知道用料的考究，编织的用心；那些大大小小的背篼、撮箕，锁口紧密，扳、压、别不瘪不歪不变形……摊后，二姑娘面带微笑，蔡篾匠还是低着头在忙篾活，依旧那样投入。

一年后，蔡篾匠带着姑娘回到老家，把几间土墙草房变成了石头墙瓦房。几个月后，一个胖乎乎的儿子降生。男人白天种庄稼，晚上做篾活，一四七下鲜渡镇卖、三六九上渠县城销，手艺做得更用心，精妙绝伦；女子一边奶着孩子，一边种着庄稼，日子阳光温馨。

（原载《解放日报》和《达州晚报》副刊）

追忆德艺双馨的永玲姐

回忆同学或朋友原本是一件幸福而愉快的事。然而，面对浮躁的"演艺圈"，追忆一个刚遇难且十分优秀的明星同学，则是一段极其沉重的心路历程。

—— 题记

这几天，只要一点击"中江表妹"，就可发现有关李永玲从艺做人的文章不下千篇。这位"十大巴蜀笑星"生活的简朴、艺德的高尚和对一个看门丈夫的深笃感情、对朋友的真诚引起了人们的空前关注。这在近年来的艺术界实属罕见。然而，身在媒体的我，在她罹难前竟不敢相信她就是渠县鲜渡中学老黄葛树下那个74级1班，仅高我一级，又同在一校，其弟弟与我同班，其母亲系我老师的那个"永玲姐"呀……

淳朴的家风民风熏陶了李永玲

写李永玲，自然得从其故乡家风写起。李永玲家住渠县鲜渡乡米坡村，离她和我们就读的鲜渡中学仅一里之地。她的弟弟李白华与我同班，在我们农村孩子眼里，白华平易近人，没有丝毫教师子女的优越感。每逢班上学工学农课或平时劳动，白华总是乐意去干，且远比别的教师子女干得又好又卖力。李白华的乒乓球、篮球打得特棒，他姐姐李永玲则极富能歌善舞的天赋；加之两姐弟是全校数一数二的——"一个最美一个最帅"，每次大小文艺活动、体育运动，两姐弟就成了全校两道靓丽的风景。这两姐弟就像他们的母亲、教我们卫生课的闫教师一样，待人真诚善良吃得亏，从没发现与人红过脸，全校师生也就都愿意与这一家人相处。都知道永玲的父亲早已去世，还有一个也长得十分漂亮的妹妹在读小学，一家子全靠闫老师一人教育抚养①。因此，人们对闫老师也刮目相看，极其敬重。尤叫我难忘的是快毕业时，我父亲凭着石匠技术挣了点"外水"，进了"学习班"。李永玲的母亲听说我无钱上高中，学校的雍瑜、钟尚琼老师因此买了我父亲打的两口石水缸，她也爽快地掏出八元钱，"买"了一口。送水缸去那天，李永玲疑惑地问她妈："家里连饭都吃不起，你咋花这么多钱？"闫老师只说了句："永玲，妈妈抚养一个孩子不容易，培养一个学生也不容易呀！"李永玲听了眨眨明亮的大眼，懂事地点了点头。从那以后李永玲待我就像姐姐一样……

独特的校园文化培育了李永玲

在鲜渡中心校有两棵满脸皱纹、浑身沧桑，风吹不倒、日晒不枯，越淋越显苍翠，越旱越见精神的黄葛树。它们一棵斜倚在校门左侧的一片山梁悬崖边，百年扎根在那贫瘠的石缝里；一棵盘踞在校园右侧的大礼堂门前，奇大无比、枝繁叶茂地将坐落在半山岗上的"n"字形礼堂、教室、实验室稀稀疏疏地掩映着……这便是李永玲儿时的摇篮，我们的母校——渠县鲜渡中心校。

李永玲当年就读的74级1班就在那黄葛树下左侧，我与她弟弟李白华就在75级3班。一旁就是学校办公室、教师的寝室，6个中学班都同在这棵黄葛树下，被师生们称为鲜渡区的"北师大"；这块中学校区下面有12个班的小学，上下统称"鲜渡中心校"。当年除有余中焕、胡良国、叶初举一批老教师外，这所学校，尤值得一写的是与李永玲当年成长有着直接关系的陈永政、钟尚琼、王建纬、杨绍容等特色教师，他们十分优秀，能唱能写、才德双馨，是当年渠县教坛最活跃的几个人物。当时陈永政老师是李永玲的班主任，钟尚琼老师负责教我们中学各班的音乐。陈老师不仅教语文全县拔尖，诗词朗诵也是他的强项，学校每次的元旦、春节、五一、七一、国庆不仅都有他的诗篇、剧作，而且排练节目时和演出的幕前幕后也常有他的身影，再加上与天生一副好嗓、在音乐教师队伍中都享有盛誉的音乐老师钟尚琼和博览群书、文笔优美、吹拉弹唱谱曲般般会的王建纬（我们班主任）互相切磋、共同指导，全县的每次会演，一二名大奖几乎次次是鲜渡中心校全揽，而每每获一等奖的就是李永玲，得二等奖的就是我们班的文娱委员雷丽[2]。记得有次在排练国庆节目时，李永玲见陈永政、王建纬、钟尚琼老师在一旁为自编的清音《张大妈夸沼气》谱曲观点不一，李永玲过去随口一哼，三位老师竟齐声称好，立马采纳。1975年，我和李白华进入高77届4班，由于我任团支书，与偏爱文体的李白华交往甚密，也知道李永玲下乡在二大队[3]当知青。那时乡村没有电视，电影也少。区乡的文艺演出我大多爱看，而五亭村的是每次必看。必看的原因，还与永玲姐在校的一件事有关。一天课间，同学们在学校青石梯上那块"最精美"的黑板报前争论，谁的诗歌写得好，我在一旁窃喜：老师又把我的诗歌、作文登在头条，把老师们写的放在了后面。李永玲听见争论，她走过来没有说谁的好谁的差，先细心地看了一遍黑板报，然后随随便便地说："哎！我原来总以为自己唱歌跳舞都比别人棒，后来一想，哪个老师都比我强，可为啥在台前光彩的总让我们去呢？你看我连'培养'二字也不懂……"李永玲虽不是说我，但从那以后这件事一直影响了我一生，也告诉了我要如何做人。前几年，我回老家遇上李白华，第一句话就是问他姐姐。他只说"永玲姐在成都"。由于平时我也不大关心良莠不齐的"艺术圈"，自然无缘了解"中江表妹"何许人也，也就无缘知其从艺做人，也就自然小觑了人民的艺术家、我的好同学李永玲了……

清苦的艺术平台锤炼了李永玲

永玲遭遇车祸后，作为身在报社又是同学的我，总觉得有一种沉重的担子和分内的责任压在心头。为告慰永玲在天之灵，我寻着永玲的艺术足迹采访了当年与她在艺校的同学、现负责省曲艺团领导工作的李晓军和演唱队队长孙云金。当谈到李永玲时，他们无不惋惜她的早逝是艺术界的损失，无不佩服她生活简朴、待人真诚、随和。现省曲艺团（代）副团长李晓军说，永玲一来艺校就与众不同，不仅音色、音域占了绝对优势，而且舞台综合素质也不错。更让同学们敬重的是，她出身书香门第却没有一点架子，特能吃苦。那时城里不讲究"干扰"，同学们早晨六点起来"拉嗓子"，她几乎天天都是第一个起床，第一个"开练"。晚上学员们三个四个逛街去了，她往往还一个人在琢磨当天老师讲的内容。搞艺术的不怕冬天冷，只怕夏天热，就在三十七八度的晌午，她也从没喊过苦叫过累。每次老师讲评、学校考试，李永玲的成绩都在前几名，尤其是她的清音，唱得同学佩服、老师夸奖。艺校毕业后，李永玲顺理成章调到缺乏清音人才的四川省曲艺团。当时的省曲艺团有清音界权威肖顺玉、谐剧大师王永梭等艺德修养极佳的前辈，虽然这是一个清水衙门，但李永玲天生钟爱艺术，在团里如鱼得水，深得领导和老师器重，多次代表全团参加相关国家级大赛，而她也不负众望频频为全省人民挣回了荣誉。尽管如此，李永玲从不居功自傲、从不给领导出难题。遇上住房安排、工资调整时，有个别同志给领导出难题、闹情绪，她甚至还带头教育说服别人："我们本身是个'清汤寡水'的单位，当领导也不容易，现在是艺术市场化，你看我们团里的领导、前辈，哪个不是穷光蛋？等团里整出点'颜色'，大家日子自然会好起来的……"同事们听李永玲这么一说，一看她夫妻俩带着女儿都不得不挤住在省曲艺团排练场一间十多平方米的化妆室里，下雨天做饭，雨水都会溅到锅里，人们也就无话可说了……

淡泊名利的"田园"明星李永玲

作为一个艺术家，人民最关注的是她是否把人民大众最喜爱的艺术和对社会的贡献放在了首位。这既是李永玲备受各界欢迎的成功奥秘，也是这些年某些"艺术家"昙花一现，迅即夭折的教训。在与"哈儿师长""刘玄得""王保长""梅老坎"等艺术家摆谈时，他们回忆道，1998年峨眉电影制片厂要拍一部贺岁片，参加拍摄的有刘德一、李伯清、沈伐、庞祖荣、胖妹，戏里有一个"表妹"。他们问谁合适，团里就推荐了李永玲。当时，深圳"先科"还觉得"永玲"年龄偏大。结果在成都"小天鹅"吃火锅，大家让李永玲即兴表演，全场沸腾。从此，在拍摄《居委会》《百万彩票》《府河人家》和《照相馆》等片中，李永玲便显示出了扎实的功底和出众的艺术才华。为了演好"中江表妹"，李永玲与中江农民同吃同住三个月，一起"摆龙门阵"，一起干活。"中江表妹"不仅在川、渝场场爆满，而且在云、贵等地演出也让人耳目一新。这位被文艺工作者誉为四川的"田园"艺术家，先后获得国家、省、市三十多种殊荣，被评为国家一级演员。然而，李永玲却淡泊名利，丝毫没有明星、大腕的架子。2005年圣诞节，四川省委和《华西都市报》组织演出，慰问在外劳工。这一段时间是演艺圈的黄金季节，李永玲毅然放弃了手头几起收入不菲的商演，而选择了这次义演，带着家乡父老乡亲的节日祝福，在广东、福建、浙江等地不仅受到在外劳工的爱戴，也受到了当地观众的追捧。对李永玲义演，一位记者做了精彩诠释：

无论在岳池、武胜，还是在操场、剧场，大红花布斜襟袄搭配绿裤子，再提着一个竹篮的李永玲一出场，台下立刻就热闹起来。在艺术团里，观众要求"再来一个"次数最多的就是李永玲。演出结束，李永玲一上车，大巴外就围了一圈的人，这些朴素的农民想法极其简单："别慌走嘛，我们再看一下表妹呢。"司机最后都喊了起来："表妹，你快下去，不然我的车没法开出去了。"还没卸妆的李永玲只好打开车窗，用中江话对乡亲说："我现在饿得'方'④，要'肥'⑤'且'⑥吃'换'⑦了！"一个拿扁担的农民对着李永玲吼："'表妹'，下回再来哦！""表妹"的人气和影响力可见一斑。

心地善良傍定门卫的李永玲

有段时间，李永玲成天忙着四处演出，单位的大门晚上11点就要关门，于是，当门卫的邓行义就多了一个"分内活"：为晚归的妻子守候开大门，哪怕是深夜两三点，妻子未归，丈夫绝不会睡下。

有一天已近凌晨3点了，李永玲在双流演出还未回家，当时又没有通信工具，夫妻俩无法取得联系，邓行义因焦虑、担忧而熬得眼睛发红。凌晨4点左右，李永玲终于回来了，看到丈夫还在痴痴守候，李永玲的泪水涌了出来，她认真地说："如今不少女人都爱傍大款，我这辈子就把你傍定了……"很多人都和李永玲开玩笑，让她"换叫"，但李永玲心里有数："娃儿是自己的乖，爱人是原配的好！"

李永玲的母亲闫老师教书时，就常年一脸病胖，走路气喘吁吁。电话里闫老师告诉我，前几年，李永玲手头稍一宽裕就把她从老家接去成都，她想在家帮永玲干些家务事，可李永玲则认为"妈这些年又当爹又当妈，拉扯大四个子女不容易"，硬是让她在"红河苑"老年公寓去享清福！现在她身体不虚胖了，走路也比以前好多了。永玲的妹妹李永慧说，姐姐虽然在家是老二，但她在家里肩负的是老大的责任，不仅经济上帮助他们，还常常教育姊妹和侄男侄女"一个人为人要心地善良，吃点亏不要计较。不管我今后有多大名气，我都忘不了巴山蜀水，忘不了人民，忘不了中江、渠县，忘不了五亭村的农民……"开始我们以为她成了名人，这里义演那里义演，穿的至少是千儿八百的衣服。可给她"烧衣服"那天，人们才发现永玲的衣服尽是几十元一件的……

注释：
①后来才知道他们还有一个哥哥。
②雷丽：文静、聪明，以音色明丽闻名全校，成绩居75级4班前三，后考入达县地区（现达州市）歌舞团，获全国青年民歌大赛奖。
③二大队：现五亭村。
④方：四川中江方言，意为"慌"，如"不方"即"不慌"
⑤肥：四川中江方言，意为"回"，"肥家"即"回家"之意。
⑥且：四川中江方言，意为"去"。
⑦换：四川中江方言，意为"饭"，"吃换"即"吃饭"。

（原载《四川政协报》《达州日报》等）

大巴山丧葬风俗写意

楔子

清水村的人，都羡慕万顺有福。儿子在一外企做管理，月月工资不菲，儿媳江梅文静貌美，毕业前，就被企业点招文秘。小两口儿上下班，常常牵手同行，笑语频频。哪知，天有不测风云，一日儿子酒驾，致人三死一伤，自己也因伤势过重，撇下妻儿父母而去，导致一个温馨之家，变卖了所有家产和住房，还落下一大笔债务。为尽快还清欠账，江梅忍辱负重，去了沿海打工。儿子万蕾和公公万顺、婆婆潘秀，不得不回到偏远乡下，住在老家的闲房旧舍，三人相依为命，以收破烂为生。不久，本就病病恹恹的潘秀，也因郁气填胸，难敌疾病噬蚀，丢下亲人西去。万顺只好拖着小孙万蕾和一些好心乡邻、老亲老戚，给潘秀料理后事。

香烟袅袅入殓时

春寒峭料，血红的晚霞，映照着东边的山岭、村落，一缕绵延的绚烂与冷白，洇染出空旷、惆怅，而巍峨险峻的峭壁，几乎遮挡了整个西天，山的阴影和两岸黑黝黝的山石、郁葱葱的草木，氤氲出满壑的幽静与几许阴森、悲凉……

一股山风吹来，默言不禁打了个寒战。

醒过神来，见香、蜡、纸、烛搬进了小崖洞，默言才发现，这爿崖壁下，表哥万顺家，除原来的两间老房子外，左边一个大崖洞，现在堆着杂物，右边一个大崖洞，还是一口井，一线山泉从石缝"叮咚叮咚"流出，进入一个石凼，水一满就从凹口溢出，去了山下。

默言过去撩起水净了手，走向大崖洞。一脸憔悴的万顺知道他是去瞻望潘秀的遗容，就礼貌性地点点头，低着头跟了进去。

土墙堂屋里，两只烂搪瓷盆，一只垒着高高一摞火纸，一只插一支红烛。烛光幽暗摇曳，映照着潘秀的遗体。潘秀被停放在门板上，着一套瘦小的黑色寿衣，僵硬、瘦削；一张黄纸盖在脸上，只露出一缕细软的银发和两只苍白干瘦的耳朵；两条细小纤直、裤管单薄的腿，脚尖并拢朝天；一双只剩一张皮包骨的手紧握着一个小纸包，那是她上午停止呼吸后，万顺烧的纸钱灰。

默言一愣，才明白这曾经的一个生命，正是因为缺失手里攥着的那个"钱"，羸弱的身体再无力支撑这艰难的重负，带着太多的羁绊和失望，刚刚在这崖壁下走完风雨飘摇的人生。面对闪烁的烛光，默言一脸悲戚，难道这就是潘秀的宿命？曾经如花似玉的女子，怀揣着对婚姻、未来的憧憬，嫁了个贴心的丈夫，儿子孝顺、儿媳漂亮知礼、孙子聪明可爱，好端端的人家，怎就偏偏祸不单行？

默言从搪瓷盆里取了几张火纸，借那烛火点燃，缓缓放进潘秀脚前的烂瓷盆里。随着火光的燃起，默言跪了下去，深深地作揖三个、磕头三个，又默默地取了几张纸续上，悲怆地看着灰烬落进盆里，默哀道："潘秀，你太累了，休息吧，从此你也再无苦痛了……"

当默言深深一鞠躬，猛然发现黑暗处有个瘦小的身躯，也在同步鞠躬——是万蕾。"你，你在干啥？"

"我在替爸爸还礼，我知道替奶奶还礼的应该是爸爸，可爸爸不在了，我帮爸爸给来看奶奶的客人还礼。"

"万蕾……"默言连忙上前，一把搂住孩子，抚摸着那干瘦的小脑袋，一看那双稚嫩眼睛里，过早地多了一抹孤寂，两行热泪潸然落下，"走，到外面透透气！"

说罢，默言回头看了潘秀一眼，拉着小万蕾来到外面的草坪。

外面，万顺的干儿武裁缝、干儿媳张明君，在灶台前忙碌，宋迟、刘大哥、老书记正在石桌上扎花圈。刘大哥不会折花，则一边和他们说话，一边做些裁纸、捆绑的琐事。小万蕾揉揉红肿的眼睛过去，学着大人的模样，笨拙的小手折出的纸花皱皱巴巴，人们还是全拾过去粘到了花圈四周。

见花圈扎得有条不紊，万顺正在和村里的两个妇女一起烧火做饭，默言过去把他喊到一边商量："马上就天黑了，表嫂的棺材还没准备吗？"

沮丧中的万顺迟钝地说："棺材，是定做的，上等的三四千，太贵了。我定了个一千一百元的，等会儿就送来了。阴阳师也是坐那车来的。"

"那——按当地风俗，表嫂六十多了，又有儿媳、孙子，你是不是……"默言想提醒万顺，遵循"亡者为大"的乡俗，但话到嘴边突然没了影，他拍了拍脑壳，却接上另一根线，"你是不是该给她请八个抬工？"

听到"抬工"二字，万顺像跑了气的皮球："唉，如果不是你们，我连棺材都给老伴买不回来。从小在这里土生土长，我能不知道年过六十的，只要下有儿孙，都得图个吉祥，抬得八人？能不知道等会儿的开路、装棺、发冥和明天的上山、入土，该请个阴阳测个时辰？可是，这些要钱啊！"刚才帮拾了柴火，万顺手上有些脏，说着胳膊一抬，用衣袖揩了揩泪水，呜咽道，"连请阴阳师的钱都是说的给欠着，还别说请人抬……"

"爷爷，那请六个人，你和我都算一个，不就少花钱啦？"万蕾像个大人似的接着说。话一出口，在场的人都一惊，老书记忙从腰间的皮夹里掏出几张钞票："来，我这里还有五百！"几乎是同时，刘老大也从屁股兜抓出一把零钞："给，这儿有二百八！"正在帮厨的张明君边擦着一双湿手边脚步轻快地过来，撩开衣角，从皮带下几乎没法发现的一个小兜里，尖着指头夹出裹成筒状的百元钞票，一展是三张："咱家伍裁缝说，他小时，潘大娘待他当亲生儿子呢！"

这个五百、三百元，那个两百、一百元，不足百元的，八十、五十、二十、十元也放到万顺面前……

见这情景，说不出的心酸与感动，在默言心里交织，他又把手伸进了上衣口袋，"来，我这里有两千多点。除抬工外，你看能不能喊上个乐鼓队来闹夜①。晚上黑灯瞎火的，这深山荒野，总不能让这些客人冷坐吧！"

"老默，你们这，这……"万顺一见钱连忙后退，仿佛害怕那钱扎手似的，"这次，我都觉得对不住你们了！钱，礼，你们前面都送了啊？这，我不能要了！"

"表嫂来这人间，已是多灾多难；去天国，你也想她体面、顺利吧？"默言神情沉重地说，"你们夫妻一场，这是你为她做的最后一件事。况且，表嫂是文化人，年轻时就爱唱歌跳舞，你没看小蕾蕾多聪明、灵性，你就不想她的在天之灵，保佑孩子今后考个大学什么的？"

"这，这……"一听到"小蕾蕾"三个字，万顺两行眼泪就簌簌直落，才犹犹豫豫接过钱，揣进衣服里层老伴生前用针线缝制的蓝色秘兜，又按了按才说，"那，那，那我去找人吧！"

"乐鼓队？一人最少要二百元一晚上，七八个人车接车送，该多少钱？"刘大哥见万顺要进城去请乐鼓队，"现在闹夜，新歌老歌都可以，我们谁不会几首啊？乐鼓队，你就不请了，省几个吧！晚上我们多唱几首，你只请八个抬工就行了。"

"噢？抬工？我这里有电话！"戴着一副黑边花镜的老书记一听，立马放下手上正在折叠的一朵大白花，从衣兜里摸索出一个小本本，借着从对岸反照过来的霞光，逐行逐行寻找起来，"嘿，真是闲时准备急时用啊，找到了，找到了，对，叫邓刚，是原来红星印刷厂的会计，还是财经大学毕业的哟，现在当棒棒②了。"老书记说着把电话本放在折花圈的桌上，顺手拿了根竹块横压着，唯恐搞错了数字似的，双手捧着手机边念边拨，"1、3、8、0……小邓啊，我孙解放，哎，别喊书记，别喊书记了，万顺这边要八个搬运上山，嗯，嗯，这边的经济情况，你知道吧？行，你也要过来？那好，那好！"

老书记打完电话，送棺材的三轮车搭着阴阳师到了。万顺恭恭敬敬给阴阳师和司机一人递上一盒五块钱的"黄果树"，他则从另一只衣兜里取出一支更廉价的"红梅"点上，转过身，正要抬棺材，刘老大轻轻把他拉了起来，看了他一眼，示意他到一边去："小孩子不懂，你也糊涂了不成？有主人家亲自抬棺抬亡人的规矩吗？这两天，你在一边老实待着，保重身子，需要我们做啥，尽管安排就是了！"

说话间，宋迟已放下正在剪的纸花，来到棺材前，正要抬，刘老大朝阴阳师一努嘴："稍等，要师傅发令呢！"

"空棺，可以两个人抬。我这里给画上一道符，三响鞭炮一响，你们就可以起肩了！"一身蓝色长衫、年近七旬的阴阳师，风尘仆仆，步履轻盈，一下车就向一张没人占用的旧餐桌走过去，袖子一挽，铺开万年历、罗盘、毛笔、草纸，那副白边眼镜后，是一道睿智、深邃的目光，瘦削的长脸上，双鬓皓白，银须飘然。他问罢亡者的姓名、生故时辰和家人的姓名、生辰，提起笔在一张长形火纸上，似字非字挥舞起来。

刘老大一看，这阴阳师仙风道骨，身手不凡，立马就把宋迟喊过去，刚吩咐了诸如谁抬前谁抬后、起放须约点子、转弯要像推磨子一类的事，阴阳师已来到棺木前，把那张画着符的火纸点燃，神情庄重地面对火光，嘴里念念有词几句，向万顺一示意，随着"噼啪啪"三声鞭炮一响，刘老大就像带徒弟一样，向前边的宋迟喊起口令：

前边缓起！

宋迟也学着平时搬运抬物的人，就喊起了号子：

后边随行！
抓——稳！
踩稳。
走——好！
看好。

棺材一抬进屋，里面两根条凳呈"二"字形早已摆好，不需谁喊，人们就围上来，给小心翼翼接下，搁在了那二条凳子上，然后点点头，各自忙事去了。

看着那黑咕隆咚的屋里，赫然摆着个黄灿灿的、还散发着一股木头清香味的棺材，站在棺材旁的万顺，眼前就渐渐浮现出老伴在世的一幕幕：那一碗碗香喷喷的饭菜、一盆盆热乎乎的洗脚水、一双双舒适的布鞋，还有热天夜里醒来，很多时候都能发现她在给自己扇风，冬天寒夜上床，她总是先替他披披被子，再顺手一拽，一双冰凉的脚就夹在了她热烘烘的大腿间，一会儿就暖暖的了……

如今，这偏远的崖下、寂寞的深夜、寒冷的早晨，谁再问我寒？谁再问我饿？没有了，没有了……

万顺又想起了前年腊月二十六，在古都市出租房聚集区。巷道破旧、狭窄、悠长，路面潮湿、坑洼、多渣。

刚来时，熟悉的几户老邻居，都搬进自家的新房；陌生的租房户，家家门上都贴上了红红火火的对联、门神。巷子里，不时有大人小孩购买着新衣、鞭炮、礼花等年货喜气洋洋而过，那洒下的一路笑声，于万顺总是久久难以释怀的痛。

面对这情景，正端着碗绿豆稀饭的万顺，一想起儿子没了的这些年，儿媳出外打工，风烛残年的老伴和自己，几乎成了小万蕾唯一的依靠。人家的孩子有爸有妈疼着，天天一早背着书包一脸阳光上学，一到下午放学又吃着零食回家，有爷爷奶奶帮背书包。而小万蕾七岁了，却因离学校太远不便上学，还得从早到晚跟着他捡拾垃圾。眼前临近过年，连寄人篱下的房租费都交不起。老伴悄悄给他买了件新衣，给孙子买了套童装，他看到自己那件新衣，花了足足五十多元，心疼得心尖直颤，而小万蕾则捧着那只值三十元钱的一套童装，连睡觉都搂在怀里，滋滋的美在唇角飞扬呢！

想到这些，两颗清冷的泪水从万顺那沧桑、深邃的眼眶里滚落出来。外边的委屈、屋里的重负，他从来没有叫老伴目睹过一滴眼泪，这是万顺与老伴结婚四十多年的习惯，谁叫自己是男人呢！有屈有怨，他都是独自一人躲在一边，要么哭个淋漓尽致，要么偷偷抽泣一阵，一抹泪，一擦脸，人面前谁也不知道。万顺放下碗，装着喷鼻涕，擦了一把眼睛，一抬碗底，"哧"地一口喝完稀饭，像吞掉那泪水一样决绝。进了屋，只见小万蕾的面前是一碟泡菜，潘秀正把一勺最稠的饭往小万蕾快完的碗里添，而另一碗还没动箸的稀饭依然如平常，一碗稀饭只有三分之一的米粒。显然，那是正在伺候爷孙俩的潘秀还没有开的"饭"。万顺忧心忡忡地站在老伴面前，商量道："老潘，快过年了，这房租又马上到期了，你看这市区水电气都要钱，蕾蕾读书也要钱……"

"城里，住的是个面子。"潘秀左手提着只补了底的锑锅，右手舀了一勺稀饭往万顺碗里一添，接着道，"要说实惠，还是没有崖壁下我们老家那房子好。那里的水，是天然水，不给一分钱；电，一月一把蜡烛就够了；气，不需要，山里那些柴草，烧不完。捡垃圾，就在跟前，方便；住宿、堆放废物，两个崖洞，场地宽宽敞敞又不花钱。"

"唉——老潘，你嫁给我这四十三年，没过一天好日子，我对不起你啊！"

"老夫老妻了，嫁鸡随鸡，嫁犬随犬，快别说小孩子话了。"潘秀娇柔地一笑，从那一脸的褶皱里漾来，恰似秋天庭院深深里，一片飘零的落叶从树梢上划了一道美丽的曲线，"你不是说今天是个黄道吉日？那就搬吧！"

"都怪我没出息哟！好，搬！"

万顺拾掇了一下那辆胶轱辘车，系上一根长长的绳子，把车子拉到门口。潘秀早已喝完那碗汤多米少的稀饭、洗完锅碗瓢盆筷子、打扫完了桌椅板凳，正在满脸喜悦地往院坝里搬厨房里的家私。万顺一件一件刚装完，旁边的大小板凳、折叠桌子，潘秀也给搬了出来。一个装一个搬，夫唱妇随。一会，满满一车破旧不堪与"吃"有关的家具就捆得结结实实。前面，万顺拉着辕，缓缓一起，后边潘秀、小万蕾婆孙俩弓着腰推，两个轱辘的板车就上了路。刚上十字路口，前面万顺低着头，没注意绿灯正在跳转，红灯亮时，车轱辘过了斑马线，一个年约三十岁，肩佩对讲机、头戴盖帽的交警跑了上去，他正想阻止，一看前面是近七十岁的老人在拉、后边是一个七八岁的男孩和一位老奶奶在推，都穿着大小不合身的旧衣旧裤，手一挥，便将他们放行了。

一会儿，车子到了悬崖边的草坪处，小万蕾高兴得手舞足蹈，来了几个前滚翻不算，还连打十多个跟斗，对着小溪蹦蹦跳跳唱起了《让我们荡起双桨》：

> 让我们荡起双桨，小船儿推开波浪，海面倒映着美丽的白塔，四周环绕着绿树红墙。小船儿轻轻漂荡在水中，迎面吹来了凉爽的风……

而老伴满脸皱褶里那对隐隐的酒靥，在万顺眼里也依稀有了年轻时那个青春、温柔的潘秀。

远离城市的喧嚣，置身清静的山色，万顺迎着和煦的山风，眼里荡漾着阳光的明媚，心头渗出久违的喜气，似乎一生的寻寻觅觅，这才是他与世无争、梦寐以求的干净之地，心想："真是'富人有富人的痛苦，穷人有穷人的欢乐'呀！"

心里一暖，万顺让老伴和孙子留下收拾房间和崖洞，自己一个人很快就从城里拉回余下的被盖、衣物和一些箱子、柜柜。原本七十分钟的路程，不到一小时就轻轻松松回来了。

这天，六十二岁的潘秀像收拾新房一样，搭上凳子先把房间、石崖洞扫了一遍，接着又用烂衣服先干擦、后仔细湿抹了一遍，把有些松动的门框钉牢，还在崖洞门前吊了一张下边裹着根木棒、风吹不飘不出声的新彩条布做"门帘"。小万蕾终于有了自己的"小床"，那是一张门板，被单独安排在隔壁一个白天光线好、晚上遮风挡雨更好的小洞。她知道小家伙没人取暖，给垫了一层拾回来的八成新棕垫；上面是最重的一床八斤棉被，数九严冬小家伙也不会冷着。她和老伴，则用上已二十多年没睡过人的老式架子床，垫的也比城里方便，一床厚厚的草垫一铺、两张解放军送的军用毛毡一合，加一层床单，既柔软又保温，她在上面闪了闪，连席梦思床那弹簧的"咔咔"声都没有，比城里临租房那窄窄的单人床美百倍！

这晚，万顺清清楚楚记得，他刚一回去，老伴就端出来两碗多年没吃过、这些年城里人当山珍海味的野菜，一大碗清明菜粑、一大碗过路黄汤。天刚黑，老伴就给孙子洗了澡，催孙子上床睡觉后，立马烧来一大盆热水，放在万顺面前："这里就是比城里强，水不要钱、火不要钱、菜不要钱。吃饭前，我就洗了；你也擦个澡吧，咱们好好睡个觉，嗯……"

这天晚上，万顺一上铺，潘秀一口就吹熄了蜡烛。一阵窸窸窣窣后，一会儿就有了急促的呼吸伴着轻微的呻吟。隔了一会儿，只听得两人正在对话："老潘，你这一辈子跟着我万顺太可惜啊！没想到当年那个年轻、漂亮、聪明、有知识的老牌初中生，一个农村代课教师，高的不嫁，嫁给了我姓万的，竟落到今天这个地步！"

"咱呀，这辈子跟着你，虽然苦一点，不后悔！"

"雀鸟都有个窝。可是，我连给你个窝都不行。"

"快别那么说，我清楚。咱跟你四十三年，你疼了我四十六年，要朋友三年，你也操心着。吃的苦、流的汗，你比我多得多，一直你都在用心护我惜我，你没有钱权，但你是个男子汉，是个好男人。一想到这些，再看那些一对对哭哭啼啼、各奔东西的夫妻，我就觉得比他们幸福。人家的幸福是在表面的高贵、光鲜，在穿吃玩乐和房子车子；而我们的幸福是在心里！幸福是自己的感觉，不是给人看的！傻瓜，睡吧，明天还要做事呢！"

"潘秀，如果真有来生，我会更疼你的！"

"来生，我们还做夫妻……"

一会儿，屋里就响起均匀的鼾声，还有轻微的鼻息声。

翌日，潘秀早早起了床，梳理，做饭，收拾卫生，一白一蓝两条刚洗过的裤衩，晾在洞外的铁丝上，在晨风里欢快地招摇着忸怩着。

万顺醒来，东边的太阳，刚爬上山垭，那艳艳的红映照在潘秀脸上，悄然之间就多了一抹羞色；那秀逸的黑发，也平添了往日缺失的滋润。万顺豁然发现，老伴的一颦一笑，还是那么风情万种，温柔不减当年；眉目间，不经意流露出的娇媚，如一株苍老的栀子藤，经过一夜山雨微润，迎着灿烂的晨光。

这一天，万顺回收的物品创造了近几月之最，而且早早就满脸春风地回来了⋯⋯

万顺正想到这里，默言走了过来，悄悄地提醒："表哥，阴阳师说，该送她上路了！"

"对，是该开路了。"

"东西，我已经给她准备好了。"默言指指身后，只见一簸箕里已摆着装有水果、茶叶、鸡蛋、白酒、猪头、肥肉、面条的七只碗，阴阳师斯斯文文抬抬肘、伸伸双手，那一对宽宽大大的袖子就退到一双修长、像个女人的手腕后，双手再向前一伸，把那盘装着七碗供品的簸箕端到潘秀的脚前，顺手从旁边那只装纸的烂瓷盆里，拿起一根香点燃插进一碗泥里，才取了几张火纸在烛火上点燃，放进潘秀脚下的那只灰盆里，待那火一旺，阴阳师头一低、腰微微一弓，人就进入了状态，伴着手上两张铜镲"咣咣咣"一阵撞击后，嘴里就"伊伊呀呀"念叨起经文来；纸火越烧越旺，"咣哧咣哧"的镲声、"咿咿呀呀"的吟唱越发响亮急速，那燃烧的烟火也腾腾上蹿；纸火一熄，烟如游丝，袅袅飘飘，似乎是潘秀的阴魂，悄无声息地走上了阴曹地府的路。

从缥缈的香烟里，万顺看到了一张瘦削苍白、眉清目秀的脸，那是他的爱妻潘秀，在依依不舍、一步三回头地向他挥手："下个轮回再见！来生，我们还做夫妻⋯⋯"

"老万，准备装棺的东西吧，只差35分38秒了。"阴阳师瞅了眼腕上的机械"上海"说。

"那，我喊人来准备。"万顺回过神来才发现，自己已是泪水模糊。他知道，生者的泪水是不能掉在亡者身上的，否则，亡魂到阴间会带去苦痛和磨难，于是连忙擦干眼泪。转过身，万顺才发现张明君已站在身后："你来？那厨房里呢？"

"厨房的事，潘兰顶我去了。外面，我家伍裁缝在帮你应酬。"说着，张明君一指面前的一盆清水，"来吧，咱俩就按规矩先净手，再筛灰扣印、铺丫垫背和装棺吧！"

"嗯。"万顺点点头，和张明君双双袖管高挽，蹲下身子从胳膊到手一洗，拿起一根新毛巾，两人轮流把手一擦，万顺才拿起撮箕去"盛灰"。张明君知道，那是去装上午烧了干妈生前那铺草的灰，来铺垫在棺材的底层，说是洒上那稻草灰，虫壳蚂蚁不会往棺材里爬，也有带着生前的床铺，去阴曹地府容易入睡之意。张明君刚拆开旁边一捆柏树丫，择去粗枝，摘拾起一串串细软的碎叶来。万顺端着满满一撮箕稻草灰进来，撮箕口斜着顺棺材里低低一走，灰便铺了一溜，借撮箕来回左右一趟，灰就平整均匀了。不需提示，张明君已端来满满一碗混装着大米、稻谷、小麦的五谷杂粮，上面倒扣着一只约能装一两酒的青花瓷杯。万顺拿起杯子，口下尾上在棺材里连续扣了三排，见灰口印六十二个刚好与潘秀年龄数暗合，又向里面撒起了五谷杂粮。谷物见了碗底，张明君就和万顺手脚麻利地铺那柔柔软软、细细碎碎的柏树枝叶。前面，张明君转身、抱叶、抖撒，都是女性的利索；后边，万顺一双手就跟着拙拙笨笨扒拉，边扒拉调整有凸凹的地方，边在心里道："我老潘身子瘦着呢，瘦着呢，咱给你铺平。不然，睡上顶着痛啊，痛啊……"

万顺心情沉重地走到里屋，打开一个面皮破损、里面却十分干净完好的小皮箱，拿出一床新崭崭的红底白花的土布机织方格床单。张明君一看那床单，像见了稀世文物般，停下了手上的活，一脸疑惑地看着万顺："这，这好像不是这些年的了吧？"万顺把折好的床单一抖，那床单像一面方方正正的织锦铺展开来，张明君连忙拉住两角和万顺一摇一扇，叠成条状往棺材里铺垫起来。这时，万顺才神情黯然地吐出几个字："是四十多年前，她当姑娘时亲手织的，我们只铺了新婚那一晚上！"

"啊！"

"这是我俩说好的，谁先走，谁就先铺着，等对方从梦里来做夫妻……"

"噢！"

"她还说，一个好女人尽量不得在外面过夜，不得让男人晚上独守空房。那些年，修白云水库、挖八蒙渠、建黑滩电站，我半夜摸黑回，她都要等我……"

万顺的话，痴痴呆呆、自言自语，像是一对浑身淋湿，穿过狂风路过了暴雨、历经千山万水归来，栖息在枝头的飞鸟，那矫健、精瘦的雄鸟正在为雌鸟梳理羽毛，舔舐身上的尘埃和劳累，小小的一啄一梳都是情，啄得人隐隐地痛、融融地暖："老潘，你累了，先睡吧，咱们蕾蕾还小，我把他带大点就来陪你……"

"唉！"张明君一声叹息，数了六十二根青线，往潘秀腰间一围一系，才和万顺默契地把潘秀往棺里移。万顺平抱着潘秀，抱头的左手怜爱万般、搂腰的右手柔情如水，张明君捧着脚则随之而入，潘秀平平稳稳地入了殓。两人一拉墨线，潘秀的额心、鼻尖、两脚中线恰好在棺材正中。张明君理了理盖布，万顺摆了摆手："别盖，江梅要回来，我也还想瞧瞧……"

夜幕荒野孝歌起

装完棺，似乎张明君、万顺怕惊醒潘秀，连离开也是悄然无声地默契。万顺跟在张明君身后，走到门口又静静地看了眼装好的棺，满屋都是幽暗、阴冷。他眼里闪过一抹绵柔与不舍，匆匆离开，到了外面草坪。

不知啥时，外面早已天黑。

一弯清冷的弦月挂在山垭。万顺揉揉有些昏花的眼，一瞅夜幕下，才发现老街的张烧白，大院子的王白毛、苟麻将，火柴厂的罗厂长、艾会计和抬工都来了。万顺连忙掏出"黄果树"，给来客一人一支递上、点上，回到负责闹夜的张明君面前："安排唱歌的事，今晚只有让你操心了！"

"叔，放心吧，这些都安排好了。人本身就少，等几个搬运手上的活一完，十多个人围成一个圈，才像那么回事。"

万顺点点头，走到原红星印刷厂会计、现在的抬工领头邓刚跟前，给一人递上一盒"黄果树"。年约四十、正在剖捆绑篾条的邓刚，连忙放下手上的竹、刀，搓着双手，一脸无奈："抬工实在凑不齐，四处找，才凑了这六个， 刚才刘大哥听说差人，他说把他算上，可还差一个啊？"

万顺一看，这六个抬工大多年过半百，只有一两人四十岁左右；回头一看这些邻居，一个个全是七十多岁。

默言走过来："年轻时，我经常挑水担粪抬石头，我来吧！"

"还轮得上默老师？"宋迟眼睛一瞪，"噌噌"两声一拍胸膛，"三岁牯牛十八汉，咱正儿八经的农村'80 后'！"

"噢！"万顺见这一老一少两位，竟然没一点架子，敢为捡垃圾的人家抬丧，在外人看来或许不可思议甚至是荒唐，一看默言那方正、白皙的脸，敦敦实实的身板，一身的儒雅之气，心底袭来一阵钻心的深痛，再看邓刚几人，正有条不紊地做自己的事，就点点头："那，抬的事，一路上就拜托兄弟负责了啊！"

"放心，万顺！"

"哎？绳子、抬杠、牛子③，准备好没有？"

"都准备好了。"邓刚"叮当"一声，从身后角落里提出一套锣鼓镲，交给孙书记，"你是今晚的总管，这就交给你安排；今晚的唱歌、发冥，明天的上山抬棺，这东西作用不小呢！"

"没问题，这不，当年几个'老红歌'都来了。"老书记接过锣鼓镲，顺手往罗厂长、艾会计、王白毛跟前一放，"罗厂长吗——你自然是锣鼓队长了哦！"

"邻里邻近的,应该应该!"罗厂长接过鼓,"咚咚"敲了两声。十几个人一静下来,张明君就"咳咳"干咳两声,亮开了她平时那圆润、明亮的嗓子:"哎——老乡们,潘大娘的闹夜马上开始,请大家往拢坐,往拢坐!"

只见伍裁缝腿上搁一把酱黑色二胡、邓刚手掭一管黄灿灿的竹笛坐在一张条形凳上正在和弦。一阵"杀鸡杀鸭",两人会心一笑,对面几个锣鼓手就"咣哧咣哧"敲了起来。锣停鼓止,已蓄势待发,左手扶持琴柱、右手平捏琴弓的伍裁缝,那弓一颤,就迟重而平稳地拉出一缕低沉的鸣响,与唇贴笛孔的邓刚合奏起《今夜陪你坐一宿》的序曲,前奏一近尾声,凝视着月光早已进入状态的张明君唱道:

> 今夜吧——陪你坐一宿,明天哦——阴阳千万里。
> 去时一路哎,莫回头,人间苦难哟——别记忆。

一近尾声,一圈人都跟着前面的调,重复着最后两句。那混合的男女声,高高低低、沉沉郁郁,像一群乡野草民聚在一起,从心窝深处吼出粗粝的声音,洪亮而起伏,简单而真挚:

> 去时一路哎,莫回头,人间苦难哟——别记忆。

歌声一停,锣鼓镲响了起来:"咚咚咚,锵锵锵!咚咚咚咚,锵锵锵!咚咚咚咚,锵!锵!锵!"连续三遍一完,随着二胡那丰腴、低沉、凄婉的弦音,邻居张烧白把六行《44个春秋风和雨》稍做改动,唱道:

> 今夜来了呢——咱邻居,44个春秋哦——风和雨。
> 谷子熟了哟,你帮挞,偏头雨来了也——抢有你。
> 金殿皇宫咯,又如何?来生咱们呢——再邻居。

张烧白歌声一止,大伙儿也如前面齐声复唱起最后两句:

> 金殿皇宫咯,又如何?来生咱们呢——再邻居。

伍裁缝见前面唱得合拍、动情、难舍,想起儿时干妈待他的情景,心头浮起一抹悲凉、忧伤,那自编的《生我那年闹饥荒》没开口,人已泪流满面:

　　生我那年呢——闹饥荒，母亲无奶哦——家无粮。

　　下地十天咯，儿哭哑，爷爷地主哟——谁敢望。

　　不是干娘奶小儿，哪有今天吔——伍家旺。

　　伍裁缝出身地主家庭，那年月闹饥荒、讲成分，母亲一生下他就没奶。刚产了小孩没带上的邻居潘秀见他十多天没尝一口奶，只能靠淡米汤吊命，人一天比一天瘦，声音都哭哑，就让伍家把孩子抱过去，像待自己的孩子一样，一天十多次地给哺乳。伍裁缝的回忆，引起一圈人心里酸酸的，重唱的词、调虽也是最后两句，听起来却愈甚悲壮、沧桑：

　　不是干娘奶小儿，哪有今天吔——伍家旺。

　　几个锣鼓手受到感染，锣鼓镲敲得点点急、声声脆、槌槌狠，震得人心生生的裂痛，锣鼓镲竟然默契地翻番敲了六遍，最后几声"咚咚咚咚，锵！锵！锵！"似乎还意犹未尽，有着积蓄已久、引而不发的情绪……

　　这没有雕琢、没有修饰，只有声声吟唱、浅浅的述说，触动了毕业于音乐学院的潘兰。她已多年没唱山歌、民歌了，端起白开水，轻轻一抿，环视了周围一下，说："这里，过去属我们一个队，万顺家的处境都清楚，老的老小的小，亡的亡走的走。今晚，我就当是她家江梅，给老人家唱一首《十想我娘》吧！"

　　伍裁缝、邓刚一听，心头隐隐一痛，禁不住交换了下眼色，都从对方眼里看到满是忧郁、黯然，人就走进了《十想我娘》的情绪里。伍裁缝一起弓就把二胡特定的雄浑、低沉诠释得淋漓尽致，那音、弦、指的连绵稔熟，那一缕厚重、悲怆、圆滑的籁音，在夜幕下飞扬，于山山水水间跌宕。潘兰浸在旋律的意绪里，一对眸子仰望着弦月：

　　一想我娘去赶场，月挂山垭星还亮。

　　溪水晃眼磴子稀，从容过河是俺娘。

　　当午子孓金连回，笑递花布试衣裳。

　　人们重唱着：

　　当午子孓金连回，笑递花布试衣裳。

恍惚看见烈日下，一个小脚婆婆赶场匆匆回家，进了门，一抹汗水就从竹篮里取出一块红是红、白是白的花布，让儿媳比试色彩长短。这明丽中蕴圆润、高亢里渗忧伤的唱腔，加上潘兰那一停一顿，有独特的纵情豪放又有鲜明的甜润秀逸，放则无羁无绊，恣意纵横；敛则微风细水，烟霞流云；微妙又有疏枝隙叶下的婆娑光影。这些锣鼓镲手，虽外貌卑微，衣着简朴，却往往少小便爱弄歌好舞，对演唱自然远比一般人通晓，一听潘兰那唱功，手下的打击就越在状态，轻重急缓，恰到妙处。而潘兰则遥望清冷的月色，思绪跟着锣鼓节奏、沉浸在了那旋律里，接着唱道：

> 二想我妈走娘家，去时空篓镰一把，回来背篓南瓜花。
> 问妈何不歇两夜，她忙把"杂包"④给孙娃。
> 问妈何不歇两夜，她忙把"杂包"给孙娃。

十多个男女声汇成一股歌的激流在跳跃、奔腾。锣鼓队大多只敲不唱，而他们既跟着人群唱，又"咚咚锵锵"敲。在二胡、竹笛的引领下，潘兰一气竟唱了四段。默言一想，这歌还有六段，如果再让她唱下去，万一嗓音出了差错，等会儿后半夜便没戏了，待锣鼓一近尾声，默言就接过来：

> 五想我妈到医院，医生一看叫化验，
> 结果出来被埋怨，都说儿媳没心肝。
> 让她住院待不住，裤脚一挽又下田。

默言在中学时就会吹笛子、拉二胡，是校宣队伴奏，经常登台独奏，后来考上文工团。离他而去的初恋情人，就是看上他不仅成绩居全校同级前三，而且音乐、才气还是全校首屈一指的角色。今晚，人们见他文质彬彬、少言儒雅，都以为他只是出几个钱的表弟，谁知听他一亮嗓，不仅有与众不同的旋律美，连吐词的轻重、节奏都渗着情绪。当他唱了三段，老书记接了过来：

> 八想我妈驾鹤云，别尘乘云去天庭。
> 奈何桥头要留步，孟汤一碗求清静，
> 千载修得婆媳缘，来生儿媳报母恩。
> ……

丧歌依座次先唱完一圈，才是善唱能说的自由进行，吹拉弹唱快板评书、川剧越剧黄梅戏，均可随意出场。这歌，轮到万顺跟前了。大家知道，今晚万顺才是主角。他与潘秀相濡以沫几十年，一路朝夕相处、你搀我扶，风里来雨里去地走过大半生，那些甜蜜、温暖的回忆能抹掉吗？如今，眼见潘秀先他撒手而去，阴曹地府的路上又是何其孤独寒冷，这最后一夜的陪伴又是何其弥足珍贵，万顺心中的叮嘱该有多少啊！此刻，万顺面色憔悴、凄凉，语意缠绵、苦涩："乡亲们，潘秀最喜欢唱、跳的是《南泥湾》，年龄长点的可能还记得，我和她结婚那夜，你们来闹洞房，我俩手戴红袖章、胸别大红花，喊了几句'造反有理'，唱的就是《南泥湾》。这一幕过去这些年，潘秀还常常挂在唇边，笑意沉沉。如今想来，老伴是怀念那年那月，还有那歌里的山、歌里的水和歌里的人吧！潘秀啊，你听好啊，我给你唱歌了！"

话音一落，前奏响了起来，万顺张了张嘴，歌词还没唱出，两行老泪已潸然而下。万顺舔了舔流到嘴角那苦涩的泪水，神情忧忧地唱了起来：

> 花篮里花儿香，
> 听我来唱一唱，
> 唱一呀唱。
> 来到了南泥湾，
> 南泥湾好地方，
> 好呀地方。
> 好地方来好风光，
> 好地方来好风光，
> 到处是庄稼，
> 遍地是牛羊……

也许是《南泥湾》那旋律明亮、欢悦的缘故，万顺这莫名其妙的丧歌竟然让众人稍感愉悦，一个个敲锣鼓镲的忘了手上的活，演奏的也没有吹奏，一圈人都不由自主跟着万顺合唱起来。那满怀深情的清唱如诵经一般，回荡在悬崖峭壁，在漆黑的夜幕下弥散开去，好像潘秀的灵魂也随着歌声，一直飘摇到了没有痛苦的仙山琼阁、没有恩怨的极乐世界。

小万蕾瞪着一双迷惑的眼睛看看大家，瞧瞧爷爷，待大伙歌声一毕，就胆怯地看着爷爷请求道："爷爷，我爸不在了，妈也没回来，我帮我爸妈给奶奶唱一首《世上只有妈妈好》，可以吗？"

"啊！"一圈人暗暗一惊。坐在旁边的默言，一把将小万蕾紧紧搂进怀里，抚摸着那光光的小脑袋，点点头："唱，唱，唱！来，伯伯给你打拍！"

伍裁缝与邓刚眼色一交换，屏气凝神的伍裁缝那平持弓弦的手腕略一蓄力，似在眨眼间一颤，便重有力拔千钧的平稳、轻有燕翔凉风的滑畅，另一只手则拇指轻扣琴柱，其余四指沿琴弦上下灵巧跳跃；几乎同时，旁边的邓刚将竹笛优雅一掂，唇贴吹孔，双目人境，鼻翼深深一吸，两肘舒缓一抬，一里一外两手指头跟着就流畅地跳动起来。两人合奏的《世上只有妈妈好》一响起，小万蕾那稚嫩、乖顺的声音就唱道：

> 世上只有妈妈好，
> 有妈的孩子像块宝，
> 投进妈妈的怀抱，
> 幸福享不了。
> 世上只有妈妈好，
> 没妈的孩子像根草，
> 离开妈妈的怀抱，
> 幸福哪里找……

坐在一旁的潘兰、张明君早已泪流满面、泣不成声，人们的声音也越唱越暗哑，再也唱不下去了。小万蕾和万顺却依然在木讷、呆滞地唱着。孙子明亮、圆润，爷爷沧桑、迟滞；一个天真、哀怜，一个苍凉、悲壮。

坐在一旁的阴阳师叹息了一声，抬腕一看时间，环视了大家一眼，高声提醒道："主人和帮忙的注意：该封殓、发冥⑤了！封殓和发冥前后相差二十分钟，请帮忙的各就各位，做好准备！要见亡人最后一面的亲人，请跟我来！"

封殓发冥飘灵幡

从一对宽宽绰绰的蓝布长袖里，一双手指修长的手一抬一伸一抖，就露出两只干瘦的手腕来。那手尖起指头提起桌上一张画有似字非字的草纸，步履从容地走向停放亡人的屋里。万顺、伍裁缝、张明君紧随其后跟了进去，小万蕾要进去，潘兰一把拉住他哄道:"前面那个阴阳先生说的,小孩不进去,奶奶才高兴呢!"

人们知道,这是风俗,封殓如果小娃和八字弱的陌生人近前,身影、魂魄一旦被封进棺材,轻则大病一场,重则跟着阴魂死去。默言示意宋迟在外面,自己则和拿起竹钉、榔头准备去钉棺材的老书记一起跟了进去。

阴阳师一人在前,恭恭敬敬面向棺材,嘴里一边嘀里咕噜念诵着经文,一边将那道半卷的符纸缓缓举到烛火上,符纸一角映出一片朦胧的黄亮,像久病的一张黄脸,临终时在透支着生命的余力给亲人的嫣然一笑,随着一束火苗飘向盆里,一燎一闪,符纸就没了身影。

来到棺材头部一端,阴阳师一环视,见万顺、伍裁缝、张明君都来到棺材跟前,便尖着指头把盖在潘秀脸上的草纸一揭,肃然地看了他们几个一眼,心情沉重地说:"好,你们可以出去了,让她安安静静、无牵无挂地去吧!"说完,轻轻将纸盖回脸上,顺手理起盖布把头盖了,阴阳师一示意"合棺",站在一旁的孙书记、邓刚把棺材盖一合,左两颗右两颗竹钉,"砰砰"一钉,封殓结束。

"几个老把式,马上扎龙杠!"随着邓刚一声招呼,几位年长的抬工提着牛子、抬扛和拇指般粗的麻绳上前开始捆扎起棺材来。虽然邓刚毕业于财经大学,刘大哥、张烧白过去都不是抬家出身,但毕竟都出身农家,捆绑熟练、手脚利索,一会儿就将棺材重量一分二,二分四,四又分八给捆绑得稳稳实实、不挪不晃。邓刚、伍裁缝两人细细地检查了一遍绳结、抬杠,才松了口气。伍裁缝掏出"黄果树"纸烟给几个抬工一一递上。邓刚边给他们点烟边强调:"兄弟们,规矩大家都懂,这涉及人家几代人的兴旺,只要杠子一上肩,该在哪里歇才在哪里歇。中途哪怕是瓢泼大雨、落刀落枪,咱们八个人硬扛,也必须保证平稳到达,今晚拜托大家了啊!"

"放心吧,老大!"

刚一支烟工夫,阴阳师找到总管潘秀丧事的老书记:"孙书记,让外边放平放稳两根条凳,闲人小娃离远点,安排你的锣鼓队、抬工往屋里走,发冥马上开始!"一听这话,抬工、锣鼓队和帮忙的人,进了停放潘秀的堂屋,闲人、小孩都回避到旁边小屋去了。

只见阴阳师面对棺材,双目微合入静,虚无超然地从烂瓷盆里随意拾起几张草纸,手不抖不晃,借那烛火点燃,带领伍裁缝、张明君、小万蕾连续三弯腰三叩首一毕,接过一碗清水,尖着指头在水里边写画边吟诵,一阵抑扬顿挫的吟唱后,伴着一句:"清水一碗忘旧魂,送君去路驾祥云。千呼千应,万画万灵,吾奉太上老君,顺行,令!"

阴阳师腰一弯,那水如一根逶迤而去的细线,紧随他的脚步一路到了外面草坪搁板凳的地方，从头到尾不多不少、不粗不细、不溅不断。身后，小万蕾在头，边走边丢买路钱，伍裁缝双手端着灵幡在左，张明君捧着遗像在右，随着锣鼓镲声四起，邓刚喊一声："起！""八大金刚⑥"左边四人、右边四人就夹抬着棺材，在一左一右两个反应敏捷的机动人员的扶助下出了门。只见一机动人员矮着身，瞪着眼，紧盯棺材，随着他双手平稳下放的手势，一声："好！"棺材平平稳稳暂时搁在了草坪上的两张"二"字形条凳上，邓刚一句"抬杠立一边"，抬工们便明白，"木杠压棺，三代身莫翻"，顺手把抬杠远远地靠在了长长的龙杠两端，只听得里面帮厨的人也高声喊起来："洗手！洗手！消夜了——"

消夜，不管富有贫穷，零点一过都有。一是考虑到夜长，跑路的人饿得快；二是让几个唱歌的一双双眼睛给睁到天亮。万顺家的夜宵，一人一碗装着四个大汤圆、两个土鸡蛋。默言、宋迟见张明君、潘兰说没饿，也说中午吃多了点，把省下的一起分给了干体力活、消化快的抬工。

消夜完毕，眼看夜深露重，老书记与主人商量，让大家到崖洞打会儿扑克。而阴阳师长期熬夜，早已在小崖洞睡着了。阴阳师一觉睡到闹铃响，揉揉眼一看，咦？怎么漆黑一片，再摆摆脑袋眨眨眼，才发现在为万顺家葬坟，豁然想起得多操点心。手艺人，爱图个报应——救弱别济强，怜穷莫助富，来世命好。便连忙从挎包里取出毛巾，在隔壁井水洞三帕冷水脸一洗，就来到堂屋，双手一抬一伸一抖，正式宣布："发丧时间寅时，还差18分，请各路师傅准备得了！"

说着，阴阳师当着主人的面，把抬工领头邓刚、负责锣鼓的罗厂长喊到旁边，一指对面的山上，拍了拍宋迟的肩，吩咐道："邓刚把你抬工的事安顿好，等会儿要上那一截山路，过两段窄田埂，这种路，你们一定要小心。抬后边的两个，要体力好个头高；抬前面的两个要腰身活泛、会选路；一路上，两个机动人不够，再找年轻点的没有，我看老书记、默老师年轻点，让他们当机动人员吧，有时那一步撑不上去，前面要两个人拉一把，后边要两个人推一手，如果中途有人出现啥，你们借势就要顶上去。一句话，棺材不能中途沾地！锣鼓手，一直敲拢不能停。在关键时刻，锣鼓不仅能给人鼓劲，还可以镇邪驱魔，得狠狠地擂着不松劲！"

话一完，阴阳师又来到孝子伍裁缝、孝媳张明君跟前，怜爱地将小万蕾拉到面前，抚摸着孩子的小脑袋，对两位大人叮嘱道："孝子孝媳，等会万一遇到有过不去的地方，不管是乱石子、稀泥、水坑，你们一下就双膝跪下。这可有讲究噢——那是阴间里的恶魔在刁难、折磨亡人，人家见你们在替亡人谢罪，才会高抬贵手让棺木过去，亡人就少受罪。还有，小万蕾在前面，那路危险，你俩给操心着，这孩子很懂事，你们多提醒！"说着，阴阳师蹲下身子，拉着小万蕾的一双小手道，"小朋友，等会儿啊，你爷爷要留下来看家，你代表爷爷、爸爸、妈妈去送奶奶哟，咱们万蕾长大了呢，还能代表大人。后面伍叔叔、张姨一跪你就跟着跪，他们走你就走，万蕾听话啊，爷爷在家等你哟，知道不？"

"谢谢伯伯，万蕾知道，如果我不回来，就剩下爷爷一个人了……"

一般家庭办丧事，阴阳师只向主人交代，不会亲自叮嘱这些的。人们见这阴阳师与万顺非亲非故，所获报酬少得可怜，却连路上的田埂、山路都给考虑到了，都肃然起敬，纷纷忙碌起来。

片刻，草坪上一绺人就顺着棺材各就各位。只见最前面，小万蕾背了半篓草纸，手上捧着一撂；其后，是万顺亲戚家一个十多岁的男孩手里拿了颗鞭炮，脖子上挂了个黄色书包，里面也是些零散鞭炮；再后，是伍裁缝举着一根纤纤细细、梢上捆了灵幡的竹条居左，张明君手捧潘秀遗像居右；后边则是"八大金刚"、四个机动人员；最后依次是锣鼓队的罗厂长、艾会计、王白毛和举花圈的三人，万顺则冷冷静静在人群前后看是否有疏漏……

一旁的阴阳师左手一抬，看了眼腕上的手表，略一定格，拿起桌上的罗盘和像小碗大小的一圈卷尺，步履稳健、神情肃然地从尾走到头，细细观察了一遍，才目不转睛地看着腕上的表，司令："三，二，一，起！"

随着篾条捆扎的抬杠"叽——咔"一声呻吟，棺材离开地面，在前面的鞭炮、后边的锣鼓声中缓缓前行起来。按风俗后边得有儿媳哭送，由于江梅还未赶到，张明君又在前面捧送遗像，这丧葬就缺失了凄厉的哭声，一行人和棺材，在冷冷的晨风中蒙蒙的雾里，落寂、冷清、凄凉；而那黑黑的棺材，在万顺有些昏花、迷蒙的眼里，却是那么沉重而又悄无声息地向前慢慢移、缓缓行，似乎是一个柔情似水的灵魂，在默默地迈动着脚步，是那么轻，那么难，那么不舍……

望着棺材、人流沿着斜斜的山路逶迤而去，万顺心底对老伴自言自语道："潘秀，你慢慢地去吧，慢慢地，慢慢哟！从生了孩子，你就有了胃痛，心脏也不好，受再大的委屈，你都闷在心里。本来你腰身就瘦，渴了饿了，我也不能给你送杯水送碗饭；累了病了，我也不能照顾你。那路陡、窄，还弯弯曲曲，枝枝蔓蔓，杂草丛生的，小心挂了脸，别把头发挂乱了。到了那里，山有些高。热天，挺着晒，到时我来给栽几棵树，先只有委屈你些日子了啊；冬天，空旷瘆人的，前后也没个遮挡，早晚风大，冷咯！你呀，总是爱穿得薄，说干活利索，天凉要添衣裳，给你的新衣服，不要舍不得穿，穿烂了，我会给你送去的。还有，那里正面北，考虑到那风灌进脖颈里，容易感冒，头巾我给你放在枕头上的，出门别忘了披上啊，别忘了哦！这些年，再远再晚，我都回来陪你，冬夜漫长啊，好长啊！如果你冷，想我了，就回来吧，我给你做热饭，烧热汤，给你暖脚；如果黑灯瞎火，这上山下山的，你就托个梦来，我抽时间去看你，去那里陪你。在生你对我那么好，那么疼，你是我心肝呢，心肝啊！如果有几天没去，那一定是农忙，我在忙呢，你呀就想开些，我不打牌也不嫖，你也知道我不是那种人，看不起那种人，你不是说，我胸前有颗胭脂痣，你也有一颗，那是前生的约定吗？是的，我明白，燕子断了胳膊，即使续上凤凰的翅膀，也不能飞；既然你嫁了我，我早就把心把人全部交给你了，来生我们还做夫妻，潘秀你放心地去吧，去吧……"

万顺正在絮絮叨叨，不知啥时，风呜呜撕扯着一棵棵大树，树梢在连绵起伏的山坡上，掀起一层层绿浪，天也暗了下来，快下暴雨了。

抬棺的一行人已过了河，正在斜斜陡陡的对岸向崖上艰难爬行。那山，越来越陡；那路，愈来愈窄。前面的小万蕾左手平掂着一沓火纸，右手从上面揭一张往路旁一丢，揭一张又往路旁一丢，那纸在风的挟裹下飘飘摇摇飞向坎下的土沟、坡下的草坪、山下的树林，有的挂在树枝上像一只只歇憩的鸽子，有的又如一面面正在晾晒的手帕，一股风来，那纸就翻翻飞飞飘下悬崖；后边的伍裁缝、张明君停下脚步，焦急地看着抬棺的一行人，小万蕾也停了下来，紧张地看着那艰难上移的棺材；抬工一缓，后边的锣鼓手、举花圈的人也跟着慢了下来，前边一走，那五光十色的花圈，也跟着前移。七十多岁的阴阳师围着棺材跑前跑后，竟像五十岁的中年人不喘不吁；抬棺的人，则与坡度形成了 40 度左右的仰角，一个个腰、腿奋力向上撑一步，嘴里就跟着号子嗯一声。抬后边的邓刚扫了前面一眼，见到了路窄、弯急，外面是悬崖，里面有峭壁的路段，就变了号子内容。只听得他底气十足地喊一声："风大——"其余七人众口一声应得更是洪亮："稳起！"那号子就一前一后如法喊起来：

雨大——

莫滑！

路窄——

慢行！

转弯——

顺弯！

啊——

随着一声惊叫，那棺材头转向里、尾转向外，腰将抬中间的宋迟一赶，他仰向了悬崖。只见默言腰身一蹲，狠狠一扛，那棺材便硬生生向里移了五寸，他顺势一抓，宋迟一屁股才跌坐在崖边，双脚吊在了崖外；后边邓刚眼见棺材一坠，腰一弯，双手捧起棺材尾，那棺材就离地尺余，依然平平稳稳过了急弯，默言两步跟上，把扛子一掮就上了自己肩，宋迟则大汗淋漓跟在后面，做了机动人员……

人们上了崖，天下起了暴雨。一面面水田里，飞溅起密集的水泡，跳着一朵朵白亮亮的莲花。

锣鼓镲也跟着紧了，"叮当叮当"敲得像雨点般急。棺材到了一段又窄又滑的田埂，前面的抬工毫不犹豫就并行着下水田，径直朝对面坡上前行，喊起了号子：

走水田——
求平安！
开小步——
水莫溅！

两块水田一过，上一截青石坡就到了下葬的坟地。

这是坐落在一山峁上的凹形土坪，后面山脉连绵，左右山包微起，前面一面形如圆镜、荡漾着碧波的塘水。再往远处一望，对岸崖下垃圾场和过去潘秀与万顺的老屋尽收眼底，连崖壁下进出的身影也清晰可见。

草坪上已掘出一个棺材形土坑，十多人在如织的雨里忙碌着将棺移向坟坑。风呼呼地刮着，雨滴滴答答打在头上脸上，顺着脖颈而下，一个个衣服、裤子早已泛着明晃晃的水光；雨水顺着脚杆流进鞋里，人们走一步脚下就"凄苦"一声。裤脚淋湿的阴阳师撑着一把青布伞，小万蕾站在他跟前的伞下，前额上沾着柔软、凌乱的黑发，雨水顺着雨伞四周流成无数条水线。只有他俩衣服还有点干的，阴阳师把雨伞递给小万蕾："小朋友，咱爷孙俩这样撑，我给你奶奶做事啊！"

说着，阴阳师掏出了罗盘、墨线退到坟坑后，蹲下身，让宋迟拉着墨线一端将棺材头、尾与对岸云杉一对，满意地点了点头："嗯，好人好地，棺材一放，恰恰在线上，孝子孝媳、小万蕾，你们给老人上一捧土吧！"

话音刚落，就见江梅跌跌撞撞从崖边奔来，边跑边号啕大哭道："我的妈呀——你的梅梅哟，回来——晚了啊！"

几个人一见，忙跑了上去。小万蕾见状把纸一放，也跟着跑向妈妈。人还没有拢，江梅一跟头就摔倒在地,上下衣裤、头脸双手都沾满了稀泥,那长长的一头秀发被雨水淋湿,一绺粗一绺细披挂在脸上、胸前,几根干枯的草梗挂在发间映衬得越发漆黑。到了坟坑跟前,一见那簇新的棺木,江梅一下挣脱了几个搀扶她的妇女,把抱起的小万蕾往旁边一放,不顾一切扑向坟坑,双膝一跪,趴在棺材上呼天抢地道:"妈呀,在生——你待儿媳哟,那样——那样好啊,今天梅梅哒,连看——你一眼,都不成哦!妈哒,千怪万怪哟——都怪梅梅不好啊,没有给你——送一颗糖呢,也没有递一碗水吔——"

小万蕾见妈妈扑在奶奶棺木上哭得伤心,也不听默言、伍裁缝、宋迟的哄劝,跑上前去跪在奶奶坟前,搂着妈妈的脖子:"妈妈,妈妈,奶奶,奶奶,我是蕾蕾呀,你们,你们……"

狂风撕扯着山野,树木"呜呜"哀号;闪电雪亮惊魂,破天动地;大雨"噼噼啪啪"在棺木上飞溅,"滴答滴答"落在地上。人们站在大雨中,任泪水混着雨水直流,几个妇女也跟着抹泪呜咽。

阴阳师见状一示意,默言忙把万蕾抱了过来,紧紧搂在怀里,几个妇女也上前一边流着泪,一边提醒江梅"给妈上一捧土",扶着江梅双手掬了一捧往棺材上一撒,搀着她退到了后边,几个抬工手握锄头、铁锹,一阵"哧哧嚓嚓"忙碌,面前就凸起来一堆新坟……

阴阳师让每人都给潘秀的坟上添一抔好土,把三只素白花圈往上一插,就吩咐大伙儿走小路返回。一会儿,山坳里,一行人深一脚浅一脚,走在泥泞蜿蜒的小路上……

注释:
①闹夜:以锣鼓、唱歌形式,陪亡者最后一夜或几夜,又俗称"闹丧"。
②棒棒:巴蜀一带对搬运工的俗称。
③牛子:尺余长酒杯粗的柏木或檫木做的分力棒。
④杂包:走亲戚带回给小孩的吃食。
⑤封殓:封棺。发冥:将亡棺从灵堂抬到门外做短暂停歇。
⑥八大金刚:抬运亡棺的八人。

石窟遗风道千古

黄土高原这块厚土，埋葬着太多的历代帝王将相，也演绎过无数惊天动地的故事；彬州石窟，在史学者、旅游家眼里也因此而最为神圣，蕴藏着厚重的历史积淀，而今仍透出一股浓郁的文化遗风，堪称丝路一绝，世界奇观。

彬州，据《列子·汤问》载，"夏末商初名豳"，后称邠州；丝绸之路横贯全境，位于子午岭和关中北部低山丘陵间的一道峡谷里。石窟则在彬州以西十公里的峡谷深处；系豳民始祖夏朝公刘耕种狩猎建豳①和历代豳民抗击兵匪、富庶昌盛的历史见证。

扶着木梯，战战兢兢地登上窟穴。里面竟摆放着夏末商初豳国后稷之母姜嫄烧火做饭的遗具。有石缸、石桶、石舂。旁边，粗陶面钵形若大鼓，圆形铜鼎三足两耳，一张巨大的青石面板刻有"姜嫄御面"四字，拙朴迂钝之中又透出一股悠悠灵气。据《诗经·大雅·生民》所记，夏朝姜嫄在祈求天神回家途中，踩上了巨人（神）的脚趾印，怀孕生下豳国后稷。后稷聪明勤劳，与豳民一道亲耕亲种，山枣粮食连年满仓，姜嫄又善良灵巧，视国民如子，先后为豳国研究出"擀面""玉面"②法，人民爱戴若母，称之为"御面"。《史记·周本》记载，周武王灭夏建周后，声势浩大来先祖发祥地豳国寻根朝拜，也和群臣一起不食甘肥，专吃"御面"。从此，"御面"便成为秦、汉、唐各代美食。

沿着弯曲的木栈道，进得一个洞穴。中间一老者皓首长须，手持斗笔，神思远驰，面前一则《陈乞邠州状》有题无文。这便是才高八斗、名震古今的范仲淹青石雕像。洞壁三面，一面记述范仲淹祖籍在邠州的概略及历史，一面详叙范仲淹一生虽在别处任过不少要职，但对邠州父老温饱、教育文化牵挂最多，感情最是深笃，曾给仁宗皇帝连上三表，执意呈请任邠州知府。洞壁上，《陈乞邠州状》《谢授知州表》《邠州上表》石刻之言精深练达，拳拳之心天地可鉴。

彬州石窟，一步一景，洞洞奇观，有著名诗人、书法家、隐士姚本的《题豳山凤仪》、张金度的《游履迹坪》、于佑仁的《邠州道中》。李白曾来到同姓兄李粲家，一边目睹歌舞升平，一边看到冷落一旁的壁雕，悲愤唏嘘。官场的势利，人情的淡薄，仕途的无望，高原寒夜，李白躺在床上，客心无依辗转难眠，疾笔写下了神采飞扬的《豳歌行上新平③长史兄粲》："吾兄行乐穷曦旭，满堂有美颜如玉。

赵女长歌入彩云，燕姬醉舞娇红烛。"

翌日，李白离开邠州，踏上了漂泊诗人之路。彬州石窟，给史学家留下了厚重的版本，也给游人留下了沉重的思考……

走出洞穴，抬头是陕西最高石佛、闻名遐迩的丝路明珠大佛寺，一侧是《西游记》前本《大唐三藏取经诗话》必经之路；低头是周太王始祖姜嫄的王后陵、公刘墓和名传海内外的蒲谷书斋、御井；顺泾水远望，建于宋代的邠州塔雄伟壮丽，还有那《封神演义》描写过的邠州钟楼的千年倒影；侧耳倾听从华灯齐放的邠城传来沈括在《梦溪笔谈》就描写过的那熟悉的"邠州父老"吹奏的唐代《羯鼓曲》；打开电视，歌舞正是兴处"噢！噢——"也溢出一股浓郁的《诗经·豳风》的遗韵……

注释：
①豳：豳国。唐代改为邠州。
②玉面：削面。
③新平：当时辖属邠州，现称兴平市，辖属咸阳市。

（原载《新民晚报》）

张良庙访古

历朝文官武将浩如星汉，何故张良独享星辰之最，被誉为"帝王之师"？每逢国难当头、民族存亡之关键，又为甚总有无数帝王将相前去虔诚拜谒？

笔者寻着当年张良足迹，沿着西汉古道寻访了汉中留坝张良庙及相关专家陈泽孝，在文管所学者陈冬的系统介绍下，拜谒了该庙。

张良庙，位于横亘苍穹的柴关岭与深邃神奇的紫柏山之间。当年张良"明修栈道"正是由此佯经褒河攻临潼，暗从留坝附近的闸门石，渡陈仓道而入废邱①，一举占领三秦就在这里。张良庙四周修竹涌翠，雄伟壮观，高高的檐角云雾缭绕；殿、堂、亭、阁达 156 处，摩崖、碑壁、砖文、楹联、匾额近 200 幅；顶上青白二龙翘着张牙镇守，左右雄狮麒麟、飞禽异兽百态千姿；正檐下镌刻的砖匾"汉张留侯祠"，遒劲潇洒，大气磅礴；两边楹联开宗明义："博浪一声震天地，圯桥三履升云霞"，引出广为人知的"博浪沙椎秦""圯桥纳履""黄石公授书"三典故。

据《史记·留侯世家》载，张良字子房原姓姬，为战国时韩国贵族后裔，人称"姬公子"。其祖父、父亲均先后为韩国相国。秦灭韩，他饱受国破家亡之苦，遂变卖家产，以重金聘力士椎击秦始皇于博浪沙②，误中副车，秦国上下一时震惊，八方捕缉。姬公子避难逃匿于下邳圯桥（今江苏睢宁县），易名张良。张良尊老敬贤，苦读诗书。早已引起高人隐士黄石公窃爱。黄石公去圯桥察其胸志，故意三次将履掉于桥下，辱之张良："孺子把鞋拾上来！"张良见老翁年近八旬，三次拾鞋跪地为其穿上，老翁临别一笑，拄杖而去，也不言谢。张良惊诧，又不便追问。老翁走了一截，忽又转来对张良说："五日后平明期。"张良两次依言赴会，老翁故意先张良而至，托辞："与老人期，后，何也？"拂袖而去，要他再过五日来此。第三次，张良夜半就去了圯桥，终于先老翁一步，老翁遂意称赞："孺子可教也！"送竹简《太公兵法》一卷与张良，慎嘱："读是则为王者师。十三日后，谷城山下一堆黄石，即我矣。"张良得书如获至宝，通宵钻研习诵，竭力领悟率军之奇谋，治国之宏略的深邃内涵。后果然辅佐刘邦屡出奇谋，运筹帷幄，决胜千里，终于兴汉灭秦，成就了刘邦帝王之业。从此，张良名贯九州，贤帝、名相莫不仰拜。

不觉已上了"圯履桥"，传来"当——当——"清越、悠远的钟声和清脆、悦耳的声声木鱼音。过了授书亭，原来到了镂格镌楞，啄檐雕牙的三清圣殿。殿前仙香终日袅袅，丹烛彻夜通明，八旬老道双目微颌，念念有词，衣冠楚楚的信男善女虔诚跪拜，以求神灵庇荫。殿内供奉着上清、中清、下清三大天神。相传公元前十世纪，老子骑青牛过函谷关至周至楼关台，讲述《道德经》五千言，张道陵据此创立了道教，称老子为始祖，传至其子张衡为第二代，其孙汉中张鲁为第三代。

三清殿的悠远古老和灵宫殿的郁郁仙气、药王殿的神水妙丹、财神殿的五谷元宝、观音殿的脱俗超凡、娘娘殿的温馨闲逸，加上三宫殿的神圣高贵、三法殿的肃穆威严，构成了大山门的磅礴宏伟与罕见的古刹风韵。

过了深邃神秘的二山门，就见巍峨壮丽、气势恢宏，由风格迥异的歇山式、重檐式、硬山式天然融合成四合院——张良大殿③院。举目院内，汉砖古瓦，雕梁画栋；朱门镂壁，仙鹤翔云；块块石碑，陡笔走龙；副副楹匾，妙辞生辉。殿前，烛香林立，青烟萦绕。殿里，张良金身塑像居中，丰盈谦和，聪慧睿智，两旁文武二将毕恭毕敬，拜读陈泽孝先生的《张良史迹略》，又经接待采访的学者陈冬介绍，竟发现千年不朽的《史记》和曾经风靡一时的电视剧《三国演义》，前者只不过一羽半鳞，后者实属一场刀光剑影的闹剧。"还军霸上""鸿门沛公""火烧栈道""气走范增"计出张良老孺皆知；"智取咸阳""邦伯联姻""荐推韩信"与"借箸划八策""项羽中佯计""十面埋伏"却含糊不表，令人甚是遗憾。这位曾叱咤风云，虚怀若谷、临乱不惊，总是神机妙算，出奇制胜的神将，生而功成身退，死而不趋名骛位，而贪功揽绩的刘邦、樊哙竟将美名一揽臀下，难怪历朝名人纷至沓灵或触景留墨。张良功成之后，辞去万户侯的封赏"离尘归隐"，与历代久居不离的帝王州官相比，实在令人肃然起敬；纵观千年，张良所留"清圣气节"实属"古今一人"。

注释：

① 废邱：今陕西省兴平市。

② 博浪沙：今河南省原阳县。

③ 大殿：又称正殿。

（原载《达州日报》副刊头条）

大地调色板

　　沙漠、胡杨、棉花，三个"符号"就拼出新疆特征，有家国情怀者，可联想到"天山雪后海风寒，横笛偏吹行路难"一类古诗若干，但未必知晓那里的白昼比内地多两个小时、或见识过那里的水乡，还有辽阔的草原、富实的粮仓。未必了解，那里仅一个巴州就等于江苏＋浙江＋福建＋江西，一个若羌县就相当于河南＋北京＋上海＋天津。而中华人民共和国成立前的说法是，在新疆要饭，得骑个驴，否则在这个村要到饭，还没到下个村就饿死了；时下人幽默，早晨上了 G216 就趴在方向盘上睡觉，下午醒来公路才拐弯……

　　前几日，和几十位文学艺术家一行，专程前往，在新疆这片神圣的土地上，看到了内地没有、书本上罕见的奇观。

一

　　万米高空下，一条美人鱼，瘦瘦长长，泛着白亮亮的光。墨黑的、深绿的、浅绿的鱼翼和皱皱褶褶的裙袂，随流轻摇，一朵朵浪花与白云、蓝天辉映，恍入仙山琼阁。为避让气流，飞机迅速下降，美人鱼又变为一条巨龙，龙鳞竟闪烁着耀眼的银光。龙须、龙爪、龙翼，卷起一股股急流、一圈圈旋涡，宛如一朵朵放大的棉花在悄然绽放，开得松松散散，飘飘欲飞。

　　不知过了多久，出现了形若月牙、湛蓝如镜的天池，传说是西王母洗浴之地；那两面"玉镜"，一个自然是西王母洗头的东小天池飞龙潭，一个则是她洗脚的西小天池龙潭碧月了。

　　遗憾飞机太高，没看到顶天三石和白龙峡瀑布、西山寒松、石门一线、镇海神针等。一位靠窗的新疆美女见我一个劲地拍照，轻声问，先生是第一次去新疆吧？我这方便，如不介意，我来帮你拍吧。姑娘边选景，边介绍，这就是天山，往西是新疆阿克苏、伊宁，向东到甘肃、青海。你看天山下，没雪的地方，延展开去，那一缕缕浅绿色的植被是树木，那绿得深一些的是草地，方方正正、一块挨一块的，便是棉花、玉米、葵花，那一片连一片的金黄，就是小麦了，现在飞机正在哈密上空……

一交流，原来她老家在达坂城，她的工作单位是新疆人民医院。她刚在重庆参加了学术交流，现在是回乌鲁木齐市。在问及医院时，她非常自豪地讲道：这些年国家对我们医院倾斜力度大，无论是人才、设备，还是建设、资金投入方面，在全国都是优先的。我们新疆社会秩序也非常好，不管是在乌鲁木齐，还是南边的喀什、和田，北边的阿勒泰、塔城，或是东边的哈密、巴州，西边的阿克苏、伊犁，就是你的旅行包敞着，都没人偷你的东西，晚上忘了关门也没关系，不会有人干违法的事。噢，飞机到昌吉了，那东一块西一块灰白灰白的地方，就是沙漠，那绿油油的是棉花之类的农作物，像火柴盒密密麻麻排了一大片的，便是工业城市昌吉。

看着下面，明显比南方，少了多半绿色植被，我便指着大片大片的沙漠问，新疆缺水吧？姑娘微微一笑，只能说相对吧。说缺水，比如，那些沙漠，就是长期缺水沙化了的；说相对，以天山为主，新疆有一万多条冰川"固体水库"，有卡拉库里湖、喀尔纳斯湖、天山天池，外流河有额尔齐斯河、奇普恰普河，还有中国最长的内流河塔里木河和新疆最大的内流河伊犁河等。你看，多半个新疆的植被、城市居民、农业、工业用水，大多靠天山的冰雪融化下来。山下每天在不停地用水，山上一个冬，大多时间都在下雪，即便白天没下，晚上也会下，除了冬天下，春、夏、秋三个季节，也会隔三岔五下，山上的雪水就这样源源不断向山下流，你看那山脚下，葱葱郁郁，离天山越远，绿色就越少，沙漠就越多。

望着神奇、宁静、在这盛夏都积着白雪的"美人鱼"，霍地发现，那一支支小山脉，竟像是一根根供血的血管，而天山主脉则是支撑这块大地的脊梁，精魂。

忽然一下明白，如果把"美人鱼"比作中华民族的一员，那么这里的汉族、维吾尔族、回族、蒙古族、藏族等则是她的肋骨，血脉相通，命运相连，而北边的阿尔泰山，就是她的玉带，乌鲁木齐、克拉玛依、昌吉、石河子、伊犁、阿勒泰、塔城、哈密、和田、阿克苏等，就是闪耀在西域这块广袤大地上的明珠。

眼见快到乌鲁木齐了，姑娘建议，我们下了飞机，可以去大巴扎、红山公园、新疆大学走走，现在城市规划、环境卫生、公共秩序，都搞得不错，可以到石河子去感受一下某种奉献，到木垒去见识妖娆、富丽，也可到他们达坂城去做客，她家还有大大（父亲）、阿娜（母亲）和阿卡（哥）、阿恰（姐）。

二

下了飞机，见天色尚早，我们便上了去石河子的大巴。司机是回族老乡，衣着和内地汉族几乎没区别，一口普通话，比云贵川渝陕、鄂赣湘江浙等地的人都标准。

去石河子的路平坦、宽阔，除了远处延绵不断的天山，两边很难看到一座高山、一处桥梁，连山丘、沟壑也没有，只有一眼望不到边的一块块棉花、小麦、玉米田。其间，隔三四百米远，有一条用水泥板砌得端端正正的水渠和一条供耕地、播种机具进出的小道，通向葱葱郁郁像绿色海洋的深处；那些大片大片的农作物间，偶尔有三两人一组，戴着草帽，穿着花花绿绿、或白或红的衣服，在悄无声息地锄草、杀虫、理垄，近的分得清男女，远的像一棵草、一只蚂蚁。庄稼地的广阔、遥远、浩瀚，人的渺小、弱势，就像一个草场上的一两只绵羊、两三朵小花。可以想象，他们早上出工要骑很久的自行车，才能到达地里，一天就是不停歇也很难干完一行；莽莽苍苍间，望不到边的绿，远比蚂蚁啃骨头弱小、缓慢，极像作家写大部头，需要惊人的宁静和毅力，真担心他们被绿海淹没、被家人遗忘，天黑看不清回家的路，走不出那恣意的辽阔，迷失在漫长的夜里……

去石河子，一路上很难看到一户人家，如果不是偶尔发现一台扔在路边的坏收割机、烂播种机，和间或被挖掘后裸露出来的那么一片半丫石子、沙子，散发着灰白的光，很难把这块处处充满生命的绿色的滴翠之地，与石子、煤炭、沙漠联系在一起，难以想象它的勃勃生机、苍郁葱浓与农垦、部队有关。这时我才明白，这片美丽、辽阔的土地，除给了我们自豪，隐约还昭示着独有的精神。

这种精神，果然得到印证！

大巴到了参观地——石河子大学新疆军垦博物馆。走进博物馆，我们才终于看到一个全面的新疆，才知道今天的新疆来之艰难。

据墙上图解和相关资料显示，新疆是以汉族为主的多民族聚居地，一直属于中国的领土。早在公元前138年，汉朝派张骞出使西域，先后置武威、张掖、酒泉、敦煌四郡；公元前60年，西汉王朝设"西域都护府"，委任郑吉为"西域都护"，驻乌垒城（今轮台县境内），治理西域全境，西域各地首领和官吏均接受印绶，标志着西汉开始在西域行使国家主权；唐朝繁盛，丝绸之路延伸到地中海沿岸，进入西域的汉人大量增加，主要集中于伊州（今哈密市）、西州（今吐鲁番盆地）等地，并被唐中央政府设立的州县乡里所编入户；1875年，陕甘总督左宗棠抬棺出征，督办新疆事务，不少湘军入疆定居；后来袁大化任新疆巡抚，带去不少河南人；杨增新任新疆省长时，许多云南人到疆落户；抗战时期，由于新疆局势相对稳定，内地（陕甘等地）许多人迁到新疆。特别是中华人民共和国成立以后，涌现了一批以新疆为家、以建设为业、以奉献为荣的伟大人物和众多令人震撼的事迹。

1949年中共中央命令解放军挺进新疆，挂帅出征的将军王震写下一首气吞山河的诗歌：

> 白雪照祁连，
> 乌云盖山巅。
> 草原秋风狂，
> 凯歌进新疆。

王震将军部下率第二军第五师第十五团徒步横穿塔克拉玛干大沙漠，历时 18 天，行程 790 多公里，以磅礴气势一举平息叛乱，剿匪成功。为鼓舞百万将士白手起家、建设边疆，为新疆发展和组建生产建设兵团奠定了坚实基础。

1952 年 2 月，中国人民解放军军事委员会主席毛泽东签署命令：

> 中国人民解放军已胜利完成解放中国大陆的伟大事业。今天，人民解放军，将在已有的胜利基础上，站在国防的最前线，经济建设的最前线。我批准，中国人民解放军 X 军 X 师转为中国人民解放军 XX 师的改编计划……

这道命令一出，迅速得到全国人民的响应，部队转编人员、农村支边青年、城市支边知识青年、复转军人、大中专毕业生、内地工厂整体搬迁。1966 年，新疆生产建设兵团人数到达到 148.5 万，有来自北京、天津、上海的，有来自河北、甘肃、陕西、江浙的，"爱我新新疆，建设大粮仓"的口号，响遍大江南北，全国人民支边的热情空前，积极性高涨，八方人才汇聚。没有住房，从地上挖一个坑下去，几根木柱一撑，就是房子（干打垒）；耕地没驴马，人拉肩扛；运土无筐，自己编；有麦无面，自己打石磨；没纺织机，自己做；没水泥，制个筛子一过，细土就是代水泥；需水车，几张木板做叶轮、一截木柱做轴，与内地的一模一样；无课桌、板凳，垒一堵墙就是桌，两条腿站着写；人多房子少，分男铺女铺，十几个人睡通铺；新婚夫妇，兵团照顾一个小铺，但只能给一夜，真是"一宵千金"……为了吃饭、防沙化，他们修水渠，植树造林；为了发展，他们修电站、建工厂；为学文化，他们办起了幼儿园、小学、中学……几十年下来，他们有了全国一流的医院，有了 211、985 院校，有了一流科研机构，一流剧院……不知从啥时开始，他们悄无声息，将一车车大米、小麦、高粱、玉米、大豆、棉花、煤炭源源不断地运往全国，解决了千千万万人民的吃饭、冷暖问题。渐渐地，全国各地知道新疆大米涨饭、新疆棉花暖和、新疆高粱出酒量大。他们无私地支援国家建设，甚至还出口到国外，帮助外国人民解决生活、生产、建设困难……

对于这种"兵团精神"，诗坛泰斗、世界著名诗人艾青在《年轻的城》中，是这样描写的：

我到过很多地方，
数这个地方最年轻。
它是这样漂亮，
令人一见倾心。

不是瀚海蜃楼，
不是蓬莱仙景。
它的一草一木，
都是血汗凝成。

你说它是城市，
却有田园风光。
你说它是乡村，
却有许多工厂。
……

三

离开石河子，快要进入木垒时发现，渐渐地，渠越来越多，地越来越润，房越来越密，天越来越蓝，水稻田和棉花、小麦、玉米地，黄色再不是酱黄，是大片大片的金光，绿色再不是苍绿，是一块连一块的嫩绿，绿得像要滴水，嫩得风一吹就欲散。

见这景色，车上的人开始躁动起来，最先抑制不住激动的是王保荣先生。这位军人出身，话剧、影视兼工的老兄，每次走哪里都带着一部单反，他照得最多的就是自然风景、着民族服装的少数民族同胞。从他对祖国自然风光的热爱和对艺术追求的激情中不难窥视到，他心底有一片澄澈。一路上，他时而前，时而后，相机一会儿对着左面一幢幢又矮又小的民居，一会儿对着右面一排排白杨。摄影虽是我的工作之一，但我一直不喜欢"拍"，但看到蓝天白云下，一片水灵灵的嫩绿望不到边，却忍不住喊他："这里来，这里来。"他刚拍下几张，那边又有人在叫他。一瞧，黄茫茫的麦地，平平展展延伸到几十公里外的山脚，却看不到一个人影，只有山下一只只白色的绵羊，在一线草地上安安静静地吃草。小伙们、姑娘们，也纷纷举起手机，"咔嚓咔嚓"照起来。

有画家说，如给半个月时间，我保证在这里出一幅国家级的画作；有年轻作曲家说，如果我能在这里谈一场恋爱、参加几年生产，成为第二个刀郎、王洛宾，也不是没可能；一位仅今年就在数家国家级核心刊物发表作品的作家也激动万分，若在这里拥有一爿木屋、几分自留地，平时种点青菜萝卜，再有碗清茶、一台电脑，最多两年就能写部好小说和几篇像样的散文……

说话间，大巴驶向几个小土峁间的浅沟，在几座青砖红瓦的木楼前停了下来，负责接待的工作人员说，这里就是位于"天山脚下，养心圣地"——木垒县英格堡乡菜籽沟村，著名散文家刘亮程创建的木垒书院。

一下车，不知啥时，几位摄影家已从背包里拿出"长枪短炮"和无人机调试开了。我们刚放下行李，微信群就收到了他们美轮美奂的摄影作品。

最先发照片的是著名摄影家李开杰。李先生年近七旬，戴着一顶鸭舌帽，一身花花绿绿的时装，远比我们这些作家显得时髦、扎眼。他拍的照片，以《新疆大地调色板》为题，由一幅幅色彩艳丽、构图流畅、斑斓明晰的边塞田园风光照组成，其中最吸人眼球是在黄黄的地平线上，悠然行走着一只孤独的小驴，酷似习惯于寂寞的文学家、艺术家，一步一步地行走在清冷而神圣、艰辛的艺术之路上，没浮躁，无犹豫，不停歇，令人心底生出一泓悲悯、隐痛……

群友一见，喝彩不断："天下竟有这么美的风光？"大家也不要人吆喝了，纷纷上车，要驾驶员开车去看看。

到了两座山梁下，一个个跳下车，边拍照边朝山梁走去。一路上，不管认识与否，不论男女老少，你给我拍，我给你照，无拘无束。着装亮丽的是旗袍协会几个四五十岁的女士，她们黑白色、红黄花相映，一会儿纱巾飞舞飘飘欲仙，一会儿几个女人搂在一起摆 pose，恨不得把人生最美丽的容颜、最靓的瞬间定格；平时十足一个处男样、文质彬彬的小曹，到了山顶，竟然爆发出"哇哇哇"的高喊声，连连一蹦老高，当我把"抓拍"到的照片给他看时，他脸上仍保留着因突然激动的羞涩与爆发后的舒坦；川东某地一才女，走路步履款款、斯斯文文，说话和风细语，尤令文学艺术家们爱慕的是，发言文采飞扬，炼句简繁刚好，一路上，她不请不拒，总有热心的才俊大哥、乖巧的青葱小弟、气质不凡的靓妹，不时义务地跑前跑后，给她拍照，在山垭间，在绿树旁，在雪山下，在草坪上，在麦地前，她总是笑而不语，神态悠然……

回到木垒书院，进了木院，走进木屋，在无漆的原生态木床上刚坐下，袁华将几幅摄影作品，"咚咚咚"发进微信群：

有一马平川的草地，几张茶几、三两架凉椅，诗意闲恬地斜搁着，似乎是客人刚走，又像是贵宾将临；有蔚蓝当空，白云朵朵，一抹晚照下，地上醉意朦胧，一湖澈水安安静静；最令人震撼的一幅，是朝霞满天，在两顶若盖如菇的草篷之间，一个女郎婷婷玉立，面向朝霞映流水，似乎等了一夜的郎君未归，又像在想山那边的人儿，是疲惫未醒，还是在急急的路上……

此时，才仿佛明白，这里的风土人情为何能滋养出毕淑敏、杨牧、刘亮程等一批大家，为何诞生了《达坂城的姑娘》《掀起你的盖头来》《西海情歌》等经久传唱的名曲，才知道那位邀请我们去做客的达坂城姑娘，为啥眼里是那样清纯、明澈，不掺一丝俗念。

（原载《西部文学》）

我和老伴去"放飞"

老伴从小爱看书，特别是这十多年，一有闲暇就捧着本小说、散文，还总是爱斜斜地把一双秀脚跷在椅子扶手上，那份宁静，悠闲，差点把我羡慕死了——整整一面墙那么大个书柜，里面的经典名著和案头的几百本杂志，都被她读得一本不剩。儿子称她"书库"。幸好，这次旅行有她同行，才写出这些放飞心情的文字。

——题记

打小就听说上海一带的男人怕老婆，渐渐地还知道黄浦江的烟雨、上海滩的灯光、十六里铺的旗袍，说那里满街的洋货洋人，还有一个别名"十里洋场"。从那以后，我就在想，若去了上海，得到外滩转转，听听海关的钟声；再去陆家嘴，登上东方明珠，看看世间的繁华，静静地想想心事……

哄着老伴旅游去

谁知，年轻时，约爱人出去见见世面，她说："那是游手好闲。"中年时，跟她商量去南边走走，她说："孩子还没成家呢！"去年双节，我说："老伴，咱们去上海玩几天吧。"她怪怪地盯我一眼："要去你去！"

机会终于来临。上海举办"第二届中国散文佳作评奖"活动，作为特等奖获得者，有幸在被邀请之列。尽管这理由十二分光明，但若是直接叫她随行，肯定又会被一口回绝。那天上午，见她心情朗亮，我像刚收到快递一样，把邀请函向她面前一放："你看，这一耽搁就要三四天，我看，还是放弃了好！"谁知，她冷冷地瞟了我一眼，低下头一字一句读完，说："机会难得，去吧！"我假装犹豫："那——你这'书库'兼'书记'作陪，免得你疑神疑鬼，我说不清！"她把信函还给我，不慌不忙道："一个老妈子跟你们大作家一起去，不嫌丢你人啊？""丢啥人，那几天刚好两个小孙孙放假。你再不去，到时走不动了，连上海都没去过，后悔都来不及！"老伴才松了口："看两眼又不能当饭吃，还有娃儿正学着驾驶，忙不过来呢！"

我一听，立马掏出手机。电话打过去，小两口儿正在电脑跟前。他俩知道，老太婆晕车，平时在本城，她宁愿走半小时的路，也不坐几分钟的出租。

要她出远门，难！

小两口儿一查机票，原本要一千多的打折下来才三百多元，当即就给我们订了去上海的机票。老伴一听，目光才离开捧着的那本《百年孤独》，白了我一眼。那目光我熟悉，是无奈，还有嗔怪。

出行那天，一直灰蒙蒙的蓉城，竟然射下几缕阳光。大儿早早就起床，准备开车送我们去机场，儿媳也把两个孩子穿戴得整整齐齐，让一家大小为我们送行，还把一个装有一万元的红包塞给婆婆，说妈妈这些年给他们煮饭带两个孩子，爸爸工资也不高，二位老人这次出去想吃啥就吃啥，多走几个地方，若钱不够，他们再打过来。儿媳和两个孩子把我们送到车库，俩孙孙竟有些依依不舍。大孙女挥手说"再见"有些勉为其难，小孙子瘪起嘴巴问："钵钵^①，您，好，好久回来？"眼水都在眼里打旋。听我们说要买好多好多玩具回来，两个孩子才笑了。

已过而立的大儿，明明知道我经常外出，乘船赶车坐飞机见多识广，他还是一边开着车，一边千叮万嘱："一会儿安检，你们装衣物电脑书籍相机那两个包，干脆办随机托运，反正不要钱；爸爸爱喝水，安检前就多喝点，飞机上只准带空杯子，口渴了空姐要发饮料；妈爱晕车晕船，刚才那药别忘了吃，爸一路上多操点心；凡是开旅游公司的都是为赚钱，那饭菜吃不惯不要责难人家，见了好吃的多买些备着，饿了就吃，别心痛几个钱……"

被"关照"与"初见"上海

老伴乘飞机，是大姑娘坐轿子——头一回，我自以为熟门熟路地领着老伴过安检、办托运。哪知签票时，老伴却对签票员说，老头子病刚好，请美女关照一下，给安排在临窗靠前。我暗暗一惊，老伴没坐过飞机，她咋知道这些门道的呢？心头正疑惑着，马不停蹄往候机大厅赶，老伴见旁边有家早点店又停下问："你不是喜欢喝咖啡吗，那里还有面包。"我一看时间，还有 20 分钟才登机，就坐了下来，忍不住问："你是怎么知道要'临窗靠前'的呢？""我没有坐过飞机就不会百度，就不知道问你那当机长的外甥女婿？亏你还博客、QQ 开着哟！""那这吃饭登机的时间，你又是怎么知道'来得及'的？""亏你还是记者呢，你没看看票上，起飞前15分钟才停止检票？"老伴这样一说，我才意识到出行前，她已做了不少功课。看来带这个"伴"，还"物"有所值！

上了飞机一对号，那签票员还真给予了关照，把第三排安排给了我们——既无后边的噪声，又无第一二排面壁的压抑。老伴让我靠窗，我说："靠窗我坐过几次，中间和边上差不多，你没看过下面的景色你坐吧！"老伴一听也没客气，我就紧挨她坐下。不待空姐提醒，她给孩子发了条"已上机"的短信，就关掉了手机。随着发动机声响起，飞机开始了滑行。当那轻响声变成"隆隆"轰鸣，机头便渐渐抬起，一栋栋楼房、一条条水泥公路、一个个乡村或一座座桥梁、山丘纷纷从脚下闪过；飞机在继续爬升，地上的大山变成了一个个小山峁、河流宛如一根根飘飞的绸带。只几分钟，飞机就进入一团团一簇簇的白云里；一会儿，飞机下面又变成一片闪金烁银的云海，恰似波涛万顷的海洋；一会儿，四周又空旷、辽阔，一眼望不到边，只有零星的几朵白云。

原以为老伴对这些景色，会惊喜赞叹。谁知，她早已微闭双目处于半睡状态。我碰碰她胳膊："你看你看，外边多美！"她只瞥了眼，又颌上眼帘，说晃眼睛，想休息。不知是真晃眼睛，还是她胆小，联想到这些年一系列空难而怕看窗外。这时，两个戴红帽着红色短袖短裙的空姐在前面提示，准备给大家提供早点和饮料。见她们靓丽、阳光，身高脸形相近，连接咖啡倒牛奶给面包的手势、节奏都一样，随手就拍下了这一刻。一位空姐优雅大方地摆摆手，说请不要拍照，这是她们的正常工作。空姐到了跟前，我们要了面包外，老伴还要了杯牛奶，我要了杯咖啡。早点一吃，飞机上的大多数乘客和我们一样都在闭目养神。不知过了多久，当广播提示"飞机已进入上海上空，马上将降落虹桥机场"时，才发现原来的万里云海，竟现出模糊的小村庄。上海的地貌，与其他城市相比，竟形成极大的反差：一块块院落，明显比北京布局小巧、比重庆稀疏、比成都有序；除极个别外，建筑物呈一色的酱红，流溢着一泓古色古香；一条逶迤而去的黄浦江，一下把陆家嘴建筑群的时尚与外滩中西互补的古朴鲜明地分开；一边华丽的群落中，有二三高楼没入云里，一边则大多是20世纪四五十年代以前的低矮楼塔……

那，近距离的上海和旧时的一些遗址又是个啥样呢？

下了飞机，领上行李，我们走一截问一载，当我们确信找对了站台，等了七八分钟车才来。出于小心，一上车，我们再次向驾驶员核实，当得到"经过松江新城"的答复，心里才踏实。一抬头，一样的上午，一个太阳底下，与成都比，这里的太阳却是亮晃晃的，视线要通透得多；公路两边，一幢幢低矮的楼房，是红瓦白墙的本色，一棵棵栽种三五年的玉兰、金桂、海棠，高高低低透出一股嫩嫩的绿；不宽大不奢华的公路，低调地铺着传统的沥青，泛着湿润润的光，畅通的道路，车一辆紧跟一辆，也不见灰尘；空气中没有臭气，没有雾霾，偶尔还有树叶的清香、泥土的芬芳扑来。我心头正在为这车不扬尘、物不蒙灰，连空气都像洗过的景象好奇，一个乘客问："松江新城过了没有？"有十四五个乘客这才发现都坐过了站。大家纷纷一边下车，一边埋怨司机没人情味儿，明明那么多人问过到新城不，为啥到站不提醒一下。其中一年近六旬的记者，还批评了那司机，说："走遍全国，没发现一个像你这么不尽职的司机，纯粹是倒中国第一大沿海城市的牌子！与北京、广州、成都、重庆、西安人比，差远了！亏你还是个爷们！"

"人生坐过站的时候多，与其埋怨不如自救。"一位戴眼镜一同下车的大嫂说，"坐地铁只一站，两元就回松江新城了，你们跟我走，我就从那地铁口过。"我拉着行李箱，老伴背着新买的黑色真皮袋鼠包，随着大嫂过斑马线，大约七八分钟，在她的指引下，几乎一步不绕，进入了地铁口。十多分钟，地铁就到新城站。一出站，前面300米处，"速8酒店"几个时尚的艺术字便映入眼里，我的一颗心才放了下来。

湘菜馆里的上海女人

原以为"速8"在街边，或像其他城市的宾馆兀自围成了一个独院。走近才发现，它竟像北京的四合院、四川的老院子——酒店、饭馆、超市、家电店一围，方方正正。唯一不同的是四角脱离，均可通车行人。

"速8"店面简洁，前台不大；登记处是不锈钢座椅、沙发、雨伞、洗衣服务一应俱全；登记台的两个女子在22至30岁间，举止端庄，说话亲和，丝毫不见某些大酒店前台的浓妆艳抹、轻慢高傲。

这次的参会来宾，统一住在3楼。我和老伴被安排在靠南角的单间。

打开房间，房间称不上宽敞，却远比某些冠上市州县名的三四星级酒店的单间明亮；床铺宽大、洁白，枕头不见丝毫褶皱；洗漱、洗澡、便池之间有足够的距离和隔味隔水功能；上网看电视、来二三客人饮茶小坐，正好。一问价，不到两百元。

显然，这酒店属于既要在房间、设施上不输别人，给予温馨、精致服务，又要在价格上尽量让利的一类——上海商家，务实，精明！

简单洗漱了一下，一看时间，竟是下午2点半，才想起从早晨6点起床，还是在候机厅喝了杯咖啡和在飞机上吃了点糕点，如等到晚上吃还得几小时，就和老伴下楼，想去外面找点吃的。问前台女子，附近哪里有经济、实惠，味道又好的餐馆。女子随手一指，说外边左右两边都有面条、小炒。若想吃麻辣，左边有川菜馆，如想尝尝湖南菜，右边这家湘菜馆不错，以辣为主味，四川人也爱吃。我和老伴还没吃过湘菜，一商量，就进了湘菜馆。

湘菜馆环境不错，一色的老式朱红实木雕刻，12张方方正正的四脚八桓餐桌摆得不松不挤，厅堂上是红亮亮的8盏灯笼。午餐高峰已过，只有两张桌有三五客人正在边吃边聊，我们选择了靠窗边一端坐了下来。

刚一落座，一位十七八岁的女子捧着菜谱过来，说本店特色有五彩脆肚、农夫菜根香、泰椒蛇皮、爽口萝卜皮、千层脆猪耳……一听口音，便知道她是上海人。女子见我老伴笑而不语，忙解释，他们厨师是湖南人。我从小就尊敬细心、敬业的人，忙提示老伴，点两个特色菜吧——那意思是价钱可贵点。老伴瞟了一眼菜谱，只点个8元的虎皮海椒，就把菜谱推了过来。我把菜谱来回浏览了两遍，点了一个香辣火焙鱼、一个凉拌韭菜和一份活水豆腐。

女子见我还想点菜，微微一笑，说两个人4个菜够了，就把菜单递给了厨师。这些年，听说过虾按38元一只结账和一份娃娃鱼达5000元天价的，见过一个劲劝客人喝名酒点大菜、完了还用"公母菜单"宰客的店员、老板，但像这家湘菜馆，能提醒客人"够了"，我还是第一次遇见！

一会儿，香辣火焙鱼和凉拌韭菜上来了。老伴贫血，她认为韭菜补血，便盛上饭就着韭菜吃起来。我从小在渠江边长大，不仅近水知鱼性善钓，且总是自信对吃鱼颇有研究。于是，饭也不舀，举起筷子，就从鱼脊拨下一小块皮放入唇齿间，轻轻一嚼，绵软中有一点脆性，脆性里散发出一种特有的油煎鱼香；筷头再顺着鱼脊鱼肋一剔一夹，一块雪白、肥厚的鱼肉进了嘴里，那肉密实、细嫩，一种鱼肉的醇香诱惑得舌根一搅就吞了下去；这里还满口溢香，筷子竟又硬生生地拧下一片被煎得泛黄的鱼鳍，嘴一张，只听得"咔嘣咔嘣"几声脆响，那鳍便成了粉末，舌根下舌尖上满嘴都是一股馥郁的浓香，还伴着一点麻一丝辣，悠悠地，人的耳目和浑身都有一阵久违的愉悦……我边劝老伴吃鱼边在想，煮鱼、蒸鱼、烤鱼、炸鱼、炒鱼、凉拌鱼、泥烧鱼、南瓜叶包着煨的鱼，还有鱼肉丸、鱼肉粥、鱼骨粉、鱼蛋、鱼糕……我都吃过，可这个鱼是怎么做的呢？还没想出头绪，活水豆腐上来了。一看那一清（青）二白，服务员往桌上轻轻一放，碗里那白色的尤物都在颤悠微漾，正想蘸上点调料，品味那已多年无缘期遇的清香中带有一丝微辣，却发现没有胡豆瓣——"哎，哎，服务员！请弄点豆瓣来。"服务员不解地问："什么豆瓣？"旁边老板娘朗朗一笑，"哈哈哈，小妹妹，他们是四川人，要郫县的香辣豆瓣。"老板娘说着，就端上来一小碟。那服务员见状，忙彬彬有礼一个低头致歉："对不起啊，看来，我还得多向老板娘学，她也是上海人，却啥都懂……"

吃了饭，问及观光点，老板娘微微一笑："看你戴副眼镜，可以到十六里铺、外滩一带走走，那里是个有故事的地方。傍晚时分，如坐地铁去陆家嘴，上东方明珠看看夜景，也还不错。"

游东方明珠断想

乘地铁到陆家嘴，从三号口出站，第一个横亘在眼前的景象就是一架高近8米、直径达百多米的"O形"特大天桥。而有着世界楼宇高度和繁华、神奇象征的东方明珠、上海大厦、金茂大厦、环球中心，竟在举足之间；它环跨了世纪大道、陆家嘴环路和西路等5条宽阔、繁忙的街道，一下把钢筋水泥的冰冷与坚硬演绎成相融相生的人性温度，仿佛这正是现代城市追求的有容乃大和通向明日远景的一条幽径。

踏着整洁的石梯，登上气派、宽大的天桥。从桥上望去，东方明珠底楼呈转盘式，头上几根立柱交错一撑，一根颀长的、由粗渐小的"神针"把3颗大"宝珠"一穿，直插云天；再一数小珠子竟达11颗，错落有致，大小不同，与旁边国际会议中心的球体一汇，就有了"大珠小珠落玉盘"的意象；隐隐中，又觉得那根"神针"、3颗大"明珠"，更是别有一番物语，恍若定海之神……

过了天桥，来到东方明珠前，见售票窗口已亮起了刺眼的灯光，才发现不知啥时天已大黑。面对公示牌"160元，到118米'下珠'观光厅；220元，到'上珠'和太空世界"的提示，老伴犹豫了，问："票怎么买？"一想，老伴嫁给我这三十多年，我能一心一意像母亲孵蛋般把几个冰冷的文字孵出点"温度"，全靠她在那个山旮旯种田耙地默默地付出，就微微一笑说："买全票吧！"

进了大门，是一条沿"明珠"边缘、呈"C形"的引道。C形道宽约3米，由花岗石路面和铁梯、铁桥组成，两边偶尔有一张两张木椅；C道围着的展厅，宽宽敞敞，有西方后现代主义的简洁流畅，也有传统雕梁画栋的影子，说不上明亮，还稍带点儿幻暗；沿着C道螺旋而上约走半圈，就到了高速电梯口。

乘电梯的人都很自觉，忽地多进来一个小孩，一对老年夫妇见状，立即退了出去。电梯奇快，听不到风声噪声，只有凭意识，才能感到电梯的微颤——那是像微风拂发梢般的灵悦。

随着"叮咚"一声和双语的提示，"下珠"到了。跟着人流走出电梯，沿观景转盘走了一截，我们才在人少没喧嚣声的地方停下，观赏起夜景来。

　　站在观景道上才发现，外面已下起毛毛雨，对面稀稀疏疏的七八栋高楼，像从云里蹿上来的"筑"笋，与我们这颗"明珠"为邻；那些窗口、楼角、楼顶没有人影，静静地泛着或柔和、或湿亮亮的光，似乎一幢幢楼宇，原本就是为灯光而筑，这些入驻的"灯族"，就像夜的精灵，在轻纱般的薄雾里，进入了祥和的梦乡。再小心翼翼一俯瞰，只见楼下那一条条原本宽阔、繁忙的街道，几乎被一栋栋密密麻麻的楼房遮挡；只有中心绿地、"O"形天桥、黄浦江和远处的一条条公路，还能看到大致"面目"，它们全没了从桥上看去那宏大的气势和眉清目秀的细节；昏黄的路灯下，萤火虫般大的汽车，一辆紧跟一辆渐行渐远，最后没入漆黑的夜色里……

　　那漆黑之上，淡淡一抹昏黄。再上，天顶灰蒙蒙一片。

　　在这"黑""黄""灰"三层夜景下，上海大厦、金茂大厦、环球中心则如岫穿云，玉树临风，直上九霄。

　　面对它们的超凡脱俗，挺拔静美，心底便豁然阔朗。再想世间之人，一占便宜无不窃喜，一吃点亏就纠结不悦——原来这些楼宇虽出自人，其所独有的却是人所缺失的。它们身高千尺，只因人为刻意制造的缺陷，才落下了让人攀爬踩踏的宿命，不得不承受着屈辱，但又不阿不屈，本性不改；如有神翅，正借着这夜色，在一个劲儿往上蹿；像吃过"仙丹"，得过"点化"，蝶变出甲的阳刚，乙的秀逸，丙的清瘦，纷纷犹神鹏翔空，各领风骚……

　　静静一想，其实最"世俗"，莫过于我与老伴这等庶民。命在乡下，人在闹市，不是被房子、盐米困扰，就是被人情、声名累着，本来就过着将就的生活，还想着几十几百年后的事；而眼前这些事物却真身未变，还是钢筋、水泥——不，是矿石、沙粒，在一个新的坐标点，回望远方的山野、河滩，还有那些熟悉的故地，即或被生搬硬弄到了堪称弹性、圆滑、诡谲之最的人类中，也默默地力拒尘世的侵蚀……

　　而人，比如此刻，我们跟着上行的人，走了几步被堵住。听前面的人说是餐厅，有人就出言不逊。一行人退回，才发现像折腾的人生——电梯口竟在"原点"。

　　走进电梯，那对老夫妇也在。大妈问她老伴："你都来了不止10回，怎么也走错了？"大叔却不以为然："很多时候犯错，不是我们不明道理，是因为习惯于迷信前面的人，习惯了虚假表象……"

　　所幸，电梯的"脑子"比人还清醒，速度极快，不到一分钟，大家就搭上了去350米的"上珠"——"太空楼"的"顺车"。

　　"上珠"与"下珠"，是一模一样的"转盘"，只是直径稍小些；从"上珠"到上面"太空楼"，就十几级常见的小梯。我和老伴喜欢僻静，便先上了"太空楼"。

　　到"太空楼"才发现，并没有我们想象的那么"神奇"，一个三四平方米的台子，台子上修了一个几乎没有什么科技含量的"太空"模具，人最多只能站在空空的模具后边，脸贴近透明塑料脸模，摆个pose拍几张照。有几个游客见状，幽默："真正是'太空'啊，走走走！"转身就下去了。

我憨乎乎地打趣老伴："来，拍几张'太空'照。"老伴见我给她拍了，也傻得可爱。

从"太空"楼下到"上珠"，朝外一环视：这个东方第一大都市的夜景，却出人意料的"简单"，像梵高的《星月夜》，上海中心、金茂大厦、环球中心几个楼身，如从灯火阑珊处、漫漫雾海里、朦朦胧胧的仙山群阁钻出来，伫立在眼前，别的都被灯光与薄雾洇染得微黄透亮，一片静谧，刚才的绿地、天桥、黄浦江不见了，喧嚣的车辆、骚动的人群，也已远去，莫非这道理也像今晚观景，只有上升到一定层次、抵达某个位置，才会进入某个视角和理论高度；才能体会到高处的寂寞、孤独、寒冷……

想到这些，才觉得低矮的一些事物，是一种幸运；同样，人低调一点，走慢点，未必就是坏事，或许还是一种稳妥。想起这大半生，自己走过的路，和那些深一脚浅一脚、歪歪扭扭的足迹，便想看看底楼花台那些叫不上名来的小花小草了。

老伴见我想着心事，也没多问，随我来到"上珠"边缘，小心翼翼地拉着我的手，正要下楼，我忽地感到脖颈上痒痒的，伸手一拍—— 一只蚊子！不知这家伙咋"混"到这个"级别"——进入350米的高空来的。老伴好奇地拉着我的手看了看，又在我脖子上瞧了瞧，笑着问："刚才，在灯光最强的外壁都没发现有啊？难，难道是跟着电梯一起上来的？"听老伴这一说，我半信半疑地点了点头，觉得有些在理。科技和金钱一旦联姻，就可改变环境。正如我们人，除了登山乘机，凭正常的逻辑，是无法进入这高空的，但有了钱，就有人给你出技术和给水泥钢材，就有人为你心甘情愿劳动；你想拥有一份宁静，住得踏实，可以造一座小楼；你想往高处爬，可买门票，升到几百米几千米，到月球到太空，还可买个舒适的位置坐一坐……

我看了看楼上，又瞧了瞧地上，一想，人生何尝不像今晚观景，升得再高，终究会有落地为尘的一天。所不同的是，人来到这世上，总得有点欲望。这个欲望，可以是登高，可以是远行，不管是乘电梯还是步行，抑或凭借科技含量高的飞机、轮船、高铁，体验了追求的过程，进入了某种境界，懂得了高度、速度、难度、深度，才懂得尺度；知道了寂寞、付出、勤奋、努力、艰辛，才知道什么是享受。这种"享受"，不是别墅、豪车、金钱、帅哥、美女可比的；也不是老两口儿有儿有女，一个高贵富有孝敬丰厚、一个妈前爹后跑得欢可媲美的。人落地为尘时，能像这些建筑物，以它独特的标志、自己的符号，给世界留下点痕迹、光亮、静影，足矣……

胡思乱想着，和一群年轻人进了电梯，转瞬就像多变的人生——到了底层。电梯门一开，一股清凉的空气扑来，还掺着诱人的酒香、肉香、菜香，一见熟悉的街景、厚实的地面，我和老伴不由自主就散起步来……

不知走了多远，老伴说："你看，月亮星星出来了。"我才发现，雾散了路干了，酡红的夜空下，上海中心、金茂大厦、环球中心，竟像"三笋破天"。"三笋"间，从老大632米的建筑高度到附近的老三420米，再缓升到旁边的老二492米，呈现出一条上行的优美弧线，与东方明珠塔等标志性建筑一道，勾出一道绚丽的城市天际线；这条奢华富丽的弧线，远看像挂着3颗金光闪闪的宝珠，近瞧则如3只喜庆祥和的灯笼，嵌在蓝色的夜空里，醉在灯火里，摇晃在黄浦江的水里……

走着走着，突发奇想，人，不要总是向往高处。你看，这些低凹处的小草，密密匝匝，只刚才落那点小雨，一下就嫩洋洋了；只一点微弱的灯光，连叶儿上的水珠也晶莹剔透；只一点微风，就欢跳滚动。还有你看那一池清水，无鱼虾之扰，静静地、低调地匍卧在那里，夜映星月，日纳朝霞。人，也不要怕步入低谷，不要怕被周围的人遗忘，恰如这些沙石、小草、露珠，只要脚踏实地，乐于低微，都可成就奇迹，闪光夺目……

老伴爱吃醋

从陆家嘴回到酒店，刚打开电脑，老伴便泡了杯雀舌端过来。这是我多年的习惯，只要一坐下，不管是阅稿或是写作，面前必定有杯鲜茶。老伴知道我要赶写明天的发言稿，杯子一放就退到一边，把电视开到几乎听不到声音，一人看起来。我还在掂量这个言怎么发，说散文的写作技巧、难度，谈散文的选材、境界或吹所谓的"在场"，明天的参会对象早就不是普通作者的水平，很多这次没获奖的和获奖项低一点的，大多在全国赫赫有名，更别说出席会议的还有上海的名家和几所大学的文学教授、学者，没特色的或虚假客套的发言，既浪费了别人时间，也是对写作的不恭。灵机一动，对，写与这个泡茶"用人"间的故事。没有她这33年的体贴、付出，一心一意经管教育孩子，无怨无悔煮饭、洗衣、做卫生，这次的最高奖不可能落在我头上。

刚写毕发言稿，几个参会来宾就叩门，邀我出去走走。于是，大家嘻嘻哈哈就逛起街来。走着一聊，原来一个是辽宁的陈英，一个则是陕西的詹芳珍，一个是浙江的许照煦，一个是河南的唐彦岭，除我是媒体人、老唐是律师外，其他3人是大学或小学教师，都是多次在国家、省、市级报刊发表过不少作品的作家，而且全是45岁以上的"老将"。

按常理，一般初次见面都不会透露太多个人信息。我们几个挺怪，老唐介绍了他们律师要接触的主要人群和他在当地的人缘、工作环境；许老师说了些他们学校的情况和教书吃的苦、受的委屈；陈老师和詹老师则是满脸的幸福，说老公如何优秀或家庭的温馨、工作的如意；不知是谁则不避嫌，谈了当下不少"记者"只会拉广告，甚至有媒体领导竟不懂副刊是媒体的品位视副刊人才为"不务正业"的现象。

说到这些，大家只哈哈一笑。

走着走着，不知不觉回到了入住的酒店。按主办方的通知，从明天才开始管饭。一商量，大家就进了一家生意红火的饭店。开始，我以为大伙儿会像我们四川人聚会，至少得七八个菜，互相碰碰杯，活跃一下气氛。一问他们吃啥，哪知，北方、中原、陕西、辽宁几个都异口同声说："面！"

若不是已到不再冲动的年龄，我真会吓得大跌眼镜。老伴见几位女子要了酸菜肉丝面、几位男子要了牛肉面，只微微一笑，说她也要肉丝面，问我要啥？我还能要啥了，只好言不由衷说了四个字："和你一样。"

8碗面上桌，女人吃得津津有味，男人吃得风卷残云，我吃了一半就搁下筷子，悄悄过去把几碗面钱付了。

看他们一个个吃得心满意足，心里就在想，这南北东西，风俗习惯差距真大啊，当初如若娶了这几位中的哪位做媳妇，一日三餐还不把我给屈死了？！

回到房间，老伴调侃地问："今晚你招待你这些作家知音，是不是太简单了点？"我狠狠剜了她一眼："明天7点起床，快去洗澡……"

泰晤士镇沐书香

入住"速8"这第一夜，设置的手机铃声还没响，就被隔壁的关门声惊醒。原来不知啥时，外面已是天光刺眼，朝霞把高楼低院染成一抹驼红。一看时间才5点，成都7点半天都没亮呢！

这一醒，肯定没法再睡，干脆起床。一洗漱，将发言稿改了几个字，欲打印一份以备上午之用。到宾馆外一看，四周铺面还没开门。找了几条街，才见背后的辅导学校，一扇小门开着，两个教师模样的年轻人，正忙着课前准备。听我说明原委后，一年约三十、长得清瘦白净的小伙接过 U 盘，就给打印了出来。我正要掏钱，他摆了摆手，只留下一个匆忙的背影，说了句"我是重庆万州人，半个老乡"，便忙着讲课去了……

回到酒店，会议大巴已停在路口了。我和老伴带上水杯、相机、纸笔，来到车上。原来车里的人已到齐，除昨晚在一起吃面条的几个，几乎全是新面孔。

车一起步，一年约三十的女子就大方地说："各位老师好！我呢，既是各位老师的读者，又是义工——一名文学爱好者。现在，借我们的中巴开往颁奖地泰晤士镇钟书阁之际，我向来自全国各地的作家老师介绍一下我们看到的松江新城的历史和现在。"

她说：大家没到松江之前，或许只知道这里是上海的郊区、是千百年前的华亭，是"苏松财富半天下"的松江府，是大上海历史文化最初的发源地。据相关资料显示，大约在新石器时代晚期，居住于黄河中下游的先民由于面临洪灾泛滥，迁徙到了长江、淮河流域，他们中有一部分人选择了上海松江佘山以南区域作为最终栖息落脚之地。这些勇敢的前人，也许就是我们长三角地区人民的祖先。经考证，这一遗址展现的内容相当于一部松江以及上海地区的《史记》。在历史上，西晋时期，松江出现过兄弟文学家、诗人陆机、陆云，世称"云间二陆"，明代著名画家董其昌诗、书、画皆精，被推崇为"文人画典范"。据《中国文学家大辞典》《中国美术家大辞典》收录的清以前历代松江的文学家、诗人、戏曲家、学者、书画家有五六百人之多，著作如林，卷帙浩繁。一会儿，老师们就会见到当今上海的部分名家……

说话间，车就到了泰晤士小镇。一下车，她就给大家介绍了著名作家、上海作家协会副主席陈村，原《文学报》总编辑陈歆耕，《文汇报》副总编辑缪克构，上海社会科学院文学研究所研究员、现当代文学研究室主任潘颂德和复旦大学、上海财经大学、上海大学等单位的教授、作家、编辑，许评、宋海年、傅小平、任丽青、顾国柱等，这才有缘面见此次活动的八大评委。大家听说我就是这届特等奖获得者，一个个作家、学者原本就和善亲切，加之小镇环境独特优美，便趁往钟书阁走的当口，一边问寒问暖，一边合起影来。

为避免自吹自擂之嫌，这里就省掉颁奖现场内容，只写写钟书阁。

钟书阁，位于泰晤士镇以西。该镇从整体布局到一砖一瓦都体现了原汁原味的欧洲风情、绿化覆盖率达 60%。

镇上有松江美术馆、包玉刚实验中学、立诗顿宾馆、一号红酒会所、泰晤士天主堂、法兰山德音乐艺术中心，与聚集着多所大学的松江大学城毗邻；除与小镇的欧式设计相融外，钟书阁殿堂式的穹顶飞檐与外墙立面印着那 20 多种语言书写的名著片段，则颇有"书的殿堂"之神韵，像小镇上一颗璀璨夺目的明珠。

据美女"义工"介绍，仅 2015 年就接待上海及周边的文艺沙龙、朗诗会、书画研讨会过百次，来自世界各地的文化人，更是络绎不绝，在这里一边品茶喝咖啡，一边阅读、淘书或观瞻寻觅日渐消遁的心灵文化。

显然，这次把颁奖放在这里，是主办方精心筛选的。

对钟书阁，上海有这样一说：文化人来上海，不去钟书阁会后悔；去了钟书阁，没看懂钟书阁是遗憾。

钟书阁，青瓦红墙，门匾上三个隶书大字，不愧大家手笔，既有《张迁碑》的雄沉浑厚，又有《史晨碑》《曹全碑》高华绝尘、松秀通透的影子。

从正门望去，第一幕映入眼帘的是错落有致的书橱间，有一道墨色的木梯拾级而上，左右两边一本本素雅、厚重的书籍搁得整整齐齐，仿佛左边那齐顶的书卷是至高的书殿，右边举手可及随势而上的书梯，则是文化人在朝朝暮暮朝拜与不懈上行的圣书神殿，和将抵达的一个全新的远离世相的仙界。

当进得门来，才发现如入"书天书地书海"：设计师把常见的楼梯变成了名副其实的"书梯书楼"。这里的书籍不仅陈列于两厢，还铺在地上，厚厚的玻璃下一本本"大部头"，像砖一样密密实实挤着，无形中给你铺垫、积累着一种力量，是对书籍、知识的无声礼赞，让人不自觉就意识到书懂人性，有生命，知冷暖，是陪伴大家成长、进步、成功的伙伴，你不得不轻轻地走在上面，表现出对书的敬意和珍惜，用心去触摸它的存在、愉悦，感受它的博大与深邃。

踏着透明的"书梯"进入二楼，是一个高大上的白色蛋形空间，一本本五颜六色的书籍搁置在白色的书格里。随着一个个秀气、乖巧的书格在一步步叠加，一本本色泽、图案各异的书也在跟着攀升到十五六米高的"天庭"；低处随手可取，高处则像是悬搁于苍穹，非巨人神臂者莫及。熙熙攘攘的读者置身其间，灵魂也进入了这个"蛋"里，在被孵化，蝶变，蕴含新的生命——这是专为 25 岁以下的年轻人和创意设计师打造的"梦幻阅读空间"。围绕这个空间的则是一个以黑色为主基调的艺术回廊，回廊四周是艺术类和创意类书籍。与之相邻便是咖啡馆。这个幽深的一角，同样被书籍所熏染，一个个造型各异或方或圆的小木屋，由一色的咖啡色木栅栏围就，小木屋里可容下一二人小坐慢叙，或静读闲茗或兀自想自己的心事，在这里阅读、小憩已不是荣誉、目标、庸俗的追逐，是种心灵的感应、皈依，而书籍、文字只是一个媒介，让读者和久已遗忘的灵魂有了原本的亲密，有了重新回望、认知的机会。

当你怀揣不舍下楼，觉得还该看到点什么，一俯瞰才发现，一楼又是按中国传统的"九宫格"元素以书架分割成九间书房，每间书房按书籍门类设置。时间紧，来去匆忙的文化人，可直奔所需，选取到自己最钟爱的读物。无疑，亦是一条地气十足，又温馨、便捷的心灵通道。

海关钟声外滩面

从钟书阁出来，老伴问明天去哪里，我说影视城如何？老伴瞥了我一眼，不紧不慢道："不知是哪位高人说过，要写中华民族，就绕不开'租界'二字；要知道与'租界'有关联的故事，就得去上海滩。"

那，上南京路，去上海滩！

上海滩，这个被赋予了太多沧桑沉浮，总是与租界洋人、邪恶奸商有关，又与西装、旗袍、马褂、黄包车、雅士、名伶、劳工交集很深的地方，我和老伴早就想去踩踩地气，看看当年英、美、法修建执掌的海关大楼和那朝朝暮暮、周而复始转了近百年的大钟，是否留下点历史的足迹，想瞧瞧那里的人是否打盹都睁着一只眼，在提防着洋枪洋炮来了。

哪知，第二天一开门，一股湿凉凉的冷气扑来——外面在下雨。我正看着外面的雨天发愁，担心这雨一两天不会停歇，老伴不声不响取出一把深红色的雨伞："走吧，住一晚得两百多呢！"

我们一左一右挤在伞下，一闪身出了"速8"，上了去陆家浜转外滩方向的地铁。闻不得汽油味、一直反感坐汽车的老伴，自然是乐得眉开眼笑，提包问路总是在前，上车下车利索灵活。

到了南京路站，老伴本身就背了个小包，手上还提着袋子，见我两手提着拉着行李，肩上挎着个小方包，赶忙要抢着拉大旅行包，我顺手把茶杯给了她，故意放快脚步，把大包拉得"哗啦啦"欢响。

出了地铁，从外滩方向传来"当——当——"的钟声，那声音悠长悠长，是从远古而来，明明天色尚早，也像带来了暮雨，街上已淋得湿洸洸的一片，连遮着雨的屋檐下，也被来往的行人走得湿湿的。老伴撑开雨伞，腾出一只手举着，在她的"关照"下，我俩提着行李，来到外滩黄浦江畔。淅沥沥的小雨丝毫没有减小的迹象，江面上是亮晃晃的浪，天空湿雾紧锁，飕飕冷风刮在脸上、钻进脖子，竟有一股入骨的寒意。见防洪堤坝下开着一片门，门旁一块很是精致的黄色门匾上楷书着"李大成牛肉面馆"几个红字，往里面一瞄，环境、装修还不俗。十几张小条桌配单座椅；小巧的窗口边，价格牌十分显眼；还有放在不锈钢玻璃消毒柜里的碗筷干干熇熇、光洁面净；三四个四十多岁的女服务员，着一身劳动布工装、整整洁洁，还真有点老上海味。

可一细看那价格，心里就暗暗一惊，到底是上海啊，牛肉面比羊肉都贵，恐怕这面要创全国第一价呢！但表面上，我还端着架子，依然一副见过大世面、吃过大餐的样子，故作十二分冷静地问："你们这二两牛肉面就是30元，这价有点贵呀！"对方一偏瘦年约半百的女服务员，不卑不亢地说："我们这是老店，一直明码标价，你吃了就信了。"听了这等于不解释的解释，我问老伴："那我们一个吃二两牛肉面怎样？"老伴做事一向宽厚随和，回答："吃就吃吧。"面对这又是等于零的回答，我来回看了两遍那不到十个价位的收费牌，最后才对服务员说："给我们一人来一碗二两的牛肉面！"说毕，我还强调了"30元一碗那种"。

过了十多分钟，一碗牛肉面端了上来，我顺手就推到了老伴跟前，让她先吃着，接着，一碗牛肉面又上来了。只见那面，二两分量够；酱黑色的肉，方方正正；筷子一扒拉，长宽厚都有1寸呈正方体形状的牛肉，一碗竟是七八个；夹一个往嘴里一吮，有牛肉味，却无牛肉的臊气，还带一股清淡的酱水味，牙一咂，满口清爽；再一嚼，绵软中略带干硬，还有一点儿猪肉、羊肉、鸡肉没有的紧实。这时，我才想起，老伴对牛肉似乎不太感兴趣，但一观察，不知是早上吃得太少，还是一路上提行李出力太多，她一根一根把那面吃得"哧哧"响，又不失兔子②的斯文，一点一点地把那汤喝得津津有味。我顺手就向她碗里夹了两个方方正正的牛肉，问她这牛肉跟我们四川的牛肉做法是不是有点不同？她点点头，嗯，要好吃点。平时在家里，凡是遇上家里有好吃的，都是她往我碗里夹菜，即使我给她夹菜，她也总是为了尽量让我多吃些好的而装着不喜欢或以吃饱了为由推辞。结婚三十多年，听老伴点头说"好吃"还是第一次，我连忙又把碗里的两三块牛肉夹给了她。她谦让了一下，见我满眼都是平常的坦然，就没再推让，第一次理直气壮地接受了……

这是我有生以来，吃得最好最开心，也是最贵的牛肉面。

雾锁黄浦汽笛稀

走出面馆，来到外滩码头，见黄浦江上不时有色彩鲜艳、大小不一的游轮载着游客驶过，雾茫茫的远处一幢幢高楼、一艘艘轮船隐约可见，偶尔一两声汽笛"哞——哞——"划破上空。老伴知道我从小在河边长大，对水上行船有感情，碰碰我肩说："走吧，去游一圈！"

我们来到堤坝上一处售票点，售票员很热情，说是普通票，游完外滩回来，每人80元；精华游，看完外滩，到黄浦江口才回来，一人120元。我这人有个习惯，不干则罢，干则全身心投入。自然，我们买的是精华游。

原以为从外滩购票点，到十六里铺码头就一二百米。哪知，沿栏河堤向上走了三百多米，还得"继续向前"。我们紧走快赶，走得大汗淋漓脚杆软——约20分钟，才到检票口。

上船的游客不多，可容纳两三百人的游轮，只有稀稀拉拉30多人。

进了船舱才发现，一楼是普通观光区，二楼是雅区，三楼是贵宾区。俗话说站得高，才能看得远，我们上了三楼。守门的小伙向吧台一指，说在贵宾区观光，每人最少得消费30元。我们交了60元，一人要了瓶矿泉水，接过一小袋麻辣脆片赠品，一边喝着水，一边观赏起外滩的景色来。

船在缓缓地走，景在慢慢地移。首先映入眼帘，是形如美人接吻的陆家嘴，从水面看去，她又像一座五颜六色的现代城郭漂浮在水上，悄无声息地行走在水天之间。再看西岸，刚才上船的老外滩一线，一排排英式大厦，门檐窗眉，雕琢精当唯美；一栋栋欧式建筑，檐出窗收，构图大方简洁；偶尔还有一两座酒店、办公楼，从它们背后伸出半截身子一个脑袋来，都是柔和的蓝色。从黄浦江入口顺江望去，独体建筑有球顶、塔顶，连体楼房有平顶、旗杆顶；岸边停泊着一艘艘高高低低的各色渡轮和货轮，恍若走进万国水滨之城。

这便是被称为十里洋场、东方巴黎、远东第一都市的上海滩核心区。随着渡轮前行，我们看到了久闻大名的海关钟楼、花旗银行、和平饭店、百老汇、船长酒店和曾被规定"华人与狗不得入内"的外滩公园所在地。这些构图各异、高低不一、色泽相近的建筑物，每一栋建筑，都是一部厚重的史卷，每一个窗户都有着不同的故事，每一寸土地，都有千万个洋人和中国劳工的脚印……

据相关资料介绍，上海有记载的历史已2500多年，最早可追溯到商末泰伯奔吴。

商朝末年，周太王长子泰伯东奔江南，筑城立国，自称"勾吴"，开创了吴国历史。吴灭后，上海就成了楚国春申君的封地，这便是上海简称"申"的来历。春申君被分到吴地③，兴修水利，率先治理拓浚的河道"黄歇浦"，此为黄浦江的来源。秦灭楚后，申城设立海盐县；三国，海盐县北部华亭④，发展成为申城重镇；两晋，因吴淞江人民创造了竹编捕鱼工具"扈"，加之江流入海处称"渎"，上海就又有了简称"沪"。

历经隋唐、宋元，随着华亭以东成为海盐、酒业重地，和淞江航道的重新疏浚，华亭北部的青龙镇，便有了"二十二桥，三十六坊"和"三亭、七塔、十三寺，烟火万家"的"小杭州"之誉。但吴淞江下游在悄然淤浅，青龙镇也逐渐丧失了长江口良港的优势，日见萧条冷落，贸易中心便转移到华亭东北的上海浦。由于本籍上海的黄道婆于宋末元初回到故里，从海南带回先进的织布技术，上海浦的经济，在明清时便出现前所未有的飞跃，松江的华亭位居前列，于是，便有了"全国棉织中心""松江税赋甲天下"之美誉。

从此，上海完成"两大过渡"步入历史性灾难：管辖历经了从吴国、楚国到苏州、两浙⑤、江南省的变化；地名，由上海浦到上海镇、上海县，成为商贾云集的繁华港口；随着 1842 年《南京条约》和 1945 年《上海租地章程》的签订，中国开始租界的历史。英国、法国、美国在上海设立租界，不受中国政府管辖，享有独立的司法、行政权，并以惊人的速度扩张，迅速占领了上海（现）大部分核心地区，上海名副其实成为外国军队、警察、特务的出入中心，华人的贸易经商、外交往来、日常生活、人身安全，都受到租界监视和严重威胁，于是，便有了外滩公园规定"华人与狗不得入内"的歧视。中国人与西洋人从明争暗斗到明枪明炮——下面，且看两个小故事。

故事一：外白渡桥，现在是第三代。第一代外白渡桥建于 1856 年，名为"威尔斯桥"，是座木桥。它是由英国人威尔斯和宝顺祥行的韦韧、霍梅等鸦片巨贩凑资成立的"苏州河桥梁公司"⑥投资建造。

威尔斯造桥纯粹为牟利，经上海道台特许专利，人行需交"过桥税"，且只向华人收税，外侨车辆及仆役一概免收。此举，遭到歧视的华人奋起抗争，粤人詹若愚便在今日的山西路口设置义渡，免费接送两岸华人。因市民不再付钱，盛赞"白渡"。

租界工部局迫于众怒，于 1876 年在威尔斯桥近侧造了木质浮桥，过桥免费，遂称之为"外白渡桥"。光绪年间，木桥几经补修，已无法适应交通需要，工部局另建钢桥代替。截至目前，该桥已经多次检测大修，这就是第三代外白渡桥。

外白渡桥不只是外滩风景区的一部分，它更是见证洋人歧视中国人的历史"老人"。

故事二：无独有偶，1934 年，由于发展需要，国民党拟在上海滩由中国人设计、中国人投资修建一座中国银行⑦。原决定修建 34 层大厦，成为上海最高建筑。哪知，此举遭到上海滩金融、房产界"老大"维克多·沙逊的强烈反对。这个英国犹太人，已在上海滩繁华地段多处占领地盘投资。他以中国技术不过关，其高楼会导致旁边他的沙逊大厦⑧下沉为由，要求中国银行的高度，不能超过沙逊大厦的金字塔顶。租界工部局也沆瀣一气，说中国人没有建造34层大厦的经验而拒发执照。按照丧权辱国的《天津条约》规定，凡涉及英国籍公民的诉讼，中国官府一概无权裁决。这桩"官司"一直打到伦敦，结果中国败诉。"被跛脚沙逊一脚踢掉18层，硬是比77米的沙逊大厦低30厘米。"（东方网：《"远东第一楼"和平饭店的百年沧桑》）中国人不服气，待楼房修好，一夜之间，四角却"长"出一杆国民党国旗，比沙逊塔尖还高出60厘米，一下把沙逊气得半死。而且中国银行四方攒尖的方顶，比沙逊大厦的尖顶更加雄伟气派，视觉效果稳健挺拔。入口的石阶设计为9级，暗含"九九归一，九九无穷"之意。整座建筑极具民族特色。

静静地望着"和平饭店"，心如黄浦江上的波澜，一个国家的核心银行在自己的国土上修第一座办公楼，竟被一个外国商人摆布，这是国家的惨痛教训，民族的奇耻大辱，也或许这便是今天我们建造繁华上海的理由与必然……

注释：
①钵钵：婆婆。
②兔子：作者妻子属兔。
③吴地：苏州一带。
④华亭：今松江区。
⑤两浙：当时指嘉兴。
⑥苏州河桥梁公司：中国史上第一家桥梁建造公司。
⑦中国银行：现中国银行上海分行。
⑧沙逊大厦：现和平饭店。

（原连载于《达州日报》副刊）

少华拾梦

（散句）

那年殇七章

信笺

很小，我就想，寻觅一束幽兰，装点心中青涩的信笺，穿行了五百里夜雨，还有绵延巴山。可是，兰舟载不动，它对根的眷恋。

豆蔻年华，我想，雕琢一管横笛，吹奏一曲梦里的歌谣，踏遍云海三千，还有丝竹江南。谁知，春水一江，难度工农边关。

而立之年，我想，摘下那弯瘦月，装上满天的星辰，划动多情的小船，驶向彼岸。怎奈，码头上堆放着太多的心思，还有诺言。

今夜，我想成蝶，化作一片雪白的羽毛，借这如水的月色，写意身边的蝉鸣，还有彼岸的红豆。为啥，都幻化成一页页洁白的信笺……

等悬梯

曼妙的音乐，跟上了行云的墨，戴安娜的生命一直在流动，精灵遂了思绪成茧，一串串经年的幻影，长出峭壁。

多想，穿越臆想，爬上山岗，心甘情愿做一回出岫的晨曦，或当一弦清凉的月牙，你可否，放下一副悬梯？

盼轻唤

莫非是，前生两颗星辰，那一次眨眼，就会意在，一个满山斑斓的秋天，如故又是初见。

没沾世俗，不见一字誓言，只有无言的青山、溪水。溪水、青山，见证了一个个最温馨的冬天，两对明眸就这样，相望了数不清的夜晚，剔透的心灵欲语，不言，却珍藏了人间最美丽的诗篇。

是在等，等心河的那一叶弦月，驾着风儿捎去无墨的信笺？是在盼，盼我轻摇兰舟而来，轻唤，上船？

古城

站在城市的转角，望穿黄叶，秋，弥漫了长安，清冷了廊桥，一抹微寒铺满古城，坚硬光滑逶迤着，秋的心事，秦砖汉瓦间，长出一绺孤孑的瘦影，向着深巷捡拾遗落的故事，却碰翻了古人的寂寞，轻拭着今人风尘。

细雨

莫非，蒙蒙细雨，还牵绊过往。是柳叶丛中的絮语，辘轳老井下的双影。不，是高坡下的嬉戏，林下的约定，只见，满目心语，万呼千唤，却不见，那个你……

雪夜

夜，冷清；雪，飞舞。寻觅在无垠的茫原，忘了带伞，也不想添一件衣御寒。遥见夜深处，灯光一点，霎时燃起一身暖，想起，过去的烦，脚步沉重，不敢，不敢。

卷冢

那年，心湖明净，皮肉鲜嫩，一束跳动的火苗，飘然而至，窃喜，小心收藏。谁知，梦醒时，却不见了那美丽倩影，只有灼伤的双手在抖，十指连心。

从此，不见星星眨眼，明月不再多情，烈日能感动万物，却无法为那片尘封的雪地，送上一点温存……

日记，依然在递增，字里行间，秀发，明眸，蝶儿双飞，空余恨，即或素笺债台高筑，也再不想惊动主人，熟悉而陌生的心债，任它沉睡吧，和着斑斑殇痕，在发黄的卷冢等它，等它成泥，长出两棵小草……

异想

玉

知道，你喜欢，晶莹剔透；知道，你爱，温润细腻。可知，越是美丽的事物，越容易破碎？若你，不懂得捧护，少了些温柔，就请你，只是观赏，千万别轻易触碰我，说不准，有朝一日，一不小心，我就毁在你手上，也伤了你……

油纸伞

盛夏，送你一份清凉，雨季，给你一片晴天。行走在嘈嘈闹市，一个个行色匆匆，脸膛刻满金钱欲望，就你，干干净净，沐浴在唐风宋雨里。

人们，看见了晨星，一袭旗袍点亮青石小巷。孤独时，会泛起心底那份眷恋；失落，又可独享一片静好；面临困难，或许真有人，伸来一只臂膀……

电梯

重量，在关门的瞬间，迎面扑来。男人等，女人待，该上的时刻，窃喜，急切。你重，我心甘情愿，将你承载。因为，没有你，我寂寞；亦不会知道，生命的高度；但若，都到了位，我会泄开生命之门，总有，一声叮嘱：保重。

春凉

天庭滴漏，街人闲游，巴山空蒙春也愁。云不走，水自流，老树枯叶貌依旧，麻将声脆农家楼，诗，也消瘦；意，也消瘦。

我好想静

我好想静，静静地，听那曲我熟悉的《茶醉》，醉在那纯粹的空灵。可我，穷尽心力，怎么就没有了，那一缕籁音？我睁开眼，四处苦苦觅寻，也不见了陌上次第风景，周边，没有了悦耳的风铃。

我好想静，静静地，看那一缕缕缥缈的白云，像过去徜徉在辽阔的蓝天下，任悠扬的牧笛载着思绪，乘风远行。为啥，就没有了扑面的飕飕清风？那美妙的笑靥竟变成，阴郁的愁云，迷茫，惆怅，烦躁，朝朝暮暮都乱了方寸。

我好想静，静静地，捧一杯鲜嫩的青绿，让一缕乳白的仙雾，在眼前缭绕，浅浅轻轻品呷着，那淡淡的苦韵。为甚，就没有了过去，哧溜而下的圆滑，和穿肠彻骨毛孔舒展的畅爽神清？也不见了那份，优雅，淡然，恬静。

我好想静，静静地，去甩开膀子挥锹舞锄，不问晨昏，任汗珠如雨，滴落在龟裂的一亩三分地，浇出新绿万顷，即使疲累，倒在风雪肆虐的关山不醒，也会含笑地枕着那一弯弦月，听牧笛，晚钟，更鼓，捣衣，侵蚀在大漠孤烟，看满天繁星！

我好想静，静静地，写一首诗。为什么，躺在绵软的席梦思，通宵失眠，眼前总是易安的身影，而展纸研墨却没有了灵性？是谁，偷走了我，一挥就是洋洋万言的才情……

一路向西

我想，等哪一天，终于没有事做，也不想做事了，一人带上些盘缠，背上点衣物，跟家人说一声，我想自由些时日了。然后，关掉手机，一路向西。

走到村里，在村里投宿，到镇上，就寻一爿，最干净又最简陋的客栈，一人四仰八叉，呼噜到天明。

若前不挨村，后边没店，咱就学着当年，父亲挑炭，爷爷赶场，星星下翻山，月亮里过岭，哪怕是走上两天两夜，也继续向西。饿了，啃几口冷馍；渴了，喝几捧山泉；热了，阔叶做扇。累，却可以心静……

若有二世

梦，都有。有羞于言说的，亦有惊魂失魄的；有瞬息之间的，还有一生都不想醒来的……

梦，不专属于人类。白亮亮的冰峰，火辣辣的日光，是高原的梦；嘚嘚的马蹄声，悠扬的琴声，是蒙古包的梦；乌苏里船歌，山峡的号子，是桨的梦；鳞光闪闪，蜿蜒而去的河流，是水在做梦……

我呢，也有梦。如若真有二世，就选择一个，没有雨的季节，来，就给这世界一个灿烂的笑。

牛说

我不淫不色，不懂钱财仕途，她喜欢我，我喜欢她，就摇尾，却有一个难听的别名，畜生。我爱斗，不搞圈子不赌博，为的是一口硬气，眼睛一红，明知头破血流，也有千钧锐气，可一不小心就被视为另类，逞能，好强，高傲，目中无人。

原以为，一步一撑，汗水洒在地里长出的是自己的食粮，即使鞭子竹梢，抽着脊背，眼前都有那嫩嫩的幻象。

我深一脚，浅一脚，踢醒贪睡的泥巴，烈日，寒冰，起早，摸黑，肩上勒出一道道血口，无须说痛，有骨头凸显着，有人又说我倔，笨，还犟。

大片大片的绿，明明有我一份，才尝一口，就一拽绳子，痛得差点要我命，还骂喂不饱，贪，畜生！

驮着金黄进晒场到饭庄，闻着蒸出的馍香米香，还有炖着我同伴的肉香，我只有默默地流着泪，回嚼着，我的别名。

烤鱼

一条烤鱼，一个人，人站着，鱼躺着；一个看着火候忙碌翻捡，一个不动，白眼。

鱼，鲜嫩的肉，干了黄了，连骨头也飘散着香气，灵脆，随手一转，就喂养着一个个食客。吃的人，肠胃舒展舌头活泛，如蛇对老鼠鸟对虫，鲨吞活鱼人食肉，一张张死鱼般的面色，泛起了，红晕。

盘里，还有几条烤鱼躺着，鱼细小，脆黄，烤鱼的人还在烤鱼，有人讲，他从唐朝烤到宋代，从鱼骨头里烤出了诗篇。

有人说，他从呱呱坠地烤到耄耋之年，无房无地无存款，还在漂泊，我说他是，不，是从父母有了那几根骨头起，他就是条鱼。

骨头

从墓地，挖出一根骨头，一下就想到了死亡，恨不得，赶紧扔掉，离得远远的。

接着，又挖出墓碑一角，见主人姓曹，都懒得多看。再一瞧字孟德，哇，都拥了过去。看，那滋润的骨色，对，还有细嫩的骨质，仰慕的人像树的年轮，一圈一圈涨。

骨头，已被人捡起。有人看到了玉石绸缎，还有龙椅；有人则看到了赤壁的火光，轻轻一敲，明明像官渡的马蹄、战鼓；有的则想到了身边的狞笑，还有二乔两妇那蛾眉。于是，泛亮的瞳仁里，神话长上了翅膀。是啊，这骨头是有价值的；对，天生就与众不同。

一想，还真有道理，你看看周遭，哪块骨头里没学问？说它有容易，说它无，真难。不信，你想想自己，哪块骨头干净，再敲敲，是软还是硬……

商人

我的命运太惨，几乎是呱呱坠地，人们就给我——白眼；我的职业太贱，没有高贵的架子，时刻都在精打——细算；我的路走得好险，从不敢糊涂，害怕一跟头下去——舔碗；我的夜晚常常失眠，PICC不愿替我保险，差错不敢有——半点。

我的生存靠"诚信"，人们却始终视我为狐狸的影子，而我还要装出一副——笑脸；我的上家心狠下家也爱钱，车船税收地皮水电哪个能少？可朋友还把我挖苦——会算；我的三餐虽有美味佳肴百年陈酿，那不是我的醉，那也不是我的——港湾。

我活得好累好倦，脸上从未有过真正的舒展，瞬息万变的信息时代哟，谁能稳操——胜券；我的灵魂纯洁未变，自从有了柴米油盐，人们就骂我——太奸；我的奔驰别墅人人赞，却从没有人注意，沉重的担子已把我脊椎——压弯。

童年那条河

童年，那条河，小船轻轻过。载着你，载着我，双桨齐齐划，惊起了，一对鸟儿比翼起，还溅起风轻云淡的歌，艄公的桨声，笑呵呵。

童年，那条河，哥家住在对岸上，妹家住在这岩脚，妹到河边来浣衣，哥来河边把草割，水中有个你，水中有个我，害得妹，一件花衣洗半晌，还有泥巴，一小坨。

童年，那条河，你到岩下来打青，我到崖上去上学，溪水缕缕缓缓流，还卷起，两个酒窝，害得我才进校门，就在想，这老师，还不早些放学。

童年，那条河，妹到河边去洗头，哥到河边来涮脚，都怪哥，一双熊掌白又大，搅乱了你，搅乱了我，这些年，眼前总是梦见，那双脚……

为了这次约定

自从那年，有了一次相见，你清丽的脸庞，就带走了我遥远的思念。

我住长江头，君住长江尾；侬，在北疆的乌苏里，卿，在南国的相思树旁。我们望着对方身影，一直在，不停地追赶。

漫长的日子，你没有迟疑，眼里，只有我的多情；孤单的岁月，我也没有过犹豫，心头，唯有你的温婉。为了这次约定，尽管，相见时难。

暑夜寂寥，是你，在烟雨断桥边，为我悄悄点燃孤灯一盏，让如幻的濡雾做帐，我们，在梦里纠缠。醒时才发现，万千生命湿润，昨夜，是你相思的清泪涟涟，在遥祝梦中的伊人，好梦，平安。

秋冬天寒，一个个生命耐不住寂寞，忘记了，美丽的约定，经不住，缤纷的诱惑，化作苍穹一颗小小的流萤；而痴痴的我，依然坚守着信念，披霜戴露，越过十八万二千多家驿站，没有过一次歇脚，脚步，坚定地走过了五百个风雨春秋，因为心里都有，那份温暖。

有心就有梦，有云就有霞，你我注定是，天地间最美丽的相遇：瞬间，天空一片漆黑，我俩如约，地平线上悄然升起赤色霞光；豁然，月朗星稀，山色朦胧华灯璀璨，一时八方潮起——原来是疲惫的天下儿女，五百年才有一次的良辰，绚丽，灿烂。

谁说相见不如不见，朋友让我们约定，下个良宵，再见。

行文背景：五百个春秋的梦想，五百载的等待。2009 年 7 月 22 日（己丑年辛未月戊辰日），从 8 点 09 分 35 秒到 9 点 18 分 43 秒日月如约"幽会"（月食），这是五百年来，天地间最美丽的相遇。

谈读论写

我和《舒洁》

许是生长在工匠家庭，目睹了太多的精雕细琢之故，即便是做了职业记者几十年来，也有"家"的影子，总把采写视为习文练功的机会。需一两小时的稿子，会用三四个小时去构写；要三四天的，就多放一两天才交稿。不知不觉，竟养成一种习惯，哪怕是烂熟于心的题材，"材"无价值，没有一股挡不住的情绪，不会轻易动笔。如遇上必写的一类稿子，即或写了，无论旁人认为多好，从内心讲，多半我不满意，甚至心头还有点内疚，总觉得玷污、愧对了文字。

由此可见《舒洁》这部小说的选材和写作状态。因为小说的人事背景，都是我熟悉的。有我喜欢接触或不想接触又不得不经常接触的人，有我接待过的投诉者和我采访过的事件。很多深藏于心的情景，经常浮现在眼前和叩问着我的良心。写作中，那些鲜活的生命与新闻无法触及的事物，一个个从键盘跳上荧屏，至少有20次让我泪流满面，恸哭有声。有次竟惊动了客厅里的妻子，她敲门进来，轻声劝道："老蒋，要注意身体。"

小说起笔于2010年10月19日凌晨1点38分，实际酝酿、构思和收集素材及有针对性地研究一些经典名著的短长，以防题材、写法雷同或出现不该的失误，早在20世纪90年代就开始了，只因当时一是自己发表的作品，还基本停留在七八千字的篇幅，文字比较稚嫩；二是对人物、事件、背景的认知，也没有这么深刻，对想揭示想表达的东西，尚处于萌芽状态。随着社会的日趋物化，人心与传统的一些珍贵事物的背离，要写的问题才逐渐明朗——水到渠成地写出了今天的《舒洁》。

换言之，是社会现实催生了《舒洁》，是复杂的人心丰富了《舒洁》，是不变的信念成就了《舒洁》。

"舒洁"，自然不是表象的一个人物，是涵盖着灵魂、支撑思想的城郭，它包括城市乡村，与民族的脊梁及祖先留下来的文化文明有关；它要抵御、抗击如幽灵般潜伏于人心和社会、民族肌体里的一种病毒，一种外表光鲜又无影无踪、可致精神坍塌、灵魂恶臭的形态。

构思《舒洁》用时两年，写了四年，修改花了足足三年。不算平时小处理，仅通改就历经27遍。《舒洁》里有我的灵魂，也凝聚着朋友们的心血。一些情节的急转直下或出人意料的精彩处，不仅有作家的点子和教授、评论家的把关，还有所涉行业内部人士给的"内幕"；有时一章初稿出来，为一个情节、人物或一个句词，他们常常争得面红耳赤。当小说最后一个标点定格，他们又和作者一样自豪、欣慰。

在这里不得不说，也许因了爷爷在中华人民共和国成立前是上海黄浦江、武汉徐家棚、重庆朝天门、渠县鲜渡码头常驻常停的船夫，加上母亲聪明灵秀，我也从小就有"纤夫"的倔、母亲的细致。"倔"，不管是谁的大作，不管炒得多"高大上"，只要它装聋卖瞎、故事荒诞、文气浮躁、语言寡淡，即便是国刊国版，从此，我也不会轻易碰他的作品，而更乐于去研究一些经典，汲取精华，避其之短；"细"，写得慢，就像著名作家王跃文说他"一天只能写二千字左右或几百字"，很多时候，我连续几天都"憋"不出一个字。尽管字数已经不少，但于《舒洁》，显然是不能用字数和"9 年"这个简单概念来看耗费的时间和付出的精力的。

为静下心来写改《舒洁》，这几年，我亏欠同事、亲人、朋友、乡邻不少。没主动串过门，没找人聊过天，没请朋友吃过饭，几乎推掉了一切应酬，连春节都未好好陪过家人，单位团年至少有三次，我是一人躲在小吃店，边吃边构思，甚至婉拒过年薪10万元[①]的文案高管职位，数次放弃写几千字"软文"便有三五千元的"约稿"。不是我不爱钱，也不是我无情，是我想安静，想写点干干净净的东西。在这里，一并说声对不起！

《舒洁》完稿后，我将它发给了平时就爱"挑刺"的一些作家、评论家、高校教授和网文写得超棒的朋友。经综合各方意见，基于受众、成本等考虑，对三线故事，我删除了80%；对二线、一线故事，删除了20%和10%；增添了具张力、含悬念、富有民风民俗文化的章节4章。这一大"动"，瘦身12万字。再次发给他们看时，北京文学博导肖雨说："小说一起笔，就不同凡响，以'舒洁醒了'四个字很自然地推出场景、人物，突破了长篇的冗长铺垫模式，与《穆斯林的葬礼》'清晨，她走来了'和《百年孤独》'多年以后，面对行刑队'等经典作品的开头有异曲同工之妙。"著名文艺评论家、云南师范大学原副校长、中文系主任张运贵则在一篇近万言的评论中道："蒋兴强的创作态度极其认真、严肃、严谨，他的每部作品，都是殚精竭虑、一丝不苟，反复修改。《舒洁》对社会生活的观察之锐利、感知之深刻，这于当下浮躁、喧嚣的文艺界，是稀缺而珍贵的。也正是很多作家应该认真修炼和不断历练的……"四川大学教授周毅、段舒研究发现："'蒋式跨文体'对当下巴蜀社会风俗人情的展示、对人性的刻画，与贾平凹20世纪90年代初期创作的《废都》一样振聋发聩，前者是对当下诸多问题极为迅速的回应，鞭辟入里，后者则是对人物精神、婚姻情感、世风欲望的呈现，前无古人。"四川评论家冯晓澜在评论中指出："《双城记》描写贵族如何败坏、如何残害百姓，导致了不可避免的法国大革命；而《舒洁》式的坚守以及知识分子的良知，又何尝不是一种大爱的闪光？"

　　小说在试读中，引起专家、学者的反响，完全在我预料之中。出于习惯，我又进行了一些删补，才将稿件投给了五家出版社（商）。几乎是同时，竟然得到三家的认可，都愿意以本版书的形式出版发行，有的还在网上公开了"意愿"。尤值得庆幸的是，这次《舒洁》的出版，得到"茅盾文学奖"得主贾平凹、阿来和上海市作家协会副主席陈村三大名家的联袂推荐。《舒洁》获得大家如此关注、垂爱，是作者的荣幸，亦是文学的跫音。

注释：
①年薪10万元：21世纪初，西部正科级公务员的月薪约3000元。

2018年6月8日凌晨1点09分于达州修行斋

我与《瓜客》

《青年作家》要我就《瓜客》(上集)写个创作谈,创作谈是名笔大师干的活,本人不名非师,在这里就写个"札记",拟勉强交卷。

写《瓜客》,并非本人一时心血来潮,也不是我与少数民族姑娘有过什么"故事"。拙作能乐此不疲,让笔触一直静心游走在民族风情、人物特色和民族文化艺术上,纯粹是当下城市的社会怪象、文化人的急功近利与人生的特殊阅历、过去沉淀在骨子里的一点文化艺术细胞发酵出来的"产物",也是经本人深思熟虑,有意识从偏远少数民族"剪"下的几片云彩,一缕清风。

说"特殊阅历",自然就得谈到20世纪80年代我从部队文字机关回到地方的辞职"下海"。当时我有个常年在云南红河一带贩运水果的亲戚回来说,他一月挣几千,一想到自己从小痴迷文学,20岁就开始不停地发表文章,工作也比别人敬业有效,提拔还顶不上人家有钱有关系的一个文盲。一赌气,就贷款7000元,怀揣个日记本,去了红河两岸的云南、越南收香蕉、菠萝。人家做生意盯着钱去,我却比别人多了个梦想——"文学";人家只带一张存折、一个账本,我却每次出行都多带一个日记本和几本中外名著、文学刊物,白天订货调车,晚上看书,或把当天的见闻记下来。遇上婚丧嫁娶,还挤出时间去现场体验、寻根刨底,三年下来就有了二十多万字。

回到文化行业近二十年来,边疆那些善良的村民、独特的民族习俗,总是让我梦牵魂萦,身处比商场还奸诈的群体,面对城市人的虚伪,手捧某些荒诞、怪异、滥情小说,甚至连不少名家也热衷于只有个故事的所谓"快餐",我就总是在想,红河两岸那么清澈的水、那么蓝的天、那么好的民风,为什么我就不能写出来,给天天包围在歌厅舞厅的家庭和一些整天为权为钱身心交瘁,呼吸着汽车尾气、工业废气,吃着激素蔬菜的城市读者增添点蓝天白云,给农村文化人点本土回忆呢?

这就是我写《瓜客》的缘由。

小说好写,构思故事难;故事好编,要写出独特的味儿至难。在写作《瓜客》中,仅仅有几个初具棱角的人物、几个故事和二十余万字的素材是远远不够的,还必须在具有少数民族特色的歌、舞、乐、器方面找窍门。

懂点文化艺术常识的都明白,写歌舞不难,只要曾经在舞台上蹦跳过几下,收集有几十首不同少数民族的情歌、山歌、民歌，再加上驾驭文字的扎实功底和一定的文学艺术修养就能窥视到一个格调高雅的立意，从而消化、创作出几十首新民歌，写出独特的意境、人物、故事，难办的是少数民族的乐器达几十上百种，这就要求作家必须懂乐器，会演奏一些乐器。

说到歌舞、乐器，就得谈谈我的两位中学老师。

在那个物资缺乏、精神食粮单一的 20 世纪 70 年代，我初一的语文老师牟宗福，既会笛子，又长古文，每当讲到古诗古词时，就唐宋明清、古今中外，旁征博引。读高中，我又幸运地遇上了有"奇才"之称的老师王建纬教我语文，他不仅博古通今，还著书立说，经常在一些报刊发表诗歌、散文，且天生就有演奏家一样修长的十根指头，填词谱曲演奏十八种乐器般般擅长。前者把我送毕业，就去了大学当教授；后者，不久就调到对文字水平要求极高的文物杂志社当了编辑。受两位老师的影响，一直在他们手下当班长、团支部书记的我，写作自然就成了我的最爱，乐器演奏也学会了三四种。

显然，《瓜客》所涉文学、艺术，与当年的两位老师和我个人的特殊经历是密不可分的。

前不久，就民族风情方面的把握，我将《瓜客》初稿发给著名文艺评论家、云南师范大学中文系主任、文艺学教授张运贵老师视正，他修弥后说，《瓜客》在"情歌对唱、瓜技绝活、人物刻画、题材高雅方面，可谓四绝"！而作家曾春梅则以《一桌天然的民族文化生活盛宴》为题，洋洋洒洒给写了六千余字的评论。朋友们问我，为啥不像当下一些作家一样去赶编故事的"热潮"。我说了句幽默话，都是贾平凹、陈忠实、张贤亮一类作家的"细活"害了我，才爱上了这种要风有风、要雨有雨，能见音容笑貌的笨写法。至于长短得失，只有让读者去评判了。

（原载《青年作家》）

借水三江行九州

饭是让人吃的，文章是给人品味的，但文章要达到"清水出芙蓉，天然去雕饰"的境界，其难度远比蜀道还难，即或"百遍改"也未必能如愿。

拙作到凌晨2点，变了点样，本人心里才稍稍松了口气，尽管还有或这或那的不足，甚至读者有不同意见，但改后的快慰是肯定的，个中滋味虽无"两句三年得，一吟双泪流"而发乎肺腑的感动、感激，却是可感可触的。

说"快慰"，是因为我开空间、博客不是为了聊天，也非单纯的自娱自乐，目的是请具真才实学的一流才子才女和朋友们提出真知灼见。前天下午文章一贴上，我还在调整图片、文字格式，好友东篱就发现了拙作，并善意地指出了几处不足。

原来我在描写情节和改人物姓名时，有多处差错。尽管我及时进行了处理，但心里明白还有一个棘手问题有待揣摩，结果在东篱留言两小时后，让以文笔干净、文字婉丽见长的兰子发现了。第二天，东篱、默延、木子、美丽得不笨的女人，甚至连从来没有过往来的东篱的朋友忘忧草也情真意切，大有范仲淹当年向仁宗皇帝连上三表的拳拳之心，几位才子才女所见略同，提出了同一问题！

本人在网友中，能享受到刘翔负伤、姚明进球一样的重视，渣渣文章能"一笔牵八方"，说明什么？说明蒋某的作品在他们心目中应该是比较完美的，说明他们珍惜友情、爱护本人，因为只有朋友才敢讲真话。

朋友是读者又是"上帝"，讲的还是真话，作者心里也就有了"文章千古事"的几许虔诚与神圣。尽管"江郎才尽"也回到了当年"才子"状态，端上一杯清茶，乐不思寐地构想起来。

"好文章是改出来的"这行话，本人三十年前在省报发表处女作时就铭记在心了。改一篇千字散文，两个小时可以搞定，但要改好，穷尽一生心血与灵感也难；改小说，要用一两句话把人物写活而让这帮才子才女们得到点抚慰，可不是几个文字、一段描写、一篇小散文的问题，往往改动一个小情节或一个人物的语言都会影响人物形象和故事的走向。这两天，一下班我就一直在揣摩如何让小说人物方倩的话，既符合她的职业特性，又有她的个性，同时还要从逻辑的角度印证刘文的聪明、质朴、坚强与母亲的涵养、教育有关，至少在目前，本人还没有发现有比原文中"男人活的就是这口气，辉煌的事业，背后必有惊人的人生经历"更适合于方倩的了。

这就是原文出现这段话的初衷和朦胧想法。昨晚深夜，我反复看春草的留言，得到启发后重新对后半部的情节进行了构思，出现了远远优于原文的意境，借刘文之口安慰他母亲，巧妙地给拆散用上了那段语言，既有了刘文的家风，又有了方倩的文化素养，还有刘文的乖巧优秀，竟收到了比预期还好的效果（当然还存在瑕疵）。一看时间，凌晨 2 点，虽有一些倦意，却是满心的喜悦。

至于星星之火谈到刘文性格在这一章"变味"一说，本人以为前两章都在重写刘、侧写沅，这一章"开章明意"就放在了乡情、亲情上，刘文父母自然是焦点之焦点。刘文刚经过那一场生死关显然已身心疲惫，精神没崩溃就不错了，按这逻辑写下去，本人不敢试笔；既然刘文能战胜惊涛骇浪，写他当众喊苦怨父母，就不合情理；现在写他感激沅霞、大妈、乡亲，也有轻重倒置之嫌。我以为聪明的写法应该是这一章该写好刘文的母亲这个焦点人物，她写好了，刘文也就写好了，小说就有戏了……

不惜笔墨刻画好人物性格是最基本的文学常识。刘文父亲、母亲的不同性格、品行、文化，空间里的天若有情、银杏、木子、老兵等好友一看，果然就感觉到了。最后我要重点感谢的是兰子率先发现了方倩的语言与语境不符合，东篱、默延、木子、星星们的"会诊"，特别要说一声"谢谢"的是散文写得美的春草，是她以她"弟弟受伤"提示了我如何"体会一个女性、一个母亲的情感"启发了我。总之，文章能有今天，离不开朋友们的才气与真诚，才更进"三秋树"一步，稍见疏朗明晰……

借此，感谢才子、才女、朋友们一直以来对本人文章提出了宝贵意见，并予以的精彩点评！如果我有点收获和拙作《瓜客》有惊喜，军功章有多半该属于曾经和以后给我提出修改意见的朋友们！

作者需自知到了哪个"弯"

在当下文学界，有一个怪象：有的人一天写几首诗、一年写几十万字，却很难见他上过像样的刊物；而有的作品不多，一出手大多不同凡响。从文字表面看，前者字从句顺，也不失为精雕细琢，原因何在？

个人以为，在他不知道自己到了哪个"弯"。

这个"弯"，对于相对成熟的作者或作家来说，不是技巧问题，也非生活底蕴不够或文字功底差，是头脑欠清醒。直白地说，这类人除因没放下身架，差了份山外的冷静、井外的视野外，啥都不差！

身架怎么放低？首先就得解决"盲视"问题，总觉得"自己的儿子乖"。这种人，如果能转变角色，冷静下来，去研究别人的优势，自然就会发现自己的弱项和平时一些致命的败笔。过了这个观念的"坎"，然后边写边学边总结，数年如一日，持之以恒，其作品自然会"万花丛中一点红"。

那么，前面说的"井外"在哪里？

打个比方，假设一部长篇小说开头是"默言醒了"，若遇上只懂点老道的理论常识和只在小圈子内看了几部小说的人，就会轻率定义"进入太快"；同样是开头，如见识过、研究过霍达的《穆斯林的葬礼》"清晨，她走来了"；贾平凹的《秦腔》"要我说，我最喜欢的女人还是白雪"；余华的《兄弟》"我们刘镇的李光头异想天开……"自然会发现，有异曲同工之妙。

貌似这么简单的常识，连"专家"都在严肃的"评审会"上出过洋相，普通作者不"警钟"常敲——走出"井外"行吗？

"井外"怎么走？读多了，自然就有一双火眼金睛；一入目便知道，哪些是真名家，哪些是水名家。远的，从经典名著里和公认的名刊上去选读；近的，只要一低头，每个刊物、网站、论坛、群都有精品。只是很多时候，这类人狭隘地认为，某种风格、文体与己无关，于己无用，甚至觉得文艺理论，与他都没多大关系，总认为是奉承或高高在上的批评、说教。个人以为，作为一个想写出点名堂的作者，适当读点不同类型的文艺作品，还是必要的，特别是对老一辈理论家、评论家——比如对李准、汪曾祺、何西来、雷达……若都只停留在知道他们的名字上，连《读剧札记》《文学的理性和良知》《小说艺术探胜》都不愿去翻翻，家里像《文艺报》《文学报》《文艺理论》一类刊物都没订过或好好读过，总是痴迷某些纯娱乐性的影视剧和远离现实的所谓宫廷、玄幻、穿越小说，还会有闲心去研究 20 世纪 70 年代末到 90 年代末那些达到中国小说、剧本巅峰的作品？不会比对把握当下诸如白烨、王干、谢有顺、贺绍俊、朱大可、叶匡政一些评论大家的艺术观，又怎能发现当下作家的得失，防止自己少走弯路？再说小点，经常出现在《人民日报》《小说选刊》《中篇小说选刊》《当代》《北京文学》杂志上，那些看似没有多少"分量"的千字创作谈、短评，难道不是作家的肺腑之言，不是最令评论家、编者动容的亮点？只要用心，仅从一般报刊上，都不难发现一些点评高手，如浙江有个叫娄卫高的诗人，他给人家三五首诗，总能洋洋洒洒写出两三千字的诗评，难道不是功底？肚子里有干货？

很多时候，恰恰是那些爱翘尾巴的人没在意，便没了机会明就里；而评者所"夸"他人亮点，又正是自己缺少而大报名刊又迫切需要的个性之作。

再比如，墨笼烟的《女人的格局，决定其命运》（风情长篇小说《楼蠹》浅析）。评者为啥不分析小说的选材、布局、立意、民俗风情或时代背景，何以偏偏分析女人？而且超乎寻常地冷静，只集中笔墨盯住女人的格局及其派生出的命运分析，竟把人物间的纠葛、情感的起伏、女人命运的千差万别梳理得一目了然，剥离得纤毫毕现。

说白了，这就是评者以艺术的眼光去对比当下小说的不同点，从而发现作品的艺术特点和于现实的价值。在这个过程中，墨笼烟出人意料地发现了小说写官商勾结是第一主题，写文化领域的蚀变为第二主题，写女人对人生和情感的态度才是隐藏着的第三主题。正是因为第三主题引起读者纠结最多最沉重，评者才发现，这是作者的构思初衷，才把准了作品的脉络，从宏观和微观发现某种幽微的指向。道理就像某些人初读莫言的作品不一定喜欢，甚至莫言投给刊物还吃闭门羹一样，那是因为没领悟出作者苦心孤诣所构建的寓意。

一部作品，特别是长篇，大多蕴含着多重主题。如果真能一读了然，谁都想去指手画脚当评论家了。这就是人们常说，大多评论家比作家清醒，是作家的"指南针"——貌似有些过，但不是没一点道理。

总之，即便是名作家，不需要把精力过多地放在研读理论作品上，但若能偶尔读些文艺评论还是有益的。关键是不少人在这条线上还处于爬行状态，因为自满，无异于给自己设置了瓶颈，其作品当有不平庸之理？个人以为，凡是写作者都当切记：树大易生虫，人有点本事爱自大。写作人不能瞧谁的作品都不顺眼，更不能以为有个"本本"就是"家"，写作要走得远，还得隔三岔五看点评论，研究一些有特色、有个性的作品，多问几个为什么，才知道自己走到哪个弯，上了哪道梁。否则，南辕北辙太久，回头难，下山更难。

（原载《西藏日报》等，获"四川省年度副刊作品奖"）

诗界的 "体检" 与出路

读罢杨志学的《今日诗人为什么不容易出名》^①一文，这几天，脑海里老是出现这样一些伤感的文字：过去，"一首诗可以使一个诗人一举成名"；如今，"这样的情形只能成为美好的回忆了"。杨先生在这里，仅仅是说诗人成名的环境变了和诗人今天的 "不胜寒" 吗？

笔者搜索了一下，其文转载达数百次；相关评论三十余篇。有的说杨先生写的是当下诗界的缩影，有的认为是对诗歌现状的探讨，个人以为，于诗坛应该视为 "一次及时的体检和有益的引导"。

文章是这样分析诗歌的环境："诗歌是一种与农耕文明相联系的文学艺术形式，它的发展繁荣和一定的历史阶段联系在一起。"他说："诗人这一行当，与田园牧歌相联系，与山水边塞相适应，与徒步舟马相协调。""诗的最高境界在于表现出人与自然、人与宇宙之间的亲和而神秘的关系。"接下来，作者指出了当下的变化：一旦工业、经济 "走到取代农耕文明的地步"，对诗人和诗歌 "就会造成极大的冲击"。

显然，这不是在简单反映诗歌环境和诗人所面临的困惑，它既涵盖了一个诗界学者高屋建瓴的观察，亦有纵观历代诗人命运和当下诗歌兴衰的思考。

杨先生观察敏锐、分析理性，而且见解独到。他说："诗歌走到今天的地步，过去，人们常常从诗人身上寻找原因，似乎是诗人自己不争气。其实，这是不公平的。"他认为，导致诗歌退出中心、走向边缘的原因，是一种强大的难以抗拒的社会力量。今日诗歌风光不再有其自身因素，况且，而今诗人更多地考虑了文本价值和艺术价值，与大众的关系也越来越疏远……"大众"指谁？显然，是群众、读者，是指工人、农民、学生、公务员，大家随便拿几本杂志，给他们读读，有几首他们读得懂？有几首是写他们的劳动、爱情、婚姻、命运、情感？别说写他们，别说普通学生，就是大学生、公务员能读懂？恐怕连某些名家也难说清他自己写的啥！

不难发现，作者是在寻找、分析 "病源"，目的是让人把当下的诗歌环境看清；在文章最后，他向一些迷茫的诗人发出一种清晰的声音：今日诗歌环境，于诗人也是一种考验。"有志于诗歌艺术的人，自然可以静下心来写作。超越名利，本是一种很高的诗的境界"。同时强调，"诗常被誉为最精粹的艺术形式，诗人常常被称为民族的代言人……"在这里，面对大家林立的诗界，杨先生出语委婉，自然不会去指手画脚，但依然不难看出他是提示诗人：

一、走出迷茫，积极适应新环境。众所周知，社会现实是滋生、孕育文艺作品最肥沃的土壤。任何时期的诗歌，要想脍炙人口、产生轰动，首先就必须把诗歌的根须扎进生活的土壤，力求作品有浓郁的生活气息和时代的灵魂。无疑，这就要求诗人必须积极主动投身现实生活，而不是让现实环境来适应诗人，更不能带有传统的思维模式，抱着幻想、观望、等待的态度，"一首诗可以使一个诗人一举成名"，不在过去那个"人与自然、人与宇宙"的"现窝窝"②了。

二、不再徘徊，激情应对"多元化"。面对网络、影视、音乐、棋牌等林林总总、高雅庸俗的多元娱乐形式的衍生红火，杨志学先生没有"授人以鱼"，却有"授人以渔"的同工之妙。他提醒诗人，应该持守高尚的"境界"，要经受住环境的"考验"，把自己融进时代，让诗歌的角触伸向多元领域、延伸到更多人群，确保高涨的创作激情，既不排除表现自我，也要重视多元群体，从而发现他们关心的、盼望的、想表达的问题，写出他们心头的情绪，以诗歌脍炙人口、灵活而富张力的特点，发出民族、时代的心声。

当然，杨先生的文章不是医治"今天的诗歌只是一些俗世高人'自言自语'"的灵丹妙药，至少《今日诗人为什么不容易出名》一文有助于诗界启开智慧之门，心有灵犀的诗人可以发现一缕属于自己的灵光。

注释：
①杨志学：诗人，学者，《诗刊》原编辑部主任，《今日诗人为什么不容易出名》载 2013 年 4 月 2 日《人民日报》第 14 版。
②现窝窝：有四川谚语"兔儿没在现窝窝"之意，多指老地方、老规矩。

（原载中国作家网、《达州晚报》副刊等）

读书需到"黄金屋"

谈及读书，倘若想一下车站、机场、饭店，就会想到"两耳不闻周边事、双眼只盯手机屏"的群读盛况，便不难发现无论贫富，抑或老少，都有个共同的精神需求——"读"。但个人觉得，如要真正读出收获，除选择阳光的书刊、网站、自媒体外，在时间安排上，还得懂点"统筹"；在读法上，仅以纸刊为例，也有不少"门道"。

我的做法是：三挤，两淀，一律。

三挤：早上提前一小时到办公室，浏览当天到的报刊；中午泡杯清茶，把细读精品当成一种享受，视不快不慢摘录资料为小休；下午延长一小时下班，既写或打磨作品，也避开了"堵车高峰"。

两淀：每晚睡前读几章经典，净心又催眠，若第二天不上班，就或读或写三四个小时——常自诩"天天有沉淀"；不管是走亲访友，或是出差回老家，挎包里总爱带本刊物，乘车、赶船、候机，就是"阅读课"——还窃喜"闹中求淀"。

一律：为了培养阅读家风，从二十多岁起就自律，带头不摸扑克麻将，不闲荡逛街串门，不主动找人唠叨；除双休日一天、长假一天半，陪家人会亲友，处理琐事，其余是"雷打不动"的读写时间。一人把门一关，选上些曲子，把音量开得小小的，边听边读或边写。

这些年，我获得读者和专家好评的小说、散文，多半都是在这期间听着曲子完成的。除时间安排有规律外，我对"读"也喜欢琢磨，感触最深最受用的还是"四步读"：浏览，轻读，精读，慢读。

浏览：一般先快速扫一眼题目和分题目，觉得与自己的专业、爱好、生活、家人有关的文章，在题目前画一个小圆圈。

轻读：对画上小圆圈的文章，从开头到结尾，以最快的速度浅浅地读一遍，对有用的三言两语或段落打上波浪号，顺手抄下来或"咔嚓"一剪刀"取"下，放进临时剪裁篮，待凑到一定量，再分类存档；对意与象结合奇妙、整篇文字都精美的作品，就按优品两个圈、精品三个圈，给标上符号分类入册；若还需要细读，便放在随时能看到，一有闲暇就方便取读的地方。

精读：自然是对精品或经典而言。对于这类作品，需要三四十分钟的，就用一小时去读；需要三五小时、两三天的，就抽出整整半天、五六天甚至几个月去细嚼慢咽；像《宋词一万首》《唐诗一万首》《红楼梦》一类经典，每隔三五年，就专门挤出时间从头读一遍，遇上常用的和容易记混的地方，或列入备忘目录或随手折上一角，以备急用时查阅。

慢读：慢，不是不急，不是慢待。恰恰相反，是指得到国内外专家学者充分肯定，但尚有一些争议，需要自己读一会儿，放下来结合书里书外想一阵，才能"弄明白"的畅销名著。对于这类作品，我读到反常的人物、怪异的情节、与众不同的语言，有些抵触情绪时，就爱"再读读"。往往读着读着，把前后的故事、人物和现实中的一些现象联系起来分析，一下就能发现作品的"奥妙"和艺术价值。比如读《尘埃落定》，如果谁读两章就嘀咕阿来不写高大上的人物，咋去写一个傻乎乎的"二少爷"而轻率弃读，那就会与"二少爷"弃种罂粟去种粮食躲过饥荒，并获得美丽爱情的故事擦肩而过，也无缘见识作品的精华，更别说走进小说的灵魂世界。

同样，假设看到《丰乳肥臀》这个书名，就认为莫言庸俗，甚至读到那个四十多岁的男人还以母乳为主食，觉得作者无聊瞎编，而不懂当下富有的社会、舒适的家庭，已惯养出千万个"上官金童"。其实，"丰乳""肥臀"是代指母亲为人类、民族繁衍、延续香火，从年龄到生理、身体，都牺牲了人生最美好的年华。谁能想到她们是以最美丽的心情，憧憬着美好未来，用自己的血肉包裹着、供养着儿女，为儿女提供了最温馨、安全的"温床"？作品中最神圣的最令人敬畏的精髓、灵魂都被盲读曲解，怎能发现作品蕴涵的当下有多少"上官鲁氏"式的母亲在为儿女贪图享乐、一遇变故就无法自立而担忧的深刻现实意义？

再如一提贾平凹的《废都》，很多人就会"噗哧"一笑，立马想到"性"和"色"二字，倘若问《废都》何以要那么多写"性"的符号？十之八九都会一脸茫然。作家是想以醍醐灌顶的艺术，让读者从中找到自己的影子，看到社会现实中有一些群体精神趋于颓废、坍塌，灵魂近乎恶臭、腐烂，从而幡然大悟，悬崖勒马。

这就是作家的敏锐，作品的伟大！正所谓色的眼睛看到的是色，性的眼睛看到的是性，思想家看到的是思想，作家看到的是社会，是在为迷茫、缺钙的群体举幡招魂，呼唤传统风俗的大美和民族精神的回归。愚以为，这些虚虚实实、举重若轻的神写之笔，无一不是大师们为读者精心准备的精神之餐。如果读懂了，上瘾了，天长日久，多含英咀华，不是半个评家，也成了半个写家。

（原载《华西都市报》和《达州日报》副刊头条）

爱你容易坚守太难

——获"第二届中国散文佳作"特等奖的发言

尊敬的各位领导，尊敬的评委，尊敬的作家朋友、媒体朋友：

大家上午好！

首先感谢上海市作协为活跃文学创作提供了这方环保的绿色之地，感谢上海文艺网给全国各地作者搭建了一个参与的平台，感谢评委肯定拙作《老家那盘青石碾》，本人才有这个交流、学习的机会。

今天这么多前辈、名家，不敢提"经验"二字，我就讲三个小故事抛砖引玉吧！

偷鸡蛋

我爷爷 13 岁就当船工，一年四季在渠江、嘉陵江、长江风里来雨里去，很小我就听了很多故事。也许是这个原因，小学三年级，我写第一篇作文《管水员道海爷爷》，就被语文老师拿去做全班范文。从此，我开始喜欢上了写作。幸运的是，在中学，我又遇上特别爱好唐诗宋词、每每出口成章的语文老师牟宗福，同学们见我隔三岔五地总有诗歌、作文被老师登上黑板报，而且常常排在老师写的前面，都戏称我为"二老师"。读高中，我又有幸碰上吹拉弹唱兼通，不时还在县报、市①报副刊发表作品的王建玮老师教我语文。

由于羡慕老师的学识、才气，读中学一年级时，我就在想将来怎样才能赶上我的老师。于是，我趁大人不在家，隔一两天把鸡窝里的蛋偷一个藏在屋后的乱草堆里，等凑上十多二十个，借当场天中午放了学拿去卖。鸡蛋 5 分钱一个，一年卖上三四次，就够订一年《上海少年》。记得是第二年，母亲发现我有一本本花花绿绿的小书与课本不一样，就拿出我的课本一比，问："这书不是学校发的嘛，我是你母亲，得对我说实话，只要是读书的事，妈支持，但不能撒谎。"我看母亲从来没像那么严肃，而且从那表情，似乎她早已明白了八九分，就承认了偷鸡蛋卖的事。母亲听了，叹了一口气："不是妈不理解，是我们家太穷。以后光明正大订吧，爸那里我跟他解释……"

遇上一个好妻子

一位姑娘与我恋爱了三年多，正当我们快要结婚时，她慎重地提出："结婚可以，你眼睛近视已几百度，但你得答应我，以后别看书别写东西了。"我看她态度严肃，是经过认真考虑过的，从此，我果断和她断绝了关系。

1982年5月，亲戚给我介绍女朋友，我与她见面第一句话就说，要朋友，我有一个条件，如果婚事能成，家庭的事业、开支，你不用担心，我会支撑好，今后的娃娃，我会尽力教育好、辅导好，但业余时间，我要看书写作，不得做家务，你不能干涉。同意，我们就继续下去。幸好，她是我高中校友，在学校就了解我。这几乎是不食人间烟火的要求，她竟然毫不犹豫就答应了，一诺兑现33年。除了农忙季节，我帮衬十天半月，她从不支使我干家里的杂事，而且把两个儿子教育、培养得都没有不良习惯，还顾家孝敬父母。试想，如果没有我妻子的付出和支持，我难以几十年如一日坚持读写到今天。她，就是坐在后边、陪我一起来的妻子小周。

一支英雄笔

我曾经在西藏林芝当兵。尽管那时每月津贴只有8元，但我就订了《青春》《小说月报》《文艺评论》。人们见我训练之余和节假日，不是读就是写，还一个劲地向外投稿，稿件投得越多退得越多，一个老兵竟当面挖苦我："大记者、大作家，你发表的文章呢？就凭你长得又黑又胖这个样子，还想写作？怕是做梦吧！"这于一个刚高中毕业的小青年，其压力是可想而知的。我没有气馁，没有放弃。除了加倍努力完成军训达标外，几乎每天晚上，我都要点完一根小蜡烛（两个小时），读写到零点才睡。我的文字终于在《西藏日报》变成铅字，不久，部队领导把我调到了团政治处宣传股。仅3个月，又把我调到师政治部报道组，才有缘得到祝平老师的指点和他的文风熏陶。从此，《战旗报》《解放军报》和西藏人民广播电台、四川人民广播电台也陆续寄来了用稿单。出人意料的是一个上午，那位讽刺过我的老兵，竟双手赠给我一支崭新的英雄牌钢笔……

33年过去，这支笔依然完好如初，我视其如珍宝。每当我的散文、小说、诗歌走进省级、国家级纯文学刊物，我就用它在刊物上写下"样刊"或"样报"二字。然后，把钢笔放回我最放心的一角。

我的交流到此为止，不当之处，请指正，谢谢大家！

2015 年 12 月 20 日上午 9 点 15 分于上海最美书店钟书阁

注释：

①市：现达州市。1968 年，称达县地区；1993 年 7 月，改称达川地区；1999 年 6 月开始改为达州市。

（原载《达州晚报》，略有删减）

风寒水冷梅早开

——参加王庆善、张全普、张远达画展碎语

本人画盲，实不会品画也不敢评画。幸好，古人有"诗画一家"和"墨韵余香画外读"一说，才有了一睹达州市画家"王庆善、张全普、张远达油画风景展"的勇气。自然，就有了读画的碎语和憨态。

王庆善：乡土气息扑面来

如果说《拾穗者》《晚钟》《死神与樵夫》是法国画家米勒以"生来是一个农民""愿意死也是一个农民"的生活磨难换来了令人仰望的艺术境界，那王庆善的画则是以深入的"生活体验"，汲取了大自然的精华，获得了"画风质朴""自然可亲"的盛誉。

人们在油盐柴米的俗世中生活，艺术家在这种生活中体验、感悟、提炼生活。王庆善把上山下乡的十八年艰苦磨难当成艺术的期遇和人生一杯珍贵的美酒，去捕捉生活的天然生态，品出了生活的真美，表现出了大自然的大美。一幅普通的景：小桥、流水、古树、村道、田野、村庄，在王庆善眼里就是一组绝妙的素材。经他一番艺术构思，提炼加工，一幅错落有致，不见雕琢，如田园诗一般美的风景油画作——《古桥》就水到渠成。明眼人一看，自然明白，冰冻三尺非一日之寒，没有丰富的生活底蕴，不经一番悉心揣摩，非坚实的艺术功底，《古桥》绝难达到如此境界。无论是他赞扬学生爱劳动，反映孩子参加锄地的《那片绿土》，还是表现大巴山蜀道不再难，歌颂改革春风吹进巴山蜀水的《巴山初春》都有一股浓郁的乡土气息扑面而来。有的说，王庆善画的油画语言浓，厚重微妙，色彩丰富；有的说，他善于从大自然中汲取精华，给山水草木赋予惊人的生命。王庆善认为，应该感谢他在万源那十八年生活。他太爱那块厚土了，每次带学生去写生，几乎是一抬头就是一幅绝妙的景，一举笔就是一幅难得的画……

笔者则觉得，王庆善先生的作品正印证了沙汀的话："写作品就和点燃煤气灯一样，看上去一点即着，其实它需要打气，打足了气，才有燃烧的可能。"打气，就是生活磨炼；点灯，就是对生活的体验；发出的光，就是艺术之魅力。

张全普：画风淳美画如人

达州籍画界大师罗中立以一幅《父亲》闻名中外，张全普则以《晨光一束染农家》轰动了达州，赞誉之声不绝于耳。画界名流向才敏先生如是说："一抹晨曦，斜射着古老的农舍，一缕淡淡的炊烟袅袅飘升，而两只小鸡在晨光中觅食，古老的树桩，在述说着古老的故事……"多么美妙的意境，多么精当的语言！这是从画面和构图来说的，而另一位七旬老者则是从技巧、思想艺术的角度评价的："《晨光一束染农家》层次交代清楚，主题鲜明；轻重详略恰到好处，命题与画的主题思想得到充分表现；其画是笔触表现形式，它的艺术价值远远高于抹的表现形式，作者把挚爱家乡的思想感情融入笔端，浓郁的巴山民风，千年的蜀水韵味都得到了充分的展示……"

张全普先生曾经说过："我很喜欢老房子。老房子里有淳朴善良的人，他们之间有很多人性淳美的故事，一草一木都有浓郁的巴山气息。"画如其人，张全普交友待人特别注重一个人情的"淳"，为文作画也力求一种人性的"美"，诚如这次画展前言所叙：能抗御横流的物欲，耐住寂寞和清贫，坚守绘画一方净土。

取材于真佛山庙宇的《古刹深深》则犹一首古诗，耐人咀嚼。一看庙门前那几棵粗壮的古树，便如醍醐灌顶，是对当今世俗的批判与警示，尖锐又不失含蓄，无声胜有声，可谓神来之笔。作品打破了"不宜在画面前摆设遮挡物"的陈旧观念，加强了画面三重四重的景深，更重要的是表现了画家执着追求艺术，不为物欲所动的坚强信念，以油画艺术在画家心中树起了一座圣洁的丰碑。同时，也是画家崇尚人性美、人情淳的绝妙写照。一位女画家感叹道："张全普的画构思巧妙，点点滴滴都情注笔端。"近的，秋毫毕现，亲切自然；远的，空旷深远，通气流畅。从张全普的《古刹深深》到《飞流入梦》《折多山下》《暖风》，我看到了一种力量，一种矢志不渝的求索和坚守清贫的愉悦，也看到了今天巴渠油画新的语言艺术……

张远达：画蕴哲理余味长

紫蓝色的夜晚，没有一颗星星，不见一线月光。舒缓渐宽的山势之间，一条形如弯月的小河，随了山势，如龙鳞溢彩，星瀚流金，泛射出烁烁光波；远处深邃凝重的背景，与近处跳动的光点形成强烈反差，令人为之一震，神思远驰；一只小船静静地泊在岸边，不见人影，船主一天撒网摇桨，穿行于风里浪里，此刻是在回家的山道匆匆赶路，还是已疲惫劳累中与家人进入了梦乡？是啊，万物生灵都在为生活忙碌，也都有归巢歇息之时，水鸟也从远山归来，一只立足未稳，一只紧随而至……

如果说这是张远达先生在《憩》中，以静与动、暗与亮衬托，刻意追求达到了人与自然和谐统一的微妙意境，那么，他的力作《尘封的岁月》，则掘出了唐朝文化的底蕴。人们知道，凤凰山下有一座双层六角亭，那是纪念唐代诗人元稹任通州司马第四年而修建的嘎云亭。初看张远达先生《尘封的岁月》，不过一幅普通的风景画，略用心一瞧，稍加琢磨，就心有灵犀，满目惊喜：好一座嘎云亭，精巧别致，古朴典雅，似有一股清新墨香徐徐而来；微微上翘的亭角，恍若元稹不古，浑身透出一种清气，令人敬畏；亭沿老砖，苔藓丛生，见证着当年通州文化与物质的繁荣；无言的脊棱青瓦，新绿点点，勃勃生机，述说着元稹的故事；一抹黑黢黢的深色背景，衬托出一圈利剑般的万道金光，唐朝文化的鼎盛、元稹的精魂，在画家简约的几笔下，表现得淋漓尽致而又含蓄自然………

综观《潮涌》《冬月》《静静的渔家》《金色的霞波》，张远达先生的画风笔触宽广，收放轻松而又颇富哲理。

（原载新浪网《草根》栏目）

文字路上的记忆

　　行走在文字这条路上，糊里糊涂就不知道了归路。时有亲友提醒，从如幻的恍惚里醒来，才觉得有些清冷，一环顾左右的繁华，方发现与文字无法割舍，就又念记起以前的一些恩师来。当这种情绪一蔓延，我就爱用文字取暖，走进自己的一亩三分地，打开那几乎占了一面墙的书柜，从高高的格栏上取下几本厚厚的收藏册或一本本杂志，小心翼翼地翻视着，字里行间就有了当年在西藏的日子，那笔直的蜡杆、闪烁的烛光，也就在眼前纠缠起来……

　　这篇蓝色笔迹，是在西藏某部政治处时，一位又胖又矮、年龄不大的段姓干事放弃了晚上看电影《泪痕》，在烛光下帮忙修改的，写了800字，删了300字。噢，这篇900字的豆腐块，稿子还誊得蛮整洁，题目却空缺了两天，连中午端着碗碟去食堂，也在一路冥思苦想，当闻到了臭味才蓦然发现就餐走错了方向，原来是厕所。结果还是政治部那个平时不戴眼镜，一写文章或帮人改稿才戴一副白边眼镜、清瘦高挑的祝平老师给删减润色的。他添加在行间的300字，至今读来依然婉转、飘逸。嗯，这篇文章在全师反响不小，发出来就接近2000字，也是祝老师带我们到连队采访，让我代表报道组执笔写成的，而我却在糊里糊涂的写稿中，误将墨水瓶当茶杯，闹了个宣传股的人"墨水喝得多"的笑话。至今想来，老师处理稿件时，那片昏黄的烛光，还是那样幽静、温暖；他那精瘦修长的指影、纤细的红色圆珠笔，依然如行走的龙蛇般生动；特别是他那干净而有磁性"文字无定位，关键在调遣"的话语，每每在我耳畔回荡。呃，这篇近4000字的散文，是回到地方后，想让文字升个境界，狠狠磨"刀"五六年，闭门不出写了两天、改改停停达半月，才被当地报纸放在了副刊版头条，又被多家报刊转载。这本国家级纯文学刊物刊发的文章只有13000余字，前后却花掉了一个多月。这篇5万余字的小说，历时达半年、易稿十余次，发表后，竟获得著名评论家、云南师范大学中文系主任张运贵等教授、作家3万余字的长评肯定。这几个三四万字的中篇小说刊载后，嘉评接踵而来，有的还被《小说选刊》列入《佳作栏目》。这部50万字的小说，凝聚着几十名作家、评论家、文友的关注和建议，著名作家贾平凹、阿来题词，上海作家协会副主席陈村欣然留墨，数家出版社（商）伸出橄榄枝……

　　书柜"自创栏"里，400余万铅字的收藏，40年的耕耘跋涉，40个春秋的不变坚守，是什么在默默支撑着一个年约 20 的愣头青，立志要将文字变成铅字，当记者、作家、散文家，从渠县鲜渡那个山旮旯到雪域高原、尼洋河畔的军营一路走来，抵御了一路的诱惑呢？

再一回眸刊发的文章，呵！好幼稚的文字，多亲切、熟悉的版式。报纸是《西藏日报》，题目是《一举新修拦河坝　藏族人民双受益》，版面虽小得可怜，只 600 余字，时间却让我一生难忘——"1979 年 10 月 13 日"，就是这篇"豆腐块"曾让我激动了几天几夜，也影响了我一生。它是我当年在白坝镇那个山沟沟里，日出就着蓝天白云与梦想苦读，晚上又借着一片烛光，夜夜写到凌晨一两点、投出的第 121 篇文章、忍受着一双双白眼与穿心的讥讽后，才发表的处女作啊！翌年，还是《西藏日报》，在 1 月 7 日头版《驻藏某部政委陈文钦不徇私情》，3 月 28 日《一把麦穗送八里》也接踵而上……

大约在《西藏日报》发表文章 3 个月后，西藏人民广播电台也陆续寄来了《风雪三昼夜》《云南仁小伙》等多张采稿通知单。最激动人心的是 1979 年，我第一次听西藏人民广播电台播送我的稿件。

那是一个风雪交加的夜晚，我一打开部队的"红星"牌收音机，就听到："听众朋友们：晚上好，现在是边防新闻时间，请听通讯——《冤家路宽》；作者，蒋兴强。"收音机里，树梢在寒风中"呜呜"颤抖、低吟，风声一阵紧似一阵，一个女子声情并茂地渐近而来，"夜，已经很深了。人站在漫天飞舞的雪花里，脚下的二郎山厚重、迷蒙……"那些熟悉的字句，如欢笑的溪水从那个"小黑盒子"里流淌而来，是那样深情，那样悦耳，我的心狂烈地跳着，深深地醉着。也许是受现场"直播"的鼓舞，接着《战旗报》的《无线电连的女兵们》《解放军报》的一句话新闻等也相继面世。不久，在西藏人民广播电台播送的十多篇小稿中，《冤家路宽》竟获二等奖。翻着那一张张变色的文稿和新老奖状，人虽然从西藏出发，足迹过了巴松错、二郎山到了四川，而心却还恍恍惚惚在西藏，一见到藏族同胞，就格外亲切，那里的山水雪景与黝黑朴实的脸庞，竟每每让我梦牵魂萦，笔下的梦想也在延续；不时在《四川日报》《华西都市报》《重庆晚报》《新民晚报》等副刊版面上，也有了本人的印迹；四五十家报纸比拼，只有千分之一概率获奖的全省年度副刊一二等奖，自己也时有所获；渐渐地，《中国作家》《青年作家》《滇池》《作品》《四川文学》和《散文选刊》等纯文学刊物也出现了本人的作品；少则四五千字，多则三四万字，中篇小说、散文竟成为创作的主攻方向，有的还进入权威选刊；有的获得全国最高专项奖"冰心散文奖"，有的获得"第二届中国散文佳作"特等奖，即便偶尔写点诗歌，也总是有感而发，从不无病呻吟弄玄虚，不漠视现实戏弄读者，结果《诗刊》《绿风》这类权威杂志也不嫌弃，有的还被选入《中国年度优秀诗歌》和诗刊社 5 年选……

　　触摸着几本纸面褪色却保存完好的用稿集，翻视着日渐增多的一本本刊有本人小说、散文、诗歌的纯文学杂志，深吸着那淡淡的墨香，明知是敝帚、陈芝麻，却也有"章逾晁董，学擅卿云"般的窃喜，一直让它随我行走。我回到农村，它就到了我那座土墙老屋；我进城，它也跟着我到了低矮的出租房；我到报社，它就走进了我书柜最高的一栏。生活拮据的日子，我看到它就感到些许的富有、满足；人生跌入低谷，它给了我温暖、自信；世间的世俗、亲友的势利，眼光如刀子般伤害我时，唯有它毫无怨言，不攀高嫌穷与我共度清贫，悄无声息地支撑着我的脊梁，伴我行走了一万多个日日夜夜……

　　多年来，面对当下的文化领域，想起当年的媒体，老师们的学识、品行，一直影响着我做人行文，心里就想去看看过去在部队那些帮我修弥过文章的老师；想去西藏，看看《西藏日报》和西藏人民广播电台那些不曾见过面的编辑；想去《解放日报》《解放军报》《人民日报》等报社门前，拍上一张照片，收藏在心底；想去《小说选刊》《延安文学》《滇池》《作品》《中国作家》《诗刊》的编辑部道一声谢，再送上一杯热茶。然而，这些刊物的大门是啥模样和大多编辑姓甚名谁，我都不知道。想到这些，心头就常常泛起莫名的惆怅，内疚……

（原载《西藏日报》副刊）

朝霞绚丽看草原

——浅析电视连续剧《生死依托》的乡村意义

女人难，女人生孩子，凭一把剪刀、几块布片就迎接她们十月怀胎的孩子和保障她们呼天抢地、随时都有可能走向死亡的生命；看病难，"去痛片"是一个山村医治感冒、胃痛，甚至宫外孕、肝炎、结核的万能药，渐渐地，赤脚医生秋来的绰号也叫"去痛片"；饮水难，当朝霞映红一个个幼嫩的脸颊时，母亲端着半瓢凉水喝一口"噗"地一下喷在孩子脸上，那是给他们洗脸，孩子仰着脸、可怜兮兮地央求："妈妈，再喷一口吧"；生存难，一群三四十岁的老光棍，整天面对的是山上干硬的土岇、山下干枯的树木和没有一星点绿色的土地，偏远、迷信、无知成就了一个特殊的贫穷部落……

在这样的特殊环境里，下乡知青王天明与当地姑娘兰兰有了爱情的结晶。于是，一串扣人心弦、催人泪下的悲情故事发生了。这便是以鄂尔多斯为背景，由林海鸥编剧、康宁执导、蒙立奇摄制、"中央电视台综合频道"在黄金时段播出的人性情感大片《生死依托》（下简称《生》）。

扎进生活：尽致处，浓墨重彩；百结时，缠绵凄美

该剧从镜头一拉开就以震撼心魂的画面和不可阻挡的气势，沿着人性、人情和人物命运这条主线，一路跌宕起伏地折射出了一个个人物那丰盈而复杂的灵魂世界。淋漓尽致处，浓墨重彩，大胆特写，令人痛彻心扉；柔肠百结时，又总是情思万千，缠绵凄美，民俗清纯。

《生》的选材不哗众取宠，但扎进生活的力度、深度，择选人性视角、抵近生活、靠前灵魂却是技高一筹。

山丹是知青王天明和青山村漂亮姑娘兰兰的女儿。兰兰因难产去世，好心的女牧民娜仁收养了山丹。遵照兰兰的遗愿，娜仁将小山丹带到青山村，期盼着王天明兑现承诺回村带走孩子。然而，期盼变成了泡影。大学毕业后，山丹回到乡卫生院当了一名医务战线的志愿者。新型农村合作医疗指示下达时，山丹主动帮助

做义务宣传，其间坎坎坷坷，历经磨难。母亲娜仁因病去世，弥留中把当年王天明留给兰兰的那只玉镯戴在山丹手上。不久，市中山医院院长王天明带领专家组下乡进行疑难病症的诊治，亲自为青山爷的白内障动手术。重见光明的青山爷一眼就认出王天明正是当年与自己的女儿兰兰搞对象的那个知青。而当山丹得知她一直痛恨抛弃自己和生母的那个知青正是自己崇拜的恩师王天明时，她一下无所适从了。

在亲情面前，山丹与真心实意帮助她的生父冰释前嫌，找到了她幸福的归宿，并成为受农民爱戴的年轻女医生。

按理说，这么一些普普通通的故事，是很难出彩和引起观众共鸣的。但编剧林海鸥凭着对内蒙古故土的眷恋与深情、导演康宁以独到的艺术悟性和与众不同的审美，技高一筹、出人意料地把一部质朴如鄂尔多斯的一捧黄土、平常若内蒙古草原上一棵小草的零碎事物，给挖掘、刻画出了浓郁的北方乡村味，拍活了那山、那水、那人、那树、那草的灵性，自始至终给一张张画面都注入了旺盛的生命力和强烈的视觉张力。比如剧情一开始，青山村姑娘兰兰怀上了知青王天明的孩子，在纯洁、高尚的爱情面前，为了不影响天明上大学，两人商定隐瞒了婚恋关系。这本身就是人之常情，而《生》剧信手拈来了乡村风俗，身为农民的青山爷却无颜接受女儿怀孕却"没有"丈夫的事实，气得在屋里团团转，一下扔出了兰兰的衣物，一个身着红花粗布衣装的农村姑娘不得不拖着沉重的脚步、挎着个包袱逃出家门，孤零零地开始了流浪。望着那孤单的身影、漫长的村道、深远的荒原，谁不替兰兰的命运揪心？谁不为这千年乡俗悲凉？

怀有身孕的女子在路上发作，在现实生活中是常有的事；离家出走生孩子昏倒在路上，遇上好心人相救也是人之常情。然而，不通公路，没有车辆，山里无医生，过河无舟桥，风雨交加，洪水暴涨，一边是恶劣的自然环境，一边是撕心裂肺的分娩难产……

类似震撼心魂的画面，在《生》剧中接连不断，在每一个地区都不同程度存在，似乎就发生在身旁，笔者不止一次淹没在了莹莹的泪花里，久久不能自拔，不禁多次暗自想：在这满眼都是红男绿女的大都市，三顿吃着营养餐，还觉得日子不如意，一个个都费尽心思去保健、美容、休闲，更有像高胖子仗着手头有钱糜烂无度、林姗姗私心的过激行为一类，在我们这浮躁光鲜的身边还少吗？

他们会记得在某个偏远一隅曾有这么一个活着、孤独无助的群体？有几个的眼光会慷慨地注意和思考一下这样一个"部落"是否或多或少还存在呢？

立足艺术：刻人物，入木三分；画黑白，立竿见影

我们不妨从三个人物的塑造，来分析《生》剧的思想艺术。

写赵春来水到渠成。青山村的青壮年都走出山外，到繁华大城市和改革开放先人一步的沿海挣钱去了，唯有赵春来留下来为村里人拉水，他也想过上好日子啊！于是，他与父亲的冲突很自然就出现了。赵氏父子的冲突，反映了赵春来被世俗、狭隘、邪恶噬害，正义最终战胜了邪恶，这是山村的一缕新风，发展沙棘产业，合理炸山引水，都是农村走向小康的希望，一个接地气有思想的人物，鲜活而饱满地呈现，为后来老村长等待候选人，赵春来拿出自学毕业证做好了铺垫，没有惊险曲折的情节，也没有离奇的悬念，一个淳朴、善良的农民企业家诞生了。

写山丹抓住三个关键点。做手术，心怀乡亲，救死扶伤，却因她是"实习医生"被主任医生刘德伦报复，反挨了处分；打官司，以法律为武器，为农民赵叔主持公道，捍卫生命尊严；当志愿者，从现实出发，以青山村的利益为最大的愿望，处处为群众着想，在新农合发展的基础上尽职尽责，赢取青山村人的尊敬。

再看反面人物刘德伦。做手术，敢当着护师、助手的面收红包；有人提出销毁病历档案，在利益面前，两个10万元的红包，竟然从容接过；勾结不法商人，借手中的权力贪污受贿卖假药，恶劣至极，最终害人害己。于贫困的乡村，这种冷漠对待他人生命、一切只看钱的人，无疑是农村经济发展和医疗改革的一块绊脚石。

一部好的作品，不一定要情节离奇，但它必须是常人不注意而现实中又触目惊心地存在的现象，方能牵动人们的神经与心魂，从而引起共鸣和对社会的思考，才是上品、精品，不难看出，《生》十分努力，且非常出色。如果说，张艺谋的作品有大开大合的艺术张力，那么《生》则慧眼独具，把镜头伸向某一个"苦难部落"的生存状态，聚焦了一群鲜活的原始生命元素，把一个很多人心知肚明的现状粘尘带土地摆在观众面前，让真假美丑、是非善恶淋漓尽致地表现自我，给人以窥斑见豹、四两拨千斤的艺术效果。

一场生命与灵魂的浴火涅槃

——评王甜中篇小说《集训》

对于一个军人来说，军事训练、内务养成和早晚集合、五公里越野、地方抢险，那种特殊的生活，不管过去多少年，都会记忆深刻、历历在目。笔者曾一身戎装，也从小就爱读小说，可一读王甜的《集训》①，就耳目一新。她不仅跳出了当今不少作家只会"编故事"的套路，且以一支妙笔，诱惑着读者不知不觉就跟上她那俏皮、调侃的语言，与"学员"一起去刁难、埋怨队长，当我们正为那目不暇接、"一碰就响"的文字称奇时，才豁然发现，小说向我们展示的是从高学历到一个合格军人所必须经历的一场"凤凰涅槃，浴火重生"般的生命与灵魂的锤炼！

一、瞅准读者仁爱、善良的传统美德，巧借"三高生"的优越感和女生的聪明、自负与一点淘气，让人不知不觉就跟着作家的笔触，进入了同情、怜悯队长和三位班长的悲情氛围，心情渐愈抑郁、沉重起来……

集训，是为了让新兵或学员尽快适应军营生活，确保战争突发时，军人都具有战场所特需的体力、技能、意志的基本训练，也是一个人从普通老百姓变成军人所必经的第一道铁门槛。训练时，"嘭"地倒下去一两个人是常事。"50后"称之为"锻炼"，"90后"谓之"鬼门关"。试想，一天连续七八个小时的步伐、队形、队列训练，人两眼一睁，从神经到身心都处于正步、齐步、跑步的紧张状态下，除枯燥无味的左转右转，眼睛里就只有整齐划一的身形，满脑子唯有"嚓嚓嚓"的脚步声，而且稍不用心，让"头头"们发现或让教官们不满意，轻则连续搞几次"紧急集合"，整得个个人心惶惶；重则"单兵教练"，命令你夏天穿上棉大衣、大头鞋，扎上腰带，让你围着训练场连续跑步几十圈"显宝"，还美其名曰："钢铁战士，首先需要钢铁般的意志。"谁敢不从而违犯军令？显然，这种炼狱般的生活，除了写训练的残忍，就是变着花样反映集训的趣事。然而，《集训》则避开了一般军人的集训，另辟蹊径选取了高学历、高素质、高水平的"三高生"，而且还是男女生"混编"。这些"三高生"，论文化、知识、素质，与传统意义的"新兵"比较，于教官本身就是一种压力，再加上一个个都是"二十好几"，还有几位"愣头青"有着高干子弟背景，自然这戏就十二分精彩了。作者把笔触伸进他们的生活，以鲜活的现场写实，表现出他们的宣泄和强烈的逆反情绪："都说，打仗时冲在最前面的都是新兵，是给做了思想工作，给鼓动上去的。鼓动不了，就一脚把你踹上去。反正你得上，哪怕被子弹打成筛子呢——你不当筛子谁当筛子？"

谁当他们是"筛子"，谁肯定就患有甲型流感，神思恍惚。正如小说中所写的一样，他们是被电影、小说甚至网络熏陶起来的一代，"是拥有本科以上学历的地方大学生"。他们思想活跃、目光深邃、才华出色，他们是未来战争中，丘吉尔、麦克阿瑟一类将军的强劲对手与先天克星，是今后决定战争胜负的重要角色和军队精英，是国家和民族的骄子。即便是"筛子"，他们也要分出个"层次"来。不是"倒霉"的那类。比如王远，他进集训队一见到三楼走廊上的一群人，眼睛里就有了"鄙夷"的微光。连那个肩膀上"扛着两杠一星"——最高权威的队长，都让他疑心。在这群"三高生"看来，这位"队长"几乎没有什么标志像领导。而面色黧黑，只有"一口广告里才会有的、闪着健康光泽的洁白牙齿，带着和气生财、讨好世人的笑容"的队长，连他自己也深深感到了莫大的压力，不得不借有学员羡慕其军衔时，勤勤恳恳地"解释"："其实已经是中校了，命令都宣布了……是团里某个技术单位的副主任，主任还是少校，所以不好意思配一个比上级还高的军衔。"

这位队长，既有常人的虚荣与成熟，又有面对"三高生"狂傲不羁的沉着应对和队员捣乱故意抬出高干亲属而出现的心理压力。

在储藏室门前，尽管他善意提醒大家，只拿必需的东西出来。但这伙新队员不认识这位黑脸、婆婆妈妈强调制度的队长，仍然不要命地往外搬运衣服、毛巾、笔记本、收录机、明星照片和小袋的饼干、薯片……而身为队长的他，却不得不一直控制着自己，欲言又止，甚至还有个"小混混似的男学员，从兜里掏出一包烟，熟练地掸掸，抽出一支来嘲讽性地发给他……"换成普通连队，谁吃豹子胆了？队长不借机批评队员，大谈一下军人形象问题、作风纪律问题、思想道德问题？但在"突如其来的一支香烟面前，（队长）没有一点思想准备，一直摆着手，身子往后倾倒，一脸完全失控的困窘，他谢绝的眼神中竟然夹带着惊恐……"

几个小小的情节，王甜就在不经意间，让善良的读者对队长心生同情，达到了作者暗示"队长一直被冤枉了"的效果。可是作家正在兴头，怎肯就此罢休？这里一肚子的屈辱没消，二班的队员又在胸前抱了拳，向四面八方新结识的狐朋狗友一一抱拳："兄弟叫徐梦翔，职业行吟诗人，有劳各位了，俗话说，在家靠父母出门靠兄弟……"一副十足的江湖气派。队长虽然差点肺都气炸，像是迎接仇家一样，但也只是说了句"怎么啦袍哥"反讽了事。作家让矛盾处于一种引而不发的状态，使小说叙事始终充满了张力。难道这位老爱黑着脸、一口白牙的队长真的是生性懦弱、糊涂迟钝，就没有一个军人本该有的男儿阳刚本色？

二、要搞清《集训》的真正内涵，我们得从看似少言寡语、活脱脱一个"闷葫芦"的队长分析。作家为啥把一个血性男儿和带兵的班长们设计成了"苦瓜"，而对几个鬼精的男女学员不惜笔墨，着意渲染？

军队，不是世外桃源，任何时代都有世俗社会的影子，又有其特殊使命所赋予"不容商讨"的刚性一面。通俗地说，军事机关，就是一个国家、民族赋予其制定军事行动、发布军事命令和监督执行的权力机构；军官，就是为了确保军事任务圆满完成的指挥、执行长官。试想，作品中的队长，一个小小的中尉，来负责集训这些追求"非主流"、崇尚"超女"、有着特殊背景的"梦幻一代"，让他们在短暂的时间内，改变从小养成的那种轻松、浪漫、自由的生活习惯而服从命令、"拼命"训练，谁敢保证不得罪这些"娇骨玉朵"？谁保证他们不向"背景"告黑状？这对于一个小小中尉来说，本身就是一场不幸，甚至是"倒霉"的开始。

一班长训练"起立"，明明前面还有队长督阵，下面"端端立在队列里的肖遥就梗着脖子、目不斜视"地小声对前排的王远说，"又把我们和那帮初中高中入伍的混为一谈了，告他侮辱"；训练放凳子，"唰"的一声干净利索，明明彰显的是一种肃然、军威，让人感受到的是军队意志、整齐划一的惊人力量，而在肖遥的眼里却是："老子现在想起迈克尔·杰克逊跳的机械舞，怎么就觉得他当过兵呢！"

再说军人的发型，分明是结合战时的特殊性而制定的，干部战士都不得例外，但是对于天生爱美的女人，特别是对时尚情有独钟的年轻女大学生，哪个对自己那一头秀发不是最爱，从小就精心呵护的？如果说姑娘是山水自然，那她们的一头秀发则是一缕缕云彩。天下恐怕没有一个人不觉得姑娘的头发不是一道怡然养眼的风景。就连队长本人看到汪晓纤、路漫漫头上各有一番美，在安排"削发"时，也不得不酸溜溜的："三班长，明天下午你带她们俩去镇上，找个理发店把头发剪掉就行了。哎，我说……那个那个……汪晓纤。"

在部队，都知道人性化与纪律，就像天生的一对冤家对头。尽管队长看到一个表情温顺，"头发也长而柔顺"，一个"自来卷，头发又卷又长，蓬蓬地懒懒束在脑后，耳根下却饶有风情地支出一小绺弯成小圆圈的发丝，乖巧地贴在脸庞上……"不忍让她剪掉。但部队的战斗力就在于平时的纪律养成，队长不得不"残忍"地安排——与其说是让三班长"带"路漫漫、汪晓纤两名学员，不如说是含有"押"的强制成分，带她俩去镇上剪掉那叫读者也不忍割舍的"美景"。面对剪发，汪晓纤一路上就像去断头台般，悲戚戚、可怜巴巴的；路漫漫见三班长对汪晓纤"削发"的残忍，如猴子看到杀鸡般急红了眼，立马就意识到"厄运"临头。这个扛着红牌、顶着长发、乳臭未干的女学员，竟然不理睬女班长的难堪情绪，振振有词地说，她问过队长了，队长说头发只要短到肩膀以上就行。然后，不知从哪里掏出一把精巧的透明塑料小尺子，用谨慎的动作把它笔直地竖起来，下端搁到汪晓纤的肩膀上。一副锱铢必较、毫厘必争的架势。这一梅二开的写法，正是王甜既要表现学员的不羁、灵性，又要描写队长、班长群体处境尴尬的点睛之笔。特别是在刻画队长时，有这样一段堪称一绝的对话：肖遥一时无话，半天才讪讪地说："其实，我倒以为，队长比你想象的简单。""简单？"王远冷笑，"我一直摸不透他！他却能读透我的心思！"小说淋漓尽致地刻画了一个优秀军人特有的刚柔得法、有勇有谋的复杂性与很多时候不得不装糊涂的多元一面。在写军务股长诱惑、讨好肖遥时，仅用了"想不想摸车"简短的五个字，就有了《红楼梦》"宝玉爱吃胭脂"的异曲同工之妙，让我们看到了一个老道阴险、品行不端的嘴脸……

一个优秀的作家，往往能让人在简洁的文字上，体味出别样的用意。"都有了"——三个字，要知道，在部队，就是皇亲国舅、马王爷长了三只眼都得乖乖地跟着那极其简短、金贵的"都有了"三个字，整齐划一地起立、齐步、跑步、坐下、卧倒，统一行动。而且容不得丝毫拖泥带水、婆婆妈妈，哪怕你功勋卓著、尿憋不住了，顺着脚杆儿滴答，都必须做到绝对整齐。正如王远的立正，"整个人身板都直了硬了，要倒下去能把水泥地面砸个坑儿出来"。特殊时候，如夜间紧急集合和战时的冲锋或边关主峰、要卡的争夺战，只几声尖利的哨声或一个手势，外部看似如惊弓之鸟或利剑出鞘，而当事人则必须在平时就得练就一身紧张有序、临危不惧、行动隐秘、速战速决的本领。任何一场惊心动魄的战争，背后都必须首先历经这种看似简单的日常训练。这对于普通大学生来说，要成为一个合格的军人，无疑要经历一回旷日持久的、脱胎换骨般的炼狱。而对于部队，以文字去描述纪律，永远都是苍白无力的。正如作品所言，只有当过兵，才能体味到什么是国家利益、民族精神，"什么是部队，什么是绝对服从、令行禁止"。

如果说一个军队，对外展示的是力量，那么一个军人，在部队就只有服从。战争有多残忍，服从人就必须在承受恶劣环境的前提下，去主动承受和战胜毁灭性的战争残忍，并不失时机地去争夺战争的主动权和自己的生存权，从而完成国家、民族赋予他的神圣使命。这不是常人说的"高调"，是国家、民族、人民赋予军队的神圣使命。军队要圆满完成这些任务，关键就在于养成，平时就必须培养、磨砺军人具备过硬的政治、军事素质。只有达到了部队的量化考核标准，才能确保"步调"一致，"战时"少流血。

现实生活中，不少军人为了国家的安全、军队的建设，他们很多时候都顾及不了自己的老人、妻儿。比如军区路部长来基层检查，学员肖遥跟军务股长"扯起"，偷偷学车偏偏回不来。这里首长还没送走，那里王远跟着肖遥私自外出又露了馅、眼前儿子也中了毒，身为队长竟眼睁睁看着，抽不开身去抢救自己的骨肉，家属那张平板的、失去个性的面孔忽然之间扭结起来，那是一个悲愤至极的人才会有的、完全没有宽容余地的狂怒表情，她在那一刻对自己被牺牲的命运有了极端的认识，眼泪喷薄而出："熊有林你有种断子绝孙——"队长也该疼自己的孩子，他也是人啊，这就是队长的责任，一个军人的崇高！

深有切身体会的我，读到这里眼睛也跟着潮湿了。一个士兵，在部队一干就是几年；一个军队干部，往往一干就是几十年，甚至是一生。他们常年远离家人，将青春、热血，无私奉献给国家、民族、人民。2008 年那场雪灾，全国人民都在忙忙碌碌为家里准备喜庆的年货，是他们奔赴在安徽、湖南、湖北、贵州、四川等深山雪岭；同年，"5·12"汶川大地震，世界一片惊慌，都在为自己和家人担忧，还是人民的子弟兵出现在祖国最需要的地方，争分夺秒抢险，很多军人从自己家门前经过，眼睁睁看到家里的房屋垮塌、亲人下落不明，也只能抹着泪，跟着部队进入了重灾区……尽管他们的思想境界、人生价值，让当今很多人自愧不如、望尘莫及，可是，为什么我们的大学生就不理解呢？那么，我们的社会还有多少人能理解呢？

这就是《集训》，在不动声色间表达出的思想内涵。这也是作家精心构思和重写以队长为代表的"苦瓜"群的真正用意："你们以为军队真的就头脑简单没有思想吗？错了，队长会让你们见识到简单动作背后的思想蕴含。这是政治，却也是艺术。"

政治，就是军队的使命；艺术，就是浴火。

三、"念了《三里湾》，就认识了赵树理[②]"；看了《集训》，就得佩服王甜的语言艺术，她的语言不仅耐人咀嚼，余味绵长，更像一根尖锐的钢针，每每深刺进你的神经，穿透得人生生地痛……

老舍说过一句经典名言："报纸上的语言有些干巴巴的。现在的某些作家也有这种毛病。"[③]近年来，"干巴巴的病"好像缺医少药，竟流行开了。而《集训》则跳出了大多数作家的语言风格，独树一帜，且潇洒从容地走出了一条具有浓郁时代特色的"王甜"之路，如刚从田野里采回的鲜蔬，沾泥带露、清香扑鼻。

《集训》里写部队叠被子时，有这样一段娓娓道来、精彩绝伦的描写，被子"松软、柔和，迎合着皮肤的感觉，决定着睡眠的舒适程度，这都是常识。但是军被是违背常识的，它绝对是被子中的异类。你想也想不到一条被子可以进化到那种程度，它被叠得又方又硬，有棱有角，好像改变了棉与布的质地，好像长着骨头，浑身充满冷酷的战斗性。你不会有抚摸它的欲望，从视觉上讲，它更像一个弹药箱之类的东西。有人想在身上盖这种东西睡觉吗？不。所以，它是反睡眠的。叠军被的意义不在于宣告睡眠的结束，而是一种战斗的开始"。王甜以调侃的口吻、极具穿透力的语言，从部队床头柜里的衣服、床上的被子、打好的背包都必须有棱角，进一步深化、延伸到人的灵魂："只有人不许有棱角。"学员们目睹了一班长和二班长打造军被的整个过程之后，隐隐地有了一种认识："这种仪式似乎在变相地提出警告，部队连条自由散漫的被子都能收拾得服服帖帖，何况你们这些！"

除发现作家眼光敏锐外，从《集训》那清丽、精美的字里行间，我们感受到有一股犀利、狠劲。如写到男女生"冲破三八线"，男生悄悄帮女生叠被子，肖遥帮赵嘉英，徐梦翔帮羽翎，王远帮路漫漫。路漫漫站在床前，看着王远把她那床松软的被子夯得坚硬而结实，又像砌堡垒一样砌出了笔直的线条，竟不无遗憾。她眼光抚过军被平整的块面，漠漠地说："又一床被子死了。给活活整死的。"这种像针扎得人生痛、寒风般刺骨的语言，谁不拍案叫绝？写队长在操场，总结集训队的内务卫生时，肖遥与队长的对话如武林高手般，可谓举手投足都是绝活："我检查到一个班，床头柜上居然有只死蚊子！我捏过，不是刚死的，已经死硬了！"

这分明是队长心细如毫、入木三分的写照，却引起了学员们的窃笑，肖遥则毫无眼色地煽风点火、火上浇油："乖乖，还出了尸检报告！"

严肃气氛，有时只有一层皮。经轻轻一挑，就破了。全集训队都失声笑了出来。可是，我们在品味这机智、幽默、诙谐中带有强烈讽刺意味的话语时，谁换了队长这角色，不觉得笑比哭都难受呢？

如写每星期的周评，王甜一开笔就让人为之一惊："在三班，什么事情都会复杂一些。"因为三班把"好人好事"和周末外出的人选结合了起来，说戴上大红花的两个人就可以周末外出。三班这么一弄，戴大红花就有了含金量。在外出一步都要请假的军营，戴花的场面自然就开心、热闹。谁知，在作家笔下，则是一番量身定制的愚人文字。"星期天晚上，如期举行的戴大红花的仪式。两男两女站在队列前，队长和三名班长亲手为他们戴上象征荣誉的、用皱纹纸做的大红花，四个学员傻乎乎地站在那里，低了头红了脸，像极了 20 世纪 50 年代集体婚礼上的新郎新娘。晒台上坐在小板凳上的学员们都拼命鼓掌，以此来掩饰忍不住的哄笑……"简直比看小品还精彩。无意中，队长就听到两个女生开玩笑："再敢欺负我，下次选你去戴大红花！"

队长用心良苦所沿用的优良传统与庄重仪式，发扬光大到这一代人，居然已经变成了无聊的消遣和十足的笑料。

男人女人在一起，暧昧之情难免。二十好几的男女兵，大多是没结婚的孤男寡女，麻烦事自然不会少。汪晓纤脚后跟磨破了，作为一个男人，又是同城来的江成钢自作多情关心关心，也是人之常情。这些高学历，就有人忍不住怪怪地问："江成钢，你家晓纤一直都这么爱哭吗？"

食人间烟火者，谁不哑然失笑？为什么王甜的语言不是有一股犀利的"狠劲"，就有种清新的调侃、幽默？本人这里也就地取材，借《集训》描写王远立正的语言——王甜的文字一坠地也"能把水泥地面砸个坑儿出来……"

这就是语言艺术，也是《集训》让我们"长了见识"。都说艺术贵在创新，但有几个"旱鸭儿"放弃熟悉的旱路，愿意以身下海去呛水呢？难怪当记者采访，谈到《人民文学》第 8 期卖得很火时，主编李敬泽却说："我没有考虑卖得好不好。《人民文学》走到第 600 期，只是想纪念一下，于是决定推一下年轻作者。"

从冷静、低调的话语里，我们不难窥见这次推出专号，遴选作品的严谨与作品本身在思想艺术上的突破与创新。

注释：

①《集训》：载 2009 年《人民文学》第 8 期，作者王甜，系全国著名军人女作家，出生于渠县。

②摘自 1957 年老舍《记者与语言修养》。

③摘自艾芜 1981 年《关于人物个性的描写》。

（原载《四川日报》副刊和《荒原》《巴山文艺》杂志）